KNAUR

Über die Autoren:
Kerstin Hohlfeld hat bereits mehrere Frauenromane veröffentlicht. **Leif Lasse Andersson** arbeitet seit 20 Jahren als Redakteur, zehn Jahre davon in der Chefetage einer großen deutschen Zeitung – und weiß, wovon er schreibt. Sein Hintergrundwissen über die Branche verleiht dem Umfeld der Geschichte große Authentizität.

Kerstin Hohlfeld
Leif Lasse Andersson

Ich heirate einen Arsch

Roman

KNAUR

Besuchen Sie uns im Internet:
www.knaur.de

FSC
www.fsc.org
MIX
Papier aus verantwortungsvollen Quellen
FSC® C083411

Originalausgabe November 2014
Knaur Taschenbuch

Ein Unternehmen der Droemerschen Verlagsanstalt
Th. Knaur Nachf. GmbH & Co. KG, München

Umschlaggestaltung: ZERO Werbeagentur, München
Umschlagabbildung: FinePic®, München
Satz: Adobe InDesign im Verlag
Druck und Bindung: CPI books GmbH, Leck
ISBN 978-3-426-51634-8

2 4 5 3 1

»Willst du, Björn Bengt Becker, die hier anwesende Luisa Stein zur Frau nehmen, sie lieben, sie ...«

Ja. Überraschenderweise wollte er das. Überraschenderweise wollte er nichts so sehr wie genau dieses hier. Zwar hatte sich Björn noch vor vier Jahren geschworen, nie, aber wirklich niemals wieder zu heiraten. Aber vier Jahre waren eine lange Zeit, wenn man sie nur in ausreichend hoher Geschwindigkeit lebte und wenn man genügend Frauen zwischen sich und seine dunkelsten Erinnerungen legte.

Seit Luisa war ohnehin alles anders.

Na ja, vielleicht nicht ganz seit Luisa. Ein bisschen Zeit hatte er noch gebraucht, um mit allen Verwicklungen seines Vagabundenlebens abzuschließen, und die letzten, überaus turbulenten Ereignisse waren noch keine 24 Stunden her.

Aber nun stand Björn hier und war sich ganz sicher: Er gehörte zu Luisa! Vor ihm lag die schönste Zeit seines Lebens. Kinder wollte er mit Luisa haben, die in ihrem Garten spielen würden, während Mama und Papa sich stolze, liebende Blicke zuwarfen. Und zum ersten Mal fühlte Björn sich wieder glücklich, frei und irgendwie ganz so innendrin.

Der Pastor hatte eine Pause gemacht, ein schneller Seitenblick erweckte in Björn den Verdacht, dass nun er dran sein könnte. »Ja, ich will«, sagte er versuchshalber und wunderte sich, dass seine Stimme ein wenig belegt klang.

Dann war Luisa an der Reihe. »Ja, ich will, mit Gottes Hilfe!«

Ihre Worte klangen hell und warm, und sie machten ihn stolz, denn sie kamen von der klügsten, schönsten, atemberaubendsten und wundervollsten Frau, die er je in seinem Leben getroffen hatte.

Björn lächelte. Und er fragte sich, warum sie nicht das Gleiche tat, sondern ihn mit einer fragend angehobenen Augenbraue anblickte. Ein Rippenstoß von rechts, dort, wo er seinen Bruder Bernhard vermutete, machte ihn auf sein Versäumnis aufmerksam. Die Ringe, verdammt, die Ringe! Immerhin ließ er seinen nicht fallen, sondern steckte ihn Luisa an den Finger.

»Sie dürfen die Braut jetzt küssen.«

Luisa sah ihn mit ihren großen, blauen Augen an, und es fühlte sich an, als würde er einer kritischen Prüfung unterzogen. Doch dann lächelte sie, legte den Kopf ein wenig schräg und schloss die Augen, damit er sie küssen konnte, sanft und warm und voller Gefühl.

»Nein«, dachte Björn, als sie an seinem Arm durch den Mittelgang der Kirche schritt, »ich werde dich nicht enttäuschen. Ich war ein Arsch. Aber du hast aus mir einen anderen Menschen gemacht, und dich werde ich lieben bis zu meinem letzten Atemzug.«

Als sie aus der Kirchentür traten, traf ihn das Licht wie ein Schlag. Die Sonne war hellgelb, warm und leuchtend, ganz so wie das Kleid, das Luisa vor einem Jahr, zwei Monaten, neun Tagen, einer Stunde und etwa drei Minuten getragen hatte.

♀

Ich bin Luisa Stein, 28 Jahre alt, Sternzeichen Krebs, und irgendetwas stimmt mit mir nicht. Wenn der Tag kommt, an dem ich begriffen habe, was das ist, werde ich mich ändern. Und von diesem Moment an wird nicht mehr alles, was ich anfasse, von null auf gleich zu Staub zerfallen.

Ich bin mies drauf. Ich bin verdammt mies drauf. Schlechter geht's nicht. Das neue Kleid, in dem ich mich heute Morgen noch selbstbewusst vor dem Spiegel gedreht habe, kommt mir plötzlich albern vor. Eine bescheuerte, nutzlose Maskerade.

Die Wege im Verlag sind lang. Und damit meine ich nicht den Weg von der kleinen Praktikantin zur mächtigen Chefredakteurin. Nein, jetzt und hier, in diesem Augenblick meine ich den Weg vom Büro meines Ex-Chefs zur Kantine, den ich in diesem unsäglichen gelben Kleid zurücklegen muss und auf dem mir mindestens 200 Leute begegnen, die mich hämisch anstarren, abschätzig die Brauen heben oder herablassend lächeln. Was Leute eben tun, wenn ihnen jemand begegnet, der deutlich sichtbar ein Schild mit der Aufschrift »Loser« trägt.

Loser im gelben, schulterfreien Kleid und auf hohen Lackpumps, wohlgemerkt.

Da, die zwei Zicken in ihren grauen Escada-Kostümen, die jedes Mal starren und dann die Köpfe zusammenstecken und tuscheln, wenn sie mich sehen. Schon klar, dass sie mir ausgerechnet jetzt über den Weg laufen und – als sie mich in diesem verfluchten gelben Fummel sehen – den Mund beinahe nicht mehr zubekommen und kurz darauf anfangen zu kichern.

»Passt auf, dass ihr keine Fliege verschluckt«, sagt die innere Luisa frech.

Ich, also die wirkliche, echte Luisa, schlage die Augen nieder und überlege, ob ich mein Handy aus der Tasche ziehen und so tun soll, als hätte ich eine hochwichtige SMS bekommen. Überhaupt die Hände. Wohin mit ihnen? Noch etwa 50 Meter, dann kann ich ein Tablett nehmen und bin wenigstens dieses Problem los.

Warum gehe ich überhaupt noch hier essen? Warum nehme ich nicht meinen ganzen Kram, packe ihn in einen Pappkarton – so wie die das in den Hollywoodfilmen immer machen –, baue mich vor meinem Ex-Chef auf und sage ihm ins Gesicht, dass ich die bescheuerte Stelle in seiner beknackten Redaktion sowieso nicht haben will?

Warum? Weil es eine glatte Lüge wäre!

Ein paar Tränen sammeln sich in meinen Augenwinkeln und lauern auf eine günstige Gelegenheit, mir meine Wimperntusche zu verschmieren. Obwohl ich gar nicht traurig, sondern wütend bin. Ich war so dicht dran.

Jetzt und hier, mitten im Verlag, im Angesicht der Escada-Zicken anfangen zu heulen? Niemals! Ich habe meinen Stolz, obwohl ich das Gefühl nicht loswerde, dass ich seit einiger Zeit das Pech nahezu magisch anziehe.

Abgesehen davon: Ich will keinen verdammten Pappkarton packen. Ich will hierbleiben! Hier in meinem Traumverlag, in meiner Lieblingsstadt und in meinem Lieblingsjob.

Seit fünf Minuten weiß ich, dass das ein frommer Wunsch bleiben wird. Mein Praktikum bei der *Marion* endet, ohne in eine Festanstellung umgewandelt zu werden.

Den feuchtkalten Händedruck des Chefs, als er mir mitteilte, dass ich ab übermorgen wieder auf Arbeitssuche sein werde, spüre ich immer noch. Angewidert wische ich meine rechte Hand an meinem Kleid ab.

Ich sollte jetzt lieber eine Toilette aufsuchen. In der Kabine könnte ich ein paar unbemerkte Tränchen fließen lassen, mir dann Hände und Gesicht mit eiskaltem Wasser waschen, damit mir niemand ansieht, dass ich geheult habe.

Wenn ich nicht so blöde gewesen wäre, könnte ich mich sogar vom Paradiesvogel zum Spatzen zurückverwandeln. Doch mein graubraunes Kostüm und die weiße Bluse habe ich heute zu Hause gelassen. Nachdem der Chef mich sechs Monate lang weitgehend ignoriert hat, wollte ich ihm unbedingt noch eine optische Entscheidungshilfe geben, bevor er die letzte offene Stelle besetzt.

Er hat mich nicht mal angesehen. Seine einzige und ausschließliche Aufmerksamkeit, während er meine Zukunft mit einem Vorschlaghammer in winzige Stücke zertrümmerte, galt einer 24er-Pappschachtel Schaumküsse, die er – statt meiner schrill gewandeten Wenigkeit – mit Blicken verschlang.

Wie süß, hab ich gedacht, als ich hoffnungsvoll lächelnd in sein Büro stöckelte und die kleinen Kalorienbomben auf seinem Schreibtisch sah.

Ekelhaft und unmännlich, dachte ich, als ich es eine Minute später wieder verließ. Männer, die Schaumküsse essen, bah! Aber dieser Gedanke half mir leider nicht weiter, als ich wie ein geprügelter Hund aus seinem Büro schlich und mich nicht entblödete, mit zitternder Stimme auch noch »Danke schön, das macht doch nichts« zu sagen. Meine Mutter hat es mit meiner Erziehung zum anständigen Töchterchen wirklich maßlos übertrieben.

Leute, die es so weit nach oben geschafft haben wie Schmidt, mein baldiger Ex-Chef, haben eine Ausstrahlung, die mich einschüchtert.

Ich bin eine ehrgeizige und durchaus hartnäckige Journalistin. Wenn es um eine Story geht, um eine wirklich heiße Geschichte oder schlicht um die Wahrheit, über die ich berichten will, dann habe ich keine Scheu, kritische Fragen zu stellen, immer wieder nachzuhaken oder mich mit Gott und der Welt anzulegen. Diese quälende Unsicherheit, die meine Stimme zittern lässt, meine Schritte lähmt, mir in den unpassendsten Augenblicken die Tränen in die Augen schießen lässt – die fällt ungerechterweise nur dann über mich her, wenn es um mich geht: um Luisa Stein, um mein Leben, um meine Zukunft und um mein Glück.

Schon an der Uni habe ich die Kommilitonen aufrichtig beneidet, die sich locker und ohne Scheu mit den Professoren unterhielten und sogar ein Bier mit ihnen trinken gingen. Mein Ding war das nie.

Trotzdem war ich eine ausgezeichnete Studentin, und wenn es drauf ankam, behielt ich die Nerven und zeigte, was ich drauf hatte. Auf mein Einser-Examen bin ich echt stolz.

Genauer gesagt, ich *war* stolz. Denn schon ziemlich bald musste ich feststellen, dass ich – statt pulitzerpreisverdächtige Artikel zu schreiben – abends im Hamburger Nobelschuppen East Prosecco-Gläser abräumen durfte. Kellnerin Summa cum laude. Am Anfang fand ich das nicht schlimm, aber nach einem Jahr vertrödelter Lebenszeit war mir nicht mehr zum Lachen zumute.

Das unterbezahlte, sechsmonatige Praktikum hier im Verlag war mir wie eine Erlösung vorgekommen. Zwar musste ich an zwei Abenden in der Woche noch immer ins East, um die Miete für mein WG-Zimmer zusammenzukratzen, aber ich tat es von Stund' an mit dem guten Gefühl, dass es nur noch eine Frage der Zeit war, bis mein Leben als Kellnerin eine lustige Anekdote wäre und weiter nichts.

In ein paar Jahren würde ich dann meinen unsicheren, von einem Fuß auf den anderen tretenden Praktikantinnen sagen: »Wissen Sie, Kindchen, so habe ich damals auch angefangen.

Und jetzt bin ich hier. Nur Mut also, und zeigen Sie mir, was Sie draufhaben.« Ja, so eine nette, faire und kluge Chefredakteurin wäre ich, und auf meinem Schreibtisch würden niemals Pappschachteln mit Schaumküssen ihr Unwesen treiben.

Die erste Träne hat es geschafft. Sie läuft meine Wange hinunter. Ich wische sie eilig mit dem Handrücken weg und reiße mich zusammen.

Wenn ich jetzt anfange zu heulen, bin ich geliefert. *Frauen in gelben Kleidern weinen nicht. Frauen in gelben Kleidern weinen nicht.* Das ist eine Übung aus der Psychotherapie. Positives Programmieren nennt man das. Wenn man viel übt, soll sie richtig gut helfen.

Der Typ, der plötzlich neben mir läuft und mich anschaut, hat der mich eben angesprochen? *Frauen in gelben Kleidern.*

Nein, hat er nicht, und falls doch, hat er irgendetwas Blödes gesagt. Über mein Kleid. Was sonst?

Wenn das nicht noch peinlicher wäre, dann würde ich es mir vom Leibe reißen, jetzt und hier. Diesen bescheuerten Fummel, der alles, was heute passiert ist, noch tausend Mal schlimmer macht. *Frauen in gelben Kleidern ...*

♂

Vor ein paar Minuten ist mir auf dem Weg in die Verlagskantine ihr fantastischer Arsch aufgefallen. Schmale Taille und ein wirklich verlockendes Schwingen der Hüften. Gesenkter Kopf, entweder nachdenklich oder auf ihre nächste Reportage konzentriert. Schöne Schuhe, bestimmt sechs Zentimeter, und laufen kann sie auch darauf. Irgendwas auffällig Gelbes als Kleid. Schulterfrei. Sieht geil aus. Mehr kann ich über Kleider beim besten Willen nicht sagen. Ich habe noch nie rausgekriegt, was außer dem Preis der Unterschied zwischen H&M und einem Designerfummel ist, was auch daran liegen mag, dass mir die Verpackung einer Frau eher egal ist. Obwohl es schön ist, wenn ich nach dem Aufwachen feststelle, dass das Kleid vom Vorabend in der Morgendämmerung zur Farbe meines Schlafzimmerfußbodens passt. Meistens passt es, zu diesem Zweck habe ich Eichendielen verlegen lassen.

Etwa zwanzig Meter lang sonne ich mich in der vagen Vorstellung, diesen Hintern heute Abend vor mir zu sehen, nackt und emporgereckt, während die Trägerin ihr Gesicht seufzend im Kissen vergraben hat.

Und ja, ich weiß, dass es äußerst unkorrekt ist, Frauen derart auf das Körperliche zu reduzieren. Aber ich bin ein Mann. Und was zum Teufel soll ich sonst mit ihnen tun?

Kurzer Kontrollblick beim Überholen. Noch nie gesehen. Ziemlich hübsch. Nicht klassisch schön, aber irgendwie besonders. Ich bringe meine bis eben ziemlich missmutigen Gesichtszüge in Ordnung und spreche sie an. Ich entscheide mich für die Lausbubennummer. Maximal ungewöhnlich, minimal unsicher und zum Abschluss mit einer ebenso harmlosen wie verblüffenden Frage gekrönt. Es ist prinzipiell die bestmögliche Eröffnung in diesem

Spiel, denn es gibt nur wenige Frauen, die einem freundlich fragenden Mitmenschen eine Antwort verweigern würden. Die meisten tun es selbst dann nicht, wenn der Fragende ein Mann ist, von dem eigentlich jede Frau wissen sollte, welche Motive ihn tatsächlich treiben.

»Wahnsinnskleid! Können Sie mir sagen, wo Sie *das* gekauft haben? Sorry. Das klingt jetzt ein bisschen seltsam, oder? Ich heiße Björn.«

Für einen spontanen Frontalangriff gar nicht übel.

Wenn ich eine Frau anspreche, dann achte ich auf nichts anderes als auf ihre Körpersprache. Sieht sie auch nur ein kleines bisschen genervt oder gar ablehnend aus, entschuldige ich mich und suche das Weite. Ich habe einfach zu wenig Zeit, um sie an Frauen zu verschwenden, die nicht mit mir ins Bett gehen werden.

Doch die hier ist stehen geblieben und guckt mich an, ein bisschen verwundert, den Kopf leicht schiefgelegt, eher fragend als ablehnend und definitiv mehr traurig als fröhlich. Aus welchen Gedanken ich sie auch gerissen haben mag, es werden keine schönen gewesen sein.

♀

Ich bleibe stehen und schaue den Typen verwundert an.

Ich habe keine Ahnung, was er gerade zu mir gesagt hat. Er lächelt, nur ein kleines bisschen, so um die Augen herum. Normalerweise würde ich jetzt ebenfalls freundlich dreinschauen. Aber heute ist nicht »normalerweise«. Heute trage ich ein gelbes Kleid. Bis vor etwa zehn Minuten das perfekte Styling für eine moderne, selbstbewusste Frau, die gerade ihre redlich verdiente Stelle als Redakteurin bekommen hat. »Willkommen im Team, Frau Stein!« Wie oft habe ich mir diese Szene ausgemalt. Schöne Scheiße!

Der Typ, der mich fragend anguckt, ist ein gepflegter, elegant gekleideter Mann. Anzugträger, aber keine Krawatte. Also weder Anzeigen noch Marketing oder Vertrieb, sondern Redaktion, da gilt weißes Hemd mit geöffneten zwei Knöpfen als schick. Um seine Augen spielen feine Lachfältchen. Ein Hauch von seinem Aftershave weht zu mir herüber. Riecht gut.

»Entschuldigen Sie bitte, was haben Sie gesagt?«, frage ich leise und zupfe mit meinen Fingern nervös an einer Haarsträhne, die sich aus meiner Hochsteckfrisur gelöst hat.

♂

Verwirrt? Verzweifelt? Mir ist nicht ganz klar, was mit der Frau los ist, aber mich rührt ihre Art, an den blonden Haaren zu nesteln, als könnte sie dort ein wenig Halt finden.

Vergeblich, würde ich sagen, denn zumindest für mich gibt es jetzt kein Halten mehr.

»Oh. Sorry. Ich fange am besten noch mal von vorne an, oder? Also, meine kleine Schwester, die sucht ein Kleid. Sie will am Wochenende auf eine Hochzeit, und sie würde mich küssen, wenn ich ihr sagen kann, wo Sie Ihres herhaben. Das sieht echt cool aus und trotzdem so – anmutig?«

Nach der Wortkaskade halte ich ihr die Hand hin. Antiquierte Geste, aber in den meisten Fällen überaus hilfreich. Nach dem ersten Körperkontakt wird alles leichter.

Und nein, ich habe keine kleine Schwester. Aber in solchen Detailfragen darf man nicht kleinlich sein. Schließlich geht es ums große Ganze. In meinem Fall also darum, ganz viel großartigen Sex zu haben.

♀

Was will der?

Seit ich gefeuert bin, fühle ich mich unsicher, und die Leute hier im Verlag, die meine Kollegen werden sollten, sind jetzt wieder so unerreichbar wie der Mond. Es wäre mir lieber, ich würde wenigstens mein graubraunes Mauskostüm tragen. Darin bin ich so schön unauffällig.

Ach, zum Teufel mit dem Dresscode! Haben frisch gekündigte Praktikantinnen nicht Narrenfreiheit? Hier im Verlag arbeiten mehrere tausend Leute. Der Typ kann nicht wissen, wer ich bin und dass ich mich gerade fühle, als wäre ich in einem Bunny-Kostüm zum Bundespresseball gegangen. Er sieht vielleicht einfach nur eine Frau in einem gelben Kleid, das ihm gefällt.

Gefällt ihm das Kleid?

Oder gefalle *ich* ihm?

Und ist das nicht eigentlich scheißegal?

Ich lass ihn jetzt stehen.

Oder?

Die wohlerzogene Tochter in mir gewinnt fast immer.

»Es ist von Zalando«, sage ich leise und setze zum Gehen an. »Sommerschlussverkauf. 49 Euro statt 89.«

Bisher habe ich mich vor ihm noch nicht blamiert. Und wenn es nach mir geht, wird es auch nicht dazu kommen. Na gut, die Info mit dem Ausverkauf hätte ich weglassen können. Ich bin keine leidenschaftliche Schnäppchenjägerin, die einen entzückten Schreikrampf kriegt, wenn sie ein Designerkleid zum halben Preis ergattert.

Im Grunde ist es doch egal, was der Typ von mir denkt.

So selbstbewusst, wie er wirkt, kommt er garantiert aus einer der vielen Chefetagen.

Jetzt hält er mir die Hand hin. Mein Herz beginnt ein wenig schneller zu klopfen. Meine nervige Ehrfurcht vor Leuten, die auf der Berufsleiter weit nach oben geklettert sind, meldet sich.

Im Märchen lösen sich die Leute einfach in Luft auf, wenn ihnen eine Situation zu brenzlig wird. Ich stelle fest, dass mir diese Fähigkeit in manchen Momenten mehr einbringen würde als mein summa cum laude im Examen. Irgendetwas habe ich bei meiner Berufswahl falsch gemacht. Vielleicht hätte ich, wie von mir als Sechsjährige angestrebt, doch lieber eine Blumenfee werden sollen.

Mein Selbstbewusstsein schwankt heute wie eine Nussschale im Ozean.

Ich hoffe, dass mein Händedruck weder schlapp noch feucht ist, als ich gezwungen lächelnd einschlage.

Der Typ ist bestimmt zehn oder fünfzehn Jahre älter als ich. Jetzt grinst er wie ein Lausbub und zückt sein Handy. Himmel! Will der meine Nummer?

War die Frage nach meinem Kleid nur ein Vorwand, um mich anzubaggern?

Also bitte, ich bin 28 und nicht 38! Und der hat graue Schläfen!

Sieht zwar nicht übel aus, und er ist außerdem der erste Mensch am heutigen Tag, der mir ein offenbar aufrichtiges Lächeln geschenkt hat.

Aber meine Nummer kriegt er trotzdem nicht.

Ich unterdrücke einen Seufzer.

Sally, meine WG-Mitbewohnerin mit Wespentaille und Körbchengröße D, hat kaum das Haus verlassen, da wird sie schon von einem Ölscheich oder Thronfolger angesprochen, mindestens jedoch von einem wallemähnigen Pianisten oder aufstrebenden Schauspieler.

Ich habe allenfalls Chancen bei uralten Verlagstypen.

Wenn er jetzt nach meiner Handynummer fragt, dann löse ich mich doch in Luft auf.

Und zwar subito!

♂

Na also. Sie erklärt mir ihr Kleid.

Ich tippe brav alle Angaben in mein iPhone.

Phase eins ist abgeschlossen.

Jetzt muss ich nur noch die Frau kriegen – und zwar aus dem Kleid heraus, aber in dieser Hinsicht halte ich mich nicht für chancenlos. 40:60 würde ich sagen. Wäre ich ein Boxer, würde die Fachpresse mich für meinen beherzten Infight loben. Schwächen aus der Distanz, aber erst mal dran am Gegner, kaum zu halten. Außerdem bilde ich mir ein, dass sie soeben zaghaft gelächelt hat. Die Erfahrung aus vermutlich knapp 500 Versuchen, wildfremde Frauen ins Bett zu quatschen, sagt mir: Das Ding hier läuft!

Ich spreche alle Frauen an, die mir gefallen. Frauen bekommt man nicht ins Bett, indem man sie aus der Ferne anschmachtet, jedenfalls ich nicht. Ich sehe passabel aus, aber nicht überwältigend. Meine Schultern sind okay, aber nicht sonderlich breit. Die Bauchmuskeln sind vorhanden, tarnen sich aber unter etwa fünf Kilo speckähnlicher Substanz. Meine Geheimratsecken nerven, schüttere Stellen im Zentrum verberge ich, indem ich die Haare etwas länger und forsch nach hinten gegelt trage. Auch meine 1,86 Meter Körpergröße sind okay, aber nichts, was eine Frau auf den ersten Blick aus dem Höschen haut. Insofern bin ich auf das angewiesen, was ich mit Selbstbewusstsein, forschem Auftreten und Eloquenz zustande bringe.

Klar, ich könnte auch meinen Titel raushängen lassen oder mein Geld. Mach ich auch manchmal, was die Erfolgsquote signifikant steigert, aber dies tue ich eigentlich nur in emotionalen Notlagen, also nicht öfter als ein-, zweimal pro Woche.

Denn dummerweise interessieren mich genau die Frauen weniger, die ich auf der Macht-macht-sexy-Schiene kriege. Was nützt es meinem Ego, mit irgendwelchen Models zu schlafen, die sich von mir bloß Karriereschub oder einen Transfer auf die Sonnenseite des Lebens erhoffen? Ich bin Kämpfer. Und wenn ich Frauen haben wollte, die ich ohne ordentlichen Fight kriegen kann, dann könnte ich auch ins Bordell gehen. Dieses stelle ich mir ähnlich reizvoll vor wie die Nummern mit karrieregeilen Büroludern, nur dass die Motive der handelnden Parteien dort nicht so schamvoll verborgen werden.

Anders formuliert: Ich liebe die Jagd wegen der Jagd und nicht wegen der Trophäen. Meist lasse ich zum ersten Date sogar meinen Dienst-Benz und den Landrover stehen und nehme das uralte, schon relativ schäbig wirkende Käfer-Cabrio, welches ich mir in einem Anfall von nostalgischer Verschwendungssucht als Drittwagen zugelegt habe.

Wenn meine Tagesform okay ist und ich eine ordentliche Performance hinlege, kriege ich in zwei von drei Fällen einen freundlichen Smalltalk hin, in zwei von vier Fällen springen E-Mail-Adresse oder Telefonnummer dabei raus, in zwei von zehn Fällen endet die Sache nach etwa hundert E-Mails, Facebook-Botschaften oder WhatsApp-Nachrichten mit einem hocherfreulichen Beischlaf. Was wiederum in zehn von zehn Fällen zu einem von mir initiierten »Ich-bin-einfach-noch-nicht-wieder-so-weit«-Gespräch führt.

Denn nach spätestens zwei Wochen werden Frauen kompliziert. Nach vier Wochen entdecken sie, dass du schnarchst, oder fangen an, an deiner Ernährung herumzunörgeln. Nach spätestens einem Jahr werden sie unerträglich – wenn man Glück hat. Wenn man Pech hat, werden sie schwanger, und dann haben sie einen am Arsch. Rund um 30 ist bei Frauen ein beschissenes Alter, man trifft auf komplizierteste Hormone, tickende biologische Uhren und geht mehr Risiken ein als ein Sprengmeister vom Bombenräumkommando, wenn er in die Grube klettert, um einen englischen Blindgänger zu entschärfen.

Schon süß!

Er wollte gar nicht meine Handynummer, sondern bloß notieren, wo ich das Kleid gekauft habe. »Haben Sie's?«, frage ich und schicke mich zum Gehen an.

Er schiebt sein iPhone zurück in seine Jackentasche und grinst mich an. Endlich gelingt mir ebenfalls ein aufrichtiges Lächeln. Der Typ ist wirklich nett.

Und ich habe geglaubt, er würde mich anmachen! Was das anbelangt, bin ich ein bisschen vorgeschädigt. Er wäre nicht der erste Redakteur jenseits der 40 gewesen, der mir in den letzten sechs Monaten unangenehm dicht auf die Pelle gerückt ist oder gar angeboten hätte, sich abends bei ein paar Glas Wein intensiv um die Verbesserung meines Schreibstils zu kümmern. Journalisten scheinen in dieser Hinsicht besondere Plagegeister zu sein, vielleicht, weil ihnen auch sonst nie etwas peinlich sein darf, wenn sie einer Geschichte hinterherjagen.

♂

Hammeraugen. Ich frage mich, warum die so besonders sind, ob sie größer sind als bei anderen, ob es an den langen Wimpern liegt oder daran, dass sie ein kleines bisschen glänzen? Die Frau hier geht nicht wirklich als perfekte Schönheit durch, aber sie ist ausgesprochen reizvoll. In Schulnoten ist sie, na ja, vielleicht 'ne 2.

Alte Angewohnheit von mir, allen Frauen Noten zu geben. Aber es hilft bei der Freizeitplanung. Habe in meinem Leben genau mit zwei Frauen geschlafen, die schlechter als 3 minus waren, und beide Male war ich hoffnungslos betrunken. War allerdings auch nur mit rund einem Dutzend Einser im Bett. Einser sind scheißgefährlich. Da verliebe ich mich regelmäßig und riskiere somit Kopf, Kragen und Kontostand. Am liebsten mag ich Frauen mit einem kleinen Makel. Gerade so, dass sie mich mit einem langen Blick ein bisschen geil machen. Aber nie so, dass ich nach dem Sex auch nur einen Gedanken an eine gemeinsame Zukunft verschwende, die länger als zwei Wochen dauern könnte. Halt so lange, bis ich was Neues habe.

Ich mustere die Frau, die vor mir steht. Megaschlank. Das Dekolleté nicht besonders üppig. Isst bestimmt nur Grünzeug. Also sage ich: »Na ja, sorry noch mal, dass ich Sie angesprochen habe. Und danke für das Kleid. Sie wollen bestimmt in die Kantine, oder? Ich geh jetzt raus und hole mir einen Salat.«

Ich hasse Salat. Aber man kriegt bei Frauen nicht besonders viele Gelegenheiten, einen passablen ersten Eindruck zu vermitteln.

Sie fragt: »Salat? Wo denn? Ich war immer bloß in der Kantine.«

Ich antworte: »Zwei Straßen da runter, gleich hinter dem

Fischmarkt. Aber das hieß natürlich nicht, dass Sie jetzt mit mir Salat essen müssen.«

Sie lächelt schüchtern. Ihr Lächeln ist nun wirklich eine glatte Eins. Wenn sie jetzt auch Lust auf einen Salat hat, dann hat sie vermutlich auch Lust auf mich.

Sie hat!

Beim Rausgehen aus dem Verlag halte ich ihr die Tür auf. Bisschen Manieren schaden nie.

♀

Schon wieder ein Pluspunkt. Er mag *Salat.* Das finde ich nun regelrecht sexy. Ich liebe Tiere, und deshalb lehne ich es ab, sie zu essen. Nicht jeder kann diesen radikalen Schritt nachvollziehen oder gar mitgehen, aber ich will als Journalistin meinen Teil dazu beitragen, dass die Leute ihren Fleischkonsum zumindest überdenken.

Als ich in meinem Volontariat eine ganze Seite im Blatt hatte, auf der ich über unsägliche Zustände in Hühnerhöfen berichtete, war ich so unglaublich stolz!

In der schwarzen Kluft mit Kapuze, Atemschutz und Fotoapparat, als ich zusammen mit Tierschutzaktivisten nachts in Ställe eingestiegen bin, habe ich mir tausend Mal besser gefallen als in dem langweiligen Outfit, das ich normalerweise tagsüber im Verlag trage. Genauso stellte ich mir mein Leben als Journalistin vor. Etwas riskieren. Etwas bewegen! Leute zum Nachdenken bringen. Die Welt ein bisschen besser machen.

Seit ich in Sachen Tierschutz recherchiere, sind Männer, die nicht in jeder Mittagspause ein blutiges Stück von einer Kuh herunterkauen, in meiner Beliebtheitsskala weit nach oben geklettert. Die anderen Typen, die noch nicht kapiert haben, dass es nichts mit Männlichkeit und Stärke zu tun hat, pausenlos Fleisch zu essen, tun mir leid. Denn erstens leben sie total ungesund, und zweitens sind sie, zumindest bei mir, gegenüber ihren denkenden und *fühlenden* Geschlechtsgenossen komplett chancenlos.

Was für ein verrückter Tag!

Kommt es jetzt noch darauf an, dass der Mann, mit dem ich

aus dem Verlag spaziere, mich erst vor zwei Minuten angesprochen hat?

Meine Mutter würde die Hände über dem Kopf zusammenschlagen. Ein Fremder! Um Himmels willen!

Sorry, Mum, aber ab und zu habe ich bei deinen Predigten einfach weggehört!

Er hält mir die Tür auf. Süß und ganz schön altmodisch!

Das gibt mir die Gelegenheit, einen Blick auf seine Hände zu werfen. Hoppla, schlanke und gepflegte Finger. Ich steh auf schöne Männerhände. Wenn mir die Hände eines Mannes gefallen, drängt sich mir beinahe automatisch die Vorstellung auf, wie es wäre, wenn sie über meine nackte Haut streichen würden.

Ich unterdrücke ein zufriedenes Grinsen.

Okay, es geht mir schon besser. Viel besser, als ich es mir vor ein paar Minuten noch habe träumen lassen. Nicht nur mein Selbstbewusstsein, auch meine Stimmung ist heute auf Autopilot.

Das gelbe Kleid sieht draußen gar nicht mehr so auffällig aus wie eben noch im Verlag.

Als ich an ihm vorbei durch die Tür laufe, spüre ich seinen Blick auf meinem Hinterteil. Soll mir recht sein. Meine Rückenlinie ist wirklich sexy, viel mehr als die Vorderseite.

Er heißt Björn, hat er gesagt. Oder?

Blöd, dass ich so abgelenkt war. Soll ich ihn nach seinem Namen fragen, auf die Gefahr hin, ziemlich neben der Spur zu wirken? Lieber nicht. Was der wohl macht? In Gedanken gehe ich alle Redaktionen des Verlages durch. Aber ich weiß nicht einmal, wie viele das sind.

Ich muss nachher mal Sandra fragen, die im Großraumbüro die Praktikanten-Insel mit mir teilt. Wir beide haben zeitgleich bei der *Marion* begonnen. Schon nach ein paar Tagen ertappte ich sie dabei, wie sie die Namen aller Chefredakteure auswendig lernte. »Um im Zweifelsfall für die richtige Entscheidung gerüstet zu sein«, sagte sie grinsend. Ich musste nicht lange darüber nachgrübeln, was sie damit meinte.

Die richtige Entscheidung heißt bei Sandra, bereit und willens zu sein, wenn ein Chef mit ihr ins Bett will. Sie glaubt, dass intensive Beziehungen mit höherstehenden Personen der Karriere überaus förderlich sein können. Die Namen der Redaktionsassistenten hat sie sich jedenfalls nicht gemerkt.

Ich finde so eine Denke fürchterlich, andererseits könnte man sie auch zielführend oder pragmatisch nennen. Denn *Sandra* hat letzte Woche eine Festanstellung bekommen. Und das hat definitiv nicht daran gelegen, dass ihre Artikel besser als meine gewesen wären.

Ich will so etwas nicht!

Ich bin eine gute Journalistin. Ich kann hart arbeiten, ich will viel lernen. Ich will zeigen, was ich draufhabe. Aber mit meinem Kopf, nicht mit meinem Körper!

Der Björn-Typ hier ist anders als Schmidt. Ich spüre das!

Der hat so freundliche Lachfältchen. Der hilft seiner Schwester, ein passendes Kleid zu finden. So supergepflegt, wie der ist, könnte er glatt vom anderen Ufer sein.

Was wäre, wenn ich hier im Verlag einen Freund finde? Einen tollen, harmlosen, schwulen Freund, der meine Arbeit schätzt und der nichts, aber auch gar nichts von mir will, außer einer genialen Journalistin ein bisschen auf die Sprünge zu helfen? Vielleicht ist genau so jemand mir gerade eben über den Weg gelaufen.

♂

Bevor wir die vielbefahrene Straße queren, strecke ich den Arm aus, um sie sicher hinüberzugeleiten. Sind die kleinen Dinge, die sich auf deinem Konto bemerkbar machen. Habe genügend Frauen nach dem Sex gefragt, was genau sie ausgerechnet an mir mochten. Was die meisten übrigens auch mochten. Frauen mögen einfach gerne reden, vor allem über sich selbst.

Ich rede eigentlich nur vor dem Sex so viel. Danach bin ich ein guter Zuhörer. Nun ja, und ein analytischer Mensch, der seine Technik der Beischlafanbahnung mit jeder Affäre weiter perfektioniert.

Sechzehn Jahre Journalismus legt man nicht einfach zwischen den Laken ab. Wir müssen von Berufs wegen genau hinsehen, genau hinhören und hinterher analysieren, welche Information wir auf welche Art für eine Geschichte verwerten können.

Ich denke sogar dann noch über die nächste Story nach, wenn ich betrunken in einen Mülleimer auf der Reeperbahn kotze, was mir zuletzt im zarten Alter von dreißig Jahren passierte. Neben anderen, den unerfreulichen Dingen, schoss mir da durch den Kopf: »Wäre das nicht eine Geschichte? Ein Tag im Leben eines Mülleimers? Pfandflaschensammler, Zeitungsrauskramer, Heroinspritzenwegwerfer und Reinkotzer wie ich?«

Gleich am nächsten Tag legte ich mich trotz eines gewaltigen Katers mit einem Fotografen auf die Lauer. Das Ergebnis war meine erste Doppelseite im *Monday*, die sie noch heute in der Journalistenschule zu Lehrzwecken verwenden. In der Mitte ein großes Foto des Mülleimers, drum herum neun kleine und drei große Fotos mit Uhrzeiten und Leuten darauf, die uns in den Bildunterschriften erklären, was sie hier gerade getrieben haben. Wobei einer das lieber nicht erklären wollte. Er war die Zierde unserer Story, nämlich ein Taschendieb, der das Pech hatte, ausgerechnet in unserem Mülleimer eine erbeutete Geldbörse zu versenken. Als wir ihn ansprachen, hielt er uns für Zivilfahnder und rannte weg, was der Fotograf mit seiner Hochgeschwindigkeitskamera wunderbar festhielt. Diese Reportage bescherte mir den Durchbruch beim *Monday*, einen Nachwuchs-Preis für junge Journalisten sowie ein Gespräch mit Chefredakteur Blohm, der sagte: »Becker, solche Jungs wie Sie, die brauchen wir hier!« Er nahm mich unter seine Fittiche. Zwei Monate später war ich stellvertretender Ressortleiter für Nachrichten. Ein Jahr später Ressortleiter. Weitere zwei Jahre später Mitglied der Chefredaktion. Fünf Jahre danach wurde ich Blohms Stellvertreter. Und als er in Rente ging, setzte er mich im Verlag als Nachfolger durch.

Im Bioladen, in den ich die Frau bei diesen Gedankengängen lotse, fällt mir auf, dass ich noch keine Ahnung habe, wie sie heißt. »Luisa«, sagt sie, während sie einen Rucola mit Tomaten bestellt und ich nach einer Extraportion Käse, Schinken und Eiern verlange, weil ich Grünzeug sonst echt nicht herunterkriege.

Ich sage: »Luisa, wie schön!«

Dann schlendere ich mit ihr zum Hafen runter.

♀

Anstatt in der lauten Kantine werde ich die nächste halbe Stunde auf einer Bank sitzen, Schiffe vorbeiziehen sehen und die Vögel singen hören. Die Salate sind appetitlich in kleine Schalen verpackt. Frisch gepresster Orangensaft komplettiert die bevorstehende Mahlzeit im Freien.

Was für eine tolle Idee! Den schicken kleinen Bioladen mit der einladenden Salattheke hätte ich gern schon früher entdeckt.

Und den Björn-Typen neben mir ebenfalls.

Er hat eine Art, die mir total sympathisch ist. Er lächelt viel, ist aufmerksam, und mit der Bedienung im Bioladen redet er genauso freundlich wie mit mir. Ich mag Leute nicht, die andere von oben herab behandeln, bloß weil die einen einfachen Beruf haben. Wäre der Typ arrogant, würde ich den spontanen Ausflug zum Hafen bestimmt schon bereuen.

Björn punktet auf der ganzen Linie. Wäre er ein paar Jahre jünger, würde ich ihn auf Flirttauglichkeit untersuchen. So fühle ich mich einfach nur wohl neben ihm. Ein bisschen wie mit Papa, früher, beim Ausflug in Hagenbecks Tierpark, einen Meter vorm Löwenkäfig. Irgendwie aufgeregt, aber trotzdem sicher.

Papa war und ist immer zur Stelle, wenn seine Luisa wieder einmal aus dem Nest gefallen ist. Als ich klein war, kletterte ich auf seinen Schoß, wenn ich mir die Knie aufgeschlagen hatte. Er nannte mich »mein Spätzchen« und tröstete mich mit Karamellbonbons.

Heute raucht er bei unseren Gesprächen Zigarre, hört schweigend zu, wenn ich ihm von Sorgen berichte, die ein bisschen zu groß für die kleine Luisa sind. Danach erklärt er mir, was ich seiner Meinung nach zu tun habe.

Und ich? Ich bewundere seine Klugheit, weiß seinen Rat zu schätzen, doch am Ende treffe ich meine eigenen Entscheidungen. Alles andere fühlt sich weder gut noch richtig an.

Papa bietet regelmäßig an, mir einen ordentlichen Job zu besorgen. Die Kontakte dafür hat er. Rechtsanwalt und Notar Dr. Magnus Stein stellt etwas dar in dieser Stadt, und von den oberen Zehntausend gehören bestimmt zweihundert zu seinen Klienten.

Er hält nichts von dem Journalistenquatsch, wie er meinen Traumberuf nennt, und wollte mich zu Jura überreden, damit ich in seine Kanzlei einsteige und sie später übernehme. Er hat mir zum Abitur ein Firmenschild geschenkt: *Stein, Stein & Partner. Rechtsanwälte und Notare.*

Ach, mein Papa! Was haben wir gestritten, diskutiert, geschmeichelt, getobt und Türen geknallt. Am Ende musste er einsehen, dass er mich nicht zu seinem Leben zwingen kann. Eins haben er und ich nämlich gemeinsam: einen ziemlichen Dickschädel!

Papa will mir immer noch ein Nest bauen. Er kann gar nicht anders, ich bin sein Mädchen, sein einziges Kind.

Ein bisschen bange wird mir bei dem Gedanken, ihm meinen erneuten Flop zu beichten. Gar nicht mal seinetwegen. Er wird wortlos nicken, denn er hat tatsächlich schon immer gesagt, dass in der Zeitungsbranche im Moment weder Staat noch Geld zu machen ist. Ich fürchte mich meinetwegen. Ich fürchte mich vor dem Tag, an dem ich ihm womöglich recht geben und meine Pläne begraben muss.

Im Innern wappne ich mich für unser 350stes Streitgespräch.

Aufgeben kommt vorerst nicht in Frage, auch wenn ich mich langsam frage, für wie viele Praktikumsrunden meine Energie wohl noch reichen wird.

♂

Luisa ist erst 28. Früher mal bestes Nachwuchsjournalistenalter. Doch der Markt sucht heutzutage nach allem, aber nicht mehr nach jungen Schreibern. Facebook, Google, Twitter und Tausende von Bloggern machen uns gnadenlos Konkurrenz. Die Auflagen der großen Blätter sinken seit Jahren. Wir wehren uns zaghaft, indem wir unsere Angebote im Internet verschenken und darum beten, dass künftige Werbeerlöse diesen digitalen Selbstmord auf Raten irgendwann mal rechtfertigen werden. Journalismus ist ein schwieriges Geschäft geworden. Vielleicht sollte Luisa sich nach einem anderen Job umsehen oder nach einem Kerl zum Heiraten.

Aber ich mag Luisas Art. Irgendwie sehr natürlich. Und trotzdem ganz schön dabei. Unaufdringlich, aber echt attraktiv. Ich korrigiere sie von Zwei auf Zwei plus mit Tendenz zur Eins. Dass sie noch keine glatte Eins ist, liegt ausschließlich an der Ungewissheit, was mich nach dem Auspacken erwarten wird. Wenn sie nicht allzu dreist schummelt, ist das vielleicht knappes »B«. Allerdings bin ich in Sachen Körbchengröße einigermaßen nachsichtig, es lässt sich ja alles korrigieren heutzutage. Jedoch sieht Luisa nicht aus wie eine Frau, die zur Steigerung ihres Selbstwertgefühls zweimal 250 Gramm Silikon benötigen würde.

Hammer, wie sie strahlt in der Sonne, in dem Kleid und auf der Bank neben mir. Ich stehe auf Frauen, die ihre Schönheit so selbstbewusst mit sich herumtragen. War schon damals so bei Melanie. Ein Gedanke, bei dem sich meine Laune sogleich verfinstert.

Es gab kaum eine härtere Zeit für mich als das Jahr der Scheidung. Ehrlicherweise habe ich nie ganz herausbekommen, was mehr schmerzte: die Demütigung, dass meine große Liebe einen jugendlichen Lover hatte, oder die exakt 1,7 Millionen Euro meines hart ererbten Vermögens, die mich die Scheidung gekostet hat. Nicht dass es mich umgebracht hätte – ich stamme aus der alten hanseatischen Becker-Dynastie, und manchmal tauche ich in irgendwelchen Yellow-Listen auf, die mich als einen der hundert begehrtesten Junggesellen der Stadt ausweisen.

Vater will mich seit Jahren zurück in die Firma holen, Becker & Becker, Immobilien und Projektentwicklung, aber das mache ich frühestens, wenn er sich zurückzieht, wonach es derzeit noch lange nicht aussieht: Mit seinen 72 Jahren ist er fit wie ein Bergsteiger, und ich habe nun wirklich keine Lust, mich wieder unter sein strenges Regiment zu begeben. Erstens ist er das Sinnbild eines hanseatischen Patriarchen, zweitens gehört er zu den Leuten, die schrecklich oft recht haben. Sogar bei Melanie lag er richtig. Bis zum Tag der Hochzeit hat er immer wieder verlangt, dass ich einen Ehevertrag aufsetze, und bis zuletzt habe ich dies in romantischer Verblendung verweigert. Dass Papa trotz allem ein guter Typ ist, bewies er an dem Tag, als Melanie die Scheidung einreichte. Da verzichtete er auf jegliche Rechthaberei und zog mich väterlich an seine Brust: »Wir zahlen alle mal Lehrgeld, Junge. Ist nur wichtig, dass wir auch daraus lernen.«

Ich habe aus der Ehe eines gelernt: dass ich mich nie wieder in dieser Form auf eine Frau einlassen werde!

Als Melanie immer kälter und liebloser wurde und immer öfter zu Cocktailabenden verschwand, die erst am nächsten Morgen um sechs Uhr endeten, habe ich rund drei Monate lang winselnd um ihre erloschene Liebe gekämpft, anstatt sie einfach rauszuwerfen. Die Folgen waren der komplette Verlust meines männlichen Selbstwertgefühls, 14-Stunden-Tage im Verlag – und Nächte, die ich auf der Couch im Büro verbrachte. Denn den Wodka vorm heimischen TV konnte ich genauso wenig ertragen wie die Depressionen, die mich beim Anblick händchenhaltend über die Straße schlendernder Menschen befielen.

Es hat mindestens fünf Frauen lang gedauert, bis ich über das Gröbste hinweg war. Und seien wir mal ganz ehrlich, bei nicht weniger als vieren von ihnen war ich drauf und dran, mich sofort wieder einfangen zu lassen. Weil ich mich schrecklich nach Zuneigung sehnte und den Sex eher als Dreingabe betrachtete.

Doch inzwischen bin ich wieder ganz gesund.

Ich bin einer der erfolgreichsten Chefredakteure des Verlages, ich werde möglicherweise irgendwann in den Vorstand aufrücken, und bis dahin widme ich mich entspannt meinem Single-Leben, was im Moment aus einem gelben Kleid besteht, bei dem ich mich aufmerksam erkundige, für welches unserer 27 Objekte sie wohl arbeitet. Ich registriere mit einer gewissen Vorsicht, dass Luisa Praktikantin bei der *Marion* ist, einer unserer zahllosen kleinen Frauentitel, was mich doch ein klein wenig abtörnt.

Praktikantinnen sind einfach schrecklich leicht zu haben!

Praktikantinnen rangieren knapp über den Frauen, die man bei Mediengalas abstaubt, nur weil man ein VIP-Bändchen trägt und eine beeindruckende Visitenkarte vorzuweisen hat.

Doch so richtig schlimm finde ich Luisas Status beim Blick auf ihr in der Sonne leuchtendes Kleid nun auch wieder nicht. Meine erotische Warteliste sieht aktuell ziemlich aufgeräumt aus, und ich kann für die nächsten sieben Tage kein einziges Date vorweisen, an dessen Ende ein erfüllender Beischlaf warten könnte.

♀

Björn sitzt seitlich auf der Bank, mir ganz und gar zugewandt. Seine Schüchternheit von vorhin scheint weg zu sein. So wie wir hier traulich unseren Lunch verputzen, käme wohl niemand auf die Idee, dass wir uns erst vor einer Viertelstunde kennengelernt haben.

Und so wie er mich ansieht, während ich eine Cocktailtomate aufspieße und zum Mund führe, wird mir vollkommen klar, dass der ganz gewiss nicht schwul ist. Die Sache hier macht mir plötzlich Spaß.

Er hat mich drangekriegt. So schnell wie dieser Björn-Typ hat mich noch keiner auf eine Bank am Hafen gelockt. Der Mann ist originell, das muss man ihm lassen.

In meinem Kopf formt sich plötzlich die Idee für eine witzige Dating-Story. Woran erkenne ich welche Flirttypen und mit welchen Überraschungen muss ich rechnen?

Den schüchternen Dann-doch-bloß-Aufreißer?

Den Arroganz-getarnten-ich-trau-mich-nicht?

Den notgeilen Ich-tu-mal-ganz-Desinteressierten?

Oder den liebenswerten Scheiße-das-ist-ein-knallharter-Macho-Typen?

Das werde ich morgen in der Themenkonferenz vorschlagen.

Müsste den Leserinnen eigentlich gefallen, obwohl es ein bisschen ungewöhnlich für die *Marion* ist. Dort dreht sich die Welt um Diäten, Mode, Kochen, eine Handvoll Promis und äh ... Diäten, Mode und Kochen.

Plötzlich fällt mir ein, dass ich gar keine Themen mehr vorschlagen muss. Ich bin raus. Könnte die ganze Konferenz über in der Nase bohren. Oder auf dem Tisch tanzen. Und ab nächste Woche werde ich wieder in Vollzeit kellnern.

Trotz der unerfreulichen Gedankengänge genieße ich die warmen Sonnenstrahlen auf meiner Haut, den köstlichen Salat und die Aufmerksamkeit der netten Zufallsbekanntschaft. Er schaut mich an, die ganze Zeit. Er lächelt, als ich mein Baguette in kleine Krümel zupfe und damit die Spatzen füttere.

Auch ich lächele, und zwar zu Björn hinüber, und halte ihm das Brot hin. »Auch mal?«

Wir schweigen und beobachten die knopfäugige Bande, die sich um die Brocken balgt.

Ich frage mich, was genau Björn wohl macht.

Das heißt: Eigentlich frage ich ihn. Zwei, die zusammen Salat essen und Spatzen füttern, dürfen ruhig ein bisschen mehr voneinander wissen als ihre Vornamen und die Preise vom Zalando-Sommerschlussverkauf.

»Hm!«, antwortet er. »Ich arbeite für den *Monday.*«

Wow! Was für ein Hammer! Der *Monday* ist das Flaggschiff dieses Verlages. Andererseits bieten die Worte »ich arbeite für« relativ großen Interpretationsspielraum nach unten.

Ich erwäge, nachzuhaken und ihn zu fragen, was er nun genau macht.

Sein Handy brummelt. Er streut die restlichen Krümel auf den Boden, zuckt resigniert die Schultern, nimmt ab und lauscht. Dann knurrt er: »Die Reportage sollte heute Abend fertig sein! Die Fotos hab ich gesehen, die sind zum Kotzen! Das muss alles noch mal neu. Was haben die denn eine Woche lang gemacht? Und sag der Hagen, wenn ich das nicht morgen um zwölf Uhr auf dem Tisch habe, dann raucht es!«

Die Frage, die ich ihm gerade stellen wollte, ist somit von selbst beantwortet. Dieser Mann hier neben mir, der hat beim *Monday* etwas zu sagen.

Und jetzt? Mein Herz galoppiert plötzlich, und ich spüre, wie mir die Hitze in die Wangen schießt.

Papa hat den *Monday* abonniert. Ich habe darin gelesen, seit ich vierzehn war. Diese Zeitschrift hat mein Leben verändert. Mit einer riesigen Reportage über Tiere, die der Mensch quält, um sich an ihrem Fleisch zu mästen.

Ich habe geweint und sie dann noch einmal gelesen. Und noch einmal. Und noch einmal. Und ich habe seither nie wieder ein Stück Fleisch gegessen. Stattdessen habe ich beschlossen, Journalistin zu werden und die Welt zu verändern, indem ich die Wahrheit suche und den Menschen davon berichte.

Ich möchte es Björn erzählen. Aufspringen, eine leidenschaftliche Rede halten. Ihm auf der Stelle sagen, dass ich seit Jahren davon träume, Reportagen für sein Blatt zu machen. Dass ich beinahe alles dafür tun würde, einmal so eine Chance zu bekommen.

Ich höre meinen Puls bis in die Ohren hämmern und hole tief Luft, um mich zu beruhigen.

Und dann kapiere ich, was gerade passiert ist.

Wenn es da oben wirklich einen Gott gibt, dann hat der alte Herr heute einen guten Job gemacht: Falsches Kleid, das sich als richtig entpuppt. Rauswurf bei der *Marion,* damit der Weg zum *Monday* frei ist.

Jetzt muss ich Björn nur noch fragen, ob er einen Job für mich hat.

Nichts leichter als das. Oder?

»Entschuldigung«, sagt er, schiebt sein Handy zurück in die Jackentasche und sieht mich an. »Ich muss dann mal wieder.« Er nickt mit dem Kopf in Richtung Verlagshaus.

»Ich ... ich muss auch zurück.«

Los, Luisa!

Die nächsten drei Sätze entscheiden über meine Zukunft. Sie müssen klug, ausgereift und überzeugend sein. Ich setze zum Sprechen an und schließe den Mund wieder. Aber in meinem Kopf sind keine drei Sätze. Verdammt! Da ist im Moment nicht mal ein einziges Wort.

♂

Ist die niedlich!

Wie sie die Augen niederschlägt.

Jetzt öffnet sie den Mund ein wenig, als wolle sie etwas sagen.

Schließt ihn.

Öffnet ihn.

Toller Mund!

Und jetzt wird sie rot.

Wie geil ist das denn?

Ich bekomme den Anflug einer Erektion.

So würde ich das Mädchen gerne sehen, während sie vor mir kniet und meine Hose öffnet.

Es ist kein Entschluss, den ich fasse, es ist die Gewissheit, die plötzlich da ist. Dass ich sie haben will, dass ich sie von Anfang an haben wollte und dass ich sie haben werde.

Ich frage: »Wie lange läuft Ihr Praktikum noch?«

Sie sinkt in sich zusammen.

»Bis morgen.«

»Und danach schon was Neues?«

Sie schüttelt den Kopf.

Ich schalte um, bin jetzt ganz Chefredakteur.

»Sind Sie gut?«

Jetzt sagt sie gar nichts mehr.

Ich stehe auf. »Geben Sie mir doch mal Ihre E-Mail-Adresse«, sage ich, als wir in den Schatten des Verlages eintauchen. »Ich gucke, was ich machen kann.«

♀

Ich kann mein Glück nicht fassen. Vor dem Fahrstuhl krame ich hastig in meiner Handtasche nach Stift und Zettel.

Fehlanzeige.

Das darf doch nicht wahr sein!

Mir schießen die mahnenden Worte meines Volontärsvaters Hermann durch den Kopf, der mir gleich am ersten Tag der Ausbildung gründlich den Kopf wusch, weil ich ohne Schreibzeug zu einem Termin gehen wollte. »Nie ohne Stift und Block vor die Tür gehen, Kindchen! Stell dir vor, da hockt der Papst betrunken in der Kneipe, und du kannst nicht notieren, was er hinter die Binde kippt. Ich drücke ansonsten gern mal ein Auge zu bei euch jungen Leuten, aber komm mir nicht noch mal ohne Stift und Block unter die Augen!«

Ach Hermann, wenn du wüsstest!

Björn hat mich schon wieder die ganze Zeit beobachtet. Jetzt grinst er und reicht mir wortlos einen Kugelschreiber. In Ermangelung eines Notizzettels kritzle ich meine Mailadresse auf die winzige Verpackung eines Parfümpröbchens.

Gestatten, mein Name ist Miss Dior, aber Sie können auch Miss Tollpatsch zu mir sagen oder Miss Geschick, ganz wie Sie wollen.

Als ich aus dem Fahrstuhl aussteige, ist mir völlig klar, dass ich soeben die Chance meines Lebens vermasselt habe. Ich riskiere einen letzten Blick über die Schulter. Er sieht mir nach, bis sich die Fahrstuhltüren schließen.

Im Büro hockt Sandra vor einem etwa drei Meter hohen Zeitungsstapel, den sie ächzend durchackert. Archivarbeit. Das scheint mir die gerechte Strafe für alle moralisch-ethischen

Verfehlungen zu sein, die sie begangen hat, um ihren Job zu kriegen. Und die Strafe für meine Verfehlungen ist, dass ich nächste Woche wieder kellnern gehe.

Ich werfe meine Tasche auf den Schreibtisch, verschwinde auf die Toilette. Aus dem Spiegel blickt mich ein gelbes Elend an. Jede Wette: Björn lacht sich gerade tot, während er seinen staunenden Kollegen erzählt, wie dämlich die Praktikantinnen von der *Marion* sind.

Vielleicht könnte ich ihm eine Mail schreiben?

Da fällt mir ein, dass ich vergessen habe, ihn nach seinem Nachnamen zu fragen.

Der nächste unverzeihliche Lapsus. Journalisten checken Informationen, sammeln Fakten, notieren Namen. Ich sehe Hermann enttäuscht den Kopf schütteln. Und den lieben Gott gleich mit. Der wird sich zweimal überlegen, ob er so einem hoffnungslosen Fall wie mir noch einmal eine Chance auf dem Silbertablett serviert.

Ich könnte heulen. Aber was soll das bringen? Beherzt verdränge ich die beiden alten Herren aus meinen Gedanken. Ich habe noch immer eine Chance, wenn auch nur eine ganz klitzekleine.

Ich stürme zurück ins Büro, stürze mich auf den herumliegenden *Monday* von letzter Woche und fahnde nach dem Impressum.

Himmel, gibt es da viele Björns!

Zwei sind Redakteure, einer leitet die Fotoredaktion. Und einer ist Chefredakteur, nämlich Björn Bengt Becker.

Ich google den Namen und entdecke sofort sein Foto. Mein Gott, bin ich denn blind? Der schreibt jede Woche das Editorial! Auch wenn er auf dem Foto jünger aussieht als eben in der Halle.

»Hab dich beim Reingehen gesehen«, sagt Sandra und mustert mich neugierig. »Sag mal, wie kommst du denn an den Chefredakteur vom *Monday?* Meinst du, du könntest mich mal vorstellen?«

Ja, die liebe Sandra wäre um die drei richtigen, lebensverändernden Sätze wahrscheinlich nicht verlegen gewesen.

»Zufall«, nuschele ich. Sie zuckt die Schultern und wendet sich ihrer Arbeit zu. Ich lege die Arme auf meinen Schreibtisch und lasse meinen Kopf darauf sinken. Nur einen Moment Ruhe und Zeit zum Nachdenken!

Noch ist nicht alles verloren. Oder?

♂

Die Fahrstuhltür schließt sich, aber Luisa dreht sich um und wirft mir noch einen Blick zu. Sehr schön. Ich denke, in weniger als zwei Wochen wird sie sich zwischen meinen Laken räkeln.

Drei Stockwerke höher verschwindet meine gute Laune.

Die Auflage sinkt.

Das Ergebnis der letzten Marktforschung sah überhaupt nicht gut aus.

Das Blatt von nächster Woche harrt noch einer Titelgeschichte, und die ist weit und breit nicht in Sicht.

In der 14-Uhr-Konferenz schreie ich ein bisschen herum. Eigentlich schreie ich nicht gern und nicht oft, aber manchmal muss es eben sein.

Ich werfe den Stapel mit Themenvorschlägen drei Meter weit in den Mülleimer, sodass sich die Köpfe hinter die Bildschirme ducken, und verlange bis achtzehn Uhr heute Abend ein komplett neues Angebot.

Dann fahre ich ein Stockwerk höher in die Verlagsgeschäftsführung und hole mir meine Watschen ab. Also, nicht, dass ich besonders heftige Watschen kriegen würde. Aber Chefredakteure zu watschen steht in der Arbeitsbeschreibung von Verlagsgeschäftsführern, außerdem müssen sie Anzeigenabteilungen quälen und Vertriebsmitarbeiter nerven. Wenn sie all das nicht täten – das ist jedenfalls meine Überzeugung –, würde die Zeitung unverdrossen weitererscheinen, es müssten weit weniger Redakteure gefeuert werden, um Kosten zu senken, und die Welt wäre eine bessere.

»Haben drei Titel in der Schublade«, knurre ich. »Alle noch am Köcheln. Morgen kann ich mehr sagen.«

Dann stehe ich auf und blicke aus dem Fenster zum Hafen, wo ich vorhin gesessen habe. Eigentlich wäre es nett, die junge Dame schon heute Abend aus dem gelben Kleid zu schälen. Doch das ist natürlich ausgeschlossen.

Ich sehe sie vor mir, erst so selbstbewusst, plötzlich scheu, schüchtern, madonnenhaft und trotzdem stolz.

Hat sich mir nicht an den Hals geschmissen.

Hat nicht um einen Job gebettelt.

Doch eine glatte Eins, denke ich mir. Scheiß auf die B-Körbchen.

Bevor ich Feierabend mache, schreibe ich zwei Mails.

Die erste geht an Luisa. Ich lasse den Anhang weg, der mich als Chefredakteur des *Monday* outet, das wird sie schon selbst herauskriegen. Ich schreibe, dass unser Nachrichten-Ressort gerade Verstärkung braucht. Sie solle einen Termin bei einer meiner Sekretärinnen machen. Ich schreibe ihr die Nummer dazu.

Die zweite Mail geht an Linda.

Linda ist 24 Jahre, Ex-Volontärin, traumhaftes Gesicht, wundervoll frauliche Figur – mit der ich was habe, seit sie vor zwei Jahren zu uns kam. Inzwischen arbeitet sie in München, kommt aber regelmäßig in die Heimat. Sie hat mir vor fünf Minuten eine SMS geschrieben, dass sie in Hamburg ist und ob ich was vorhabe. Damals war die halbe Redaktion hinter ihr her. Aber Linda ist eine begabte Netzwerkerin mit Sinn für Prioritäten.

Ich spare mir die Vorrede: »Heute Abend? 21.30 Uhr. Du bestimmst die Bar, ich die Stellung!«

♀

Ich bleibe länger im Büro.

Sandra guckt verwirrt. Normalerweise geht sie als Letzte. Und zwar genau eine Minute, nachdem Schmidt sein Büro abgeschlossen hat. Sie läuft dann 20 Meter hinter ihm her. Ich bin ziemlich sicher, dass das kein Zufall ist.

Ich starre verbissen in den Bildschirm und recherchiere über den *Monday.* 150 Redakteure. Die Cash Cow des Verlages. Neun Prozent Umsatzrendite. Eins von drei Objekten, die von der letzten Kürzungswelle ausgenommen wurden. Kein Vergleich zu den großen Playern *Stern, Spiegel* oder *Focus.* Aber doch einer von Deutschlands Top-Titeln und ganz sicher eine Top-Adresse für ein Journalisten-Küken wie mich.

Lieber Herr Björn Bengt Becker, Sie wollten mir doch eine E-Mail schreiben! Jetzt wäre der richtige Moment gekommen.

Wohl zum hundertsten Mal an diesem Nachmittag schaue ich in meine Mailbox. Nichts!

Wie hoch sind meine Chancen, dass er sich meldet? So wie ich es an der Uni und im Volontariat gelernt habe, nehme ich Notizblock und Stift aus meiner Schreibtischschublade und gehe so nüchtern, wie es mir möglich ist, die Fakten durch.

Was hat Chefredakteur Becker von der jungen, hochbegabten Journalistin Luisa Stein bisher gesehen?

- Ich habe weder Stift noch Block.
- Ich will nicht wissen, wie er heißt.
- Ich gebe ihm keinerlei Hinweis auf mein Einser-Examen.
- Ich verschweige mein Abschlusszeugnis vom Volontariat (ich war Jahrgangsbeste, verdammt!)

- Ich behalte sogar für mich, dass ich alles tun würde, um einen Platz beim *Monday* zu kriegen.

Was hat Chefredakteur Becker stattdessen von mir gesehen?

- Ich trage zur Arbeit ein schulterfreies, knallgelbes Kleid.
- Ich scheue mich nicht, meine Rundungen durch hautenge Schnitte zu betonen.
- Ich stöckele auf sauteuren Sechs-Zentimeter-Pumps von Boss Black (meine einzigen!) durch den Verlag.
- In meiner Handtasche trage ich ein Schminketui samt Parfümpröbchen spazieren, aber keinen Block.

Seufzend sehe ich den Tatsachen ins Auge.

Wenn Chefredakteur Becker mir eine Mail schreiben sollte, dann wird er andere Gründe haben, als mir einen Job anzubieten. Falls ich irgendwelche Zweifel hege, welche das sein könnten, kann ich mich morgen bei Sandra erkundigen. Die kennt sich da aus.

Aber nach Hause gehe ich trotzdem nicht. Ich tippe die Eckdaten der Datingstory runter, die mir vorhin eingefallen ist. Vielleicht schick ich ihm die?

Das Klicken der Tastatur kommt mir gespenstisch laut vor, aber ich habe mir in den Kopf gesetzt, meine Idee noch heute zu Papier zu bringen. Nebenbei gucke ich regelmäßig in den E-Mail-Account. Nichts!

Um kurz vor neun hat sich mein Kampfgeist verflüchtigt wie der Duft von Miss Dior nach einem langen Tag im Büro. Zeit, der Realität in die Augen zu sehen. Die Dating-Story ist okay, aber nicht brillant. Meine alten Artikel sind brillant, aber kalter Kaffee. Ich kann ihm nichts schicken, ohne dass ich den lausigen Eindruck von vorhin noch verstärke.

Ich hab's versemmelt.

Ich fahre mit der Maus auf »Computer ausschalten«.

Genau in diesem Moment hält mich ein leises »Bling« von diesem Vorhaben ab. In meinem Nacken prickelt es.

Bitte, bitte, bitte!

Mein Herz macht einen Satz, als ich den Absender sehe.

Ich öffne die Mail und überfliege sie. Dann lese ich noch mal langsam. Und noch mal.

Björn Bengt Becker bietet mir einen Job an.

Ich könnte die ganze Welt küssen.

Küssen?

Die Ernüchterung trifft mich wie ein Schlag in die Magengrube. Der will was von mir!

Ich gehe noch mal meinen Faktencheck durch. So ein blöder Hund! Für wie bescheuert hält der mich? Aber so nicht. Ich werde ihm absagen. Ich werde morgen hocherhobenen Hauptes aus dem Verlag marschieren und denken: Mit mir nicht, mein Lieber, du kannst dir gerne Sandra holen, die steht schon an der Startrampe, aber mich kriegst du nicht.

Stopp!

Er bietet mir einen *Job* an. Im Nachrichtenressort. Ich soll einen Termin mit seiner Sekretärin machen. An seiner Mail ist überhaupt nichts zweideutig.

Könnte es sein, dass er einfach nur ein netter Typ ist, der jungen Leuten eine Chance gibt? Ein Menschenfreund, sozusagen? Ein Förderer der Jugend? Einer, der großes journalistisches Potenzial in mir sieht?

Ich zerknülle meinen Faktencheck und schmeiße ihn in den Papierkorb.

Ein Bild taucht vor mir auf. Björn im Fahrstuhl.

Wie er mir seinen Kugelschreiber leiht. Wortlos. Seine blauen Augen auf mein Gesicht gerichtet. Die Lachfältchen. So als Mann ist er jetzt echt kein Model, aber seine Ausstrahlung, die ist wow. Einerseits freundlich, einen Tick lässig, andererseits durchaus machtbewusst und souverän. Eine völlig andere Liga als Schmidt.

Wie viele Frauen kann ein Björn Bengt Becker pro Woche ins Bett kriegen? Der muss hier keinen Spatzen wie mich anbaggern. Das hat der gar nicht nötig.

Ich lese die Mail noch mal. Und noch mal. Und noch mal.

Jetzt heißt es ruhig bleiben.

Ich klicke auf »Antworten«.

Wie soll ich ihn anreden? Er hat mir nicht einmal seinen Scheißnachnamen gesagt. Wahrscheinlich geht er davon aus, dass ihn sowieso jeder im Verlag kennt.

Ich werde ihn Björn nennen und beim Sie bleiben, so kann ich Distanz wahren.

»Hallo Björn«, schreibe ich. »Auf Ihr Angebot komme ich gern zurück.«

Blödsinn. Total ungelenk. Ich lösche den Text.

»Lieber Björn, toll, ich rufe morgen Ihre Sekretärin an.«

Auf keinen Fall. Das sieht uncool und bedürftig aus.

Seit zwanzig Minuten grübele ich über einen geeigneten ersten Satz. Das kann eine lange Nacht werden. Würden wir noch auf Papier schreiben, wäre der Fußboden um mich herum schon mit Bergen von angefangenen Briefen übersät.

»Lieber Herr Becker, vielen Dank für Ihre Nachricht. Sie können sich vorstellen, dass ich Ihr Angebot gerne annehme. Ich werde gleich morgen Ihre Sekretärin anrufen. Vorsorglich hänge ich Ihnen ein digitales Exemplar meiner Bewerbungsmappe an. Herzliche Grüße, Luisa Stein.«

Das könnte gehen.

Distanziert.

Dankbar für die Chance.

Ich hoffe, er vergisst beim Anblick der Examenszeugnisse

meinen Po im hautengen Kleid und meine Hand, die sich ihm entgegenstreckt – übersät mit Brotkrümeln!

Dann drücke ich auf »Senden.«

Jetzt ist mir schlecht.

Ich fahre den PC runter und radele nach Hause.

Ich will endlich raus aus dem gelben Kleid, duschen, danach die Wände anstarren oder besser noch reden. Am besten mit Sally, denn die hat für jedes Problem im Leben eine klare Marschrichtung. Keine Ahnung, wie sie das macht. Manchmal finde ich ihre Ansätze simpel. Aber heute ist meine Mitbewohnerin genau die richtige Gesprächspartnerin.

Ich brauche einen Menschen, der mir in drei Sätzen erklärt, was dieser verrückte Tag eigentlich sollte.

♂

Ich treffe Linda im »Zwick« in Hamburg-Pöseldorf.

Kein Mensch weiß, warum diese schlichte Kneipe bei uns Medienfritzen Kult ist, aber hier trifft man einfach jeden, der in der Branche etwas zu sagen hat.

Wolle, der Wirt, sieht genauso aus wie der Gitarrist von ZZ-Top, behandelt alle Gäste mit dem gleichen rauen Charme, die Musik ist laut, die Mädels zahlreich, die Chefredakteure begehrte Ziele.

Ich knuffe zwei Kollegen von der Konkurrenz freundschaftlich in die Seite, um Linda aus ihrer Mitte herauszuhauen.

»Tut mir leid, Jungs«, sage ich, »aber diese Nummer hier hat der *Monday* exklusiv.« Die beiden lachen dröhnend und sehen sich nach anderen Kandidatinnen um.

Als Linda und ich gerade den Laden verlassen, sitzt die nächste junge Frau bei ihnen am Tisch. Hier im »Zwick« haben schon ein Haufen Karrieren der weiblichen C-Prominenz begonnen, und vorsingen musste dabei noch keine. Die Mädels haben andere Qualitäten.

Linda und ich fahren ohne Umwege in mein Penthouse am Hamburger Hafen, wobei ich fast eine Ampel ramme, denn sie fängt schon im Auto an, an meinem rechten Daumen zu lutschen, was meiner Konzentration auf zumindest den automobilen Verkehr eher abträglich ist.

Im Fahrstuhl aus der Tiefgarage knutschen wir.

Kaum sind wir oben, lässt sie noch auf dem Weg ins Wohnzimmer ihr knappes Kleid fallen, unter dem sie nichts anderes getragen hat als ein Paar halterlose Strümpfe, die ausgezeichnet zu ihrem Arsch und den Pumps passen, mit deren Hacken sie mir ohne jeden Zweifel in weniger als drei Minuten die Hüften total verschrammen wird.

Man kann es drehen, wie man will. Das Leben ist nicht übel, wenn man Björn Bengt Becker heißt und der Chefredakteur des *Monday* ist.

»Au, verdammt, tut das weh!«

Ich liege auf der großen Couch im Wohnzimmer. Sally hat mir einen warmen Wachsstreifen vom Bein gerissen und tätschelt nun beruhigend meine Wange.

»Schmerz und Freude liegen in einer Schale, hat meine Oma immer gesagt«, tröstet sie mich.

Ich betrachte meinen malträtierten Unterschenkel. Kein einziges Haar mehr. Nach dieser Tortur habe ich zur Belohnung vier Wochen lang so glatte Haut wie ein Baby.

»Mach schon weiter«, knurre ich.

»Tapferes Mädchen.«

Sally trägt eine neue Schicht des warmen Wachses auf und wartet, bis sie ein wenig abgekühlt ist.

Ratsch!

»Aber die Geschichte mit dem knuffigen Chefredakteur, die musst du mir noch mal genauer erzählen!«

»Ich kann nicht reden, wenn du mir die Haut von den Beinen reißt«, jaule ich.

Sally lacht. »Aber ich liebe schöne Geschichten. Jetzt erzähl und hör endlich auf zu zappeln!«

Mein minutiöser Bericht darüber, wie ich Björn Bengt Becker kennengelernt habe, lenkt mich in der Tat von den Schmerzen ab. Ich muss Sallys kluger Großmutter sogar recht geben. Denn was sie gesagt hat, trifft seit ungefähr einer Stunde auf meine berufliche Situation zu. Da hat mir jemand ziemlich viel Freude geschenkt, die jetzt wie ein rotbäckiger, glänzender Apfel in einer Schale liegt. Schönes Bild!

»Und du bist sicher, dass er es ernst meint?«, fragt Sally.

»Wie meinst du das?«

»So, fertig! Jetzt die Bikinizone! Brasilianisch, oder?«

Ich nicke ängstlich. Sie lächelt zufrieden, so als hätte sie Freude dran, mir jedes lästige Härchen einzeln auszureißen. Hat sie wahrscheinlich auch. Bis vor zwei Wochen hat sie in einem Waxing-Studio gejobbt.

»Was ich meine? Wusste der Typ, wer du bist, als er dich angequatscht hat? Ich meine, dass du Journalistin auf Arbeitssuche bist?«

»Nein. Natürlich nicht.«

»Na, dann ist doch sonnenklar, weshalb er dich auf diese Bank da im Hafen gelockt hat und deine Mailadresse wollte.«

»Auaaaaa!«

Der Klagelaut gilt nicht nur Sallys Spezialbehandlung meiner empfindlichsten Körperpartie.

»Ich glaub das nicht!«, keuche ich.

»Ich vermute mal, das ist seine Masche«, sagt Sally nüchtern. »Berufsanfängerinnen sind leichte Beute für Chefs.«

»Aber er hat wirklich eine Stelle zu besetzen! Im Nachrichtenressort. Das hab ich doch nicht geträumt.«

Ich halte in Erwartung eines weiteren scharfen Schmerzes die Luft an.

»Ich würde dir raten, genau aufzupassen!«, sagt Sally. »Wenn er dir wirklich eine Arbeit anbietet, und zwar *bevor* er versucht, dich ins Bett zu kriegen, dann will ich nichts gesagt haben. Und jetzt nimm die Hände da weg, sonst werd ich ja nie fertig!«

♂

Luisa ist ein fleißiges Mädchen. Hat mir gestern Abend, als ich längst mit Linda auf der Matte balgte, eine Bewerbungsmappe gemailt. Ich vertiefe mich in ihr Foto.

Außerdem verrät mir ein gelber Zettel am Bildschirm, dass eine Frau Stein um einen Termin bittet.

Termine bei mir sind rar, natürlich, ich leite ein Blatt mit 300 000 Auflage, das obendrein noch einige Berühmtheit genießt. Denn der *Monday* erschien nur zu seinen Gründerzeiten montags, fünfzehn Jahre danach beschloss der Verlag, ihn künftig donnerstags erscheinen zu lassen, was dem stetig wachsenden Nachrichtenmagazin weniger harte Konkurrenz durch den Marktführer und höhere Verkaufszahlen versprach.

Hätte Lust, die Kleine gleich heute Vormittag zu sehen, aber wohin soll das führen? Linda ist noch drei Tage in der Stadt, sie wird jeden dieser Abende in meinem Bett verbringen, und ich habe schlicht noch keine Verwendung für Luisa.

»Termin Freitagabend, 19 Uhr«, krakele ich auf den Zettel und hefte ihn meiner Sekretärin Irene auf die Tastatur. Und »Tisch Fischereihafenrestaurant, 20 Uhr«. Irene wird sich ihren Teil denken, aber sie folgt mir seit nun knapp elf Jahren durch alle Redaktionen, schweigt wie ein Grab und hat auch nicht die anstrengende Angewohnheit vieler mütterlicher Sekretärinnen, ihren Boss mit beleidigten Blicken abzustrafen, wenn der die Förderung eines jungen Talentes mal wieder in die Nachtstunden ausgedehnt hat.

Außerdem ist Irene mein Seismograf in die Redaktion. Wenn es irgendwo rumort, bekommt sie es mit, und alle zwei Wochen sitzen wir beide nach Feierabend noch auf zwei Glas Wein in meinem Büro, schwatzen über dieses und jenes, und sie hilft mir, die großen und kleinen Brandherde im Team zu identifizieren, auf dass ich sie im frühestmöglichen Stadium austreten kann. Im Gegenzug bekommt Irene ein Gehalt, das dem eines Ressortleiters entspricht, und ihr Status in der Mannschaft ist noch weit höher. Wer von mir etwas will, muss erst einmal Irenes Herz und Ohr gewinnen, und ich glaube, das ist es, was sie an ihrem Job am meisten liebt.

Freitag ist gut.

Donnerstag erscheint das aktuelle Heft, das heute Abend in den Druck gehen wird. Freitag und Samstag hat die Redaktion frei, nur ich arbeite manchmal noch die unerledigten Sachen ab. So kann ich erst eine Runde Golf spielen und einen Happen essen, um sechzehn Uhr reinfahren und Korrespondenz erledigen. Und sie am Abend gleich zu unserem Dinner lotsen.

Wenn es nach mir geht, steht Fräulein Stein noch am gleichen Abend nackt vor meinem Panoramafenster in der Hafencity und drückt Hände und Brüste gegen die Scheibe. Ist eine meiner Lieblingsnummern. Hab ich gestern auch mit Linda gemacht.

Aber dann denke ich an Luisas niedergeschlagene Augen, ihre wie ein Orkan über mich hereinbrechende Madonnenhaftigkeit, und ich beschließe, von vornherein langsam zu machen.

Gigantische Woche.

Drei Nächte Sex mit Linda.

Mit Luisa eine absolute Rakete auf der Warteliste.

Wenn bloß nicht der verdammte Titel für die nächste Woche wäre.

Natürlich planen wir die großen Storys Wochen im Voraus.

Aber manchmal platzt eben eine Geschichte weg.

Wenn es blöd wird, platzt auch noch eine zweite.

Dass sich binnen einer Woche drei Titelstorys in Luft auflösen, ist mir in meiner Zeit als Chefredakteur noch nie passiert, aber die neue Chefreporterin Franziska Hagen, die ich für teures Geld von der Konkurrenz abgeworben habe, hat ihre Reportage über die zunehmende Gewaltbereitschaft von Jugendlichen so derartig verpatzt, dass ich zornerfüllt mit dem Gedanken liebäugele, sie sofort wieder rauszuwerfen.

Natürlich kriegen wir trotzdem was aus dem Ärmel geschüttelt. Schaffen wir immer. Aber momentan gibt es einfach kein ordentliches Nachrichtenthema, auf das wir schnell noch draufsatteln können. Und wir können unmöglich schon wieder »Wie rette ich mein Geld?« oder ähnliche unmotivierte Klassiker machen.

Um mich abzulenken, lese ich Luisas Bewerbung.

Gar nicht schlecht.

Und ein tolles Foto.

Der Vormittag ist noch jung, und ich habe ein paar Minuten Zeit. Also schreibe ich ihr eine zweizeilige Antwort: »Tolle Bewerbung, meine Sekretärin meldet sich wegen Termin.« Ich weiß nicht, warum, aber ich hänge noch ein PS hintendran: »An welchem Thema arbeiten Sie gerade?«

Ihre Antwort kommt ein paar Minuten später. Sie ist lang und ein bisschen durcheinander. Luisa bereitet sich auf die Themenkonferenz vor. Will »Woran erkenne ich, dass ein Mann es ernst meint?« vorschlagen.

Ich muss grinsen. Frauen denken immer, wir meinen es ernst.

Dann kaue ich an meinem Kuli herum.

Ließe sich allerdings was draus machen aus der Geschichte, wenn wir die Zielgruppe erweitern und noch die Kerle abholen.

Ich notiere mir:

»Woran erkenne ich, dass SIE Sex will?«

»Woran erkenne ich, ob ER es ernst meint?«

Doch, das würde sich verkaufen.

Ich schicke Irene ins Archiv, um nachzusehen, wann wir zuletzt das Thema Liebe, Flirt und Dating gemacht haben. Die erfreuliche Antwort: Über ein Jahr her, anderer Titel, ganz anderer Dreh.

Ich versinke in Grübeleien über die Optik.

Ein nettes Paar auf dem Titel.

Vielleicht ein halbnacktes Brautpaar?

Geile Idee.

Die Braut symbolisiert ihren Wunsch nach Partnerschaft. Die nackte Haut seinen Wunsch nach Sex.

Und noch besser, das verkauft sich ganz sicher!

Stemmen lässt sich das auch locker – wenn es sein muss, in weniger als 48 Stunden. Wenn meine Redaktion eine klare Marschrichtung hat, arbeiten die Leute wie die Teufel.

Ich bestelle Art-Direktor, Fotochef und Tom nach oben, meinen Stellvertreter als Chefredakteur, Ressortleiter Nachrichten und ganz nebenbei noch besten Freund aus gemeinsamen Jungredakteurstagen.

»Plant mal bitte diese Geschichte hier. Sechs Männer erzählen. Sechs Frauen erzählen. Aber eine muss ein ziemliches Luder sein. Bisschen Schicksal, bisschen Tragik. Einen Paarpsychologen dazu. Einen Dating-Experten. Und drei, vier Grafiken über den Anteil der Singles in den Städten. Am liebsten noch eine politische Komponente. Sarrazin light oder so. Zu wenig Paare, zu wenig Kinder, demographische Katastrophe. Macht mir einen Plan für zwölf Seiten. Und bis morgen Entwürfe für den Titel. Und Tom, lass um Gottes willen die Neue da nicht ran.«

Gar nicht übel.

Luisa, wie?

Scheint kein Blindgänger zu sein.

Ich schreibe ihr: »Schöne Idee, falsches Blatt.«

Die *Marion* kommt vier Tage nach uns. Können die Geschichte wegwerfen, falls sie die wirklich planen sollten. Allerdings glaube ich das nicht. Ich kenne Schmidt, meinen Chefredakteurskollegen. Der erkennt ein gutes Thema selbst dann nicht, wenn er mit dem Kopf dagegenrennt.

♀

Beherzt melde ich mich am nächsten Mittag in der Themenkonferenz zu Wort und stelle meine Dating-Story vor. Alle Kollegen drehen ihre Köpfe zu mir und schauen überrascht. Wahrscheinlich sind sie erstaunt, dass ich überhaupt noch etwas sage, wo ich doch schon auf der Abschussrampe Platz genommen habe.

Björn hat »Schöne Idee« geschrieben, das gibt mir Zuversicht. Ein paar Leute nicken, während ich rede. Doch Schmidt unterbricht mich mit einem unwilligen Wedeln seiner rechten Hand, so als wolle er eine Fliege verscheuchen. »Viel zu junges Thema«, mault er. »Wir sind hier nicht die *Bravo*.«

Wie bitte? Flirten ist kein Thema für Frauen zwischen 30 und 50?

Der Mann ist das personifizierte Vorgestern!

Am liebsten würde ich ihm ins Gesicht sagen, dass Björn Bengt Becker vom *Monday* ganz anderer Meinung ist.

Aber warum sollte ich das tun?

Wir haben den 31. Mai, heute ist mein letzter Tag hier. Plötzlich wird mein Herz ganz fröhlich und leicht, und in diesem Moment nehme ich endgültig Abschied von der *Marion*.

Hallo *Monday*, ich komme.

Vielleicht.

Hoffentlich.

Bestimmt!

Während Sandra anfängt, unter Schmidts wohlwollenden Blicken über ihre Titelidee »Für immer schlank« zu schwadronieren, lehne ich mich zurück und genieße die Vorstellung, dass ich meinen Ex-Chef demnächst in der Kantine freundlich grüßen werde. Und zwar in Begleitung des Chefredakteurs vom *Monday.*

Becker würde dann sagen: »Hallo, Kollege! Kennst du Frau Stein? Unser bester Neuzugang seit Jahren. Zwei Titelgeschichten in sechs Wochen. Zum Glück hat kein anderer sie vorher entdeckt.«

Nach der Pause würde ich Schmidt mit der Hauspost ein Paket Schaumküsse schicken. Mit einer Grußkarte vom *Monday,* auf der ich mich honigsüß für mein Praktikum bedanke.

Den Rest der Themenkonferenz blende ich aus und gestatte mir noch ein paar weitere rosarote Fantasien. Nach der Anspannung der letzten Wochen tut das echt gut.

Sandras Themenvorschlag wird aufgenommen. Nicht für den Titel. Hinten drin, Seiten 32 und 33. Da steht jede Woche eine andere Diät. Es kratzt mich nicht mehr.

Am Nachmittag gehe ich einfach. Ich winke Schmidt fröhlich zu, ohne noch einmal sein Büro zu betreten. Eigentlich muss ich ihm dankbar sein, denn er hat viel eher als ich erkannt, dass ich nicht zur *Marion* passe. Falls er das überhaupt erkannt hat.

Nun habe ich ihn doch gepackt – meinen Pappkarton. Und ich fühle mich ein bisschen wie im Hollywoodfilm auf dem Weg ins Happyend. Es ist großartig! Ich sehe die letzten Szenen genau vor mir ...

Freitagabend, Termin bei Björn Bengt Becker. Ich trage ein schwarzes Etuikleid, das kurz über dem Knie endet, darüber einen grauen Blazer, dazu vielleicht ein Halstuch, um das strenge Outfit ein wenig aufzulockern. Gelb natürlich. Ich betrete den Verlag, der kurz vor dem Wochenende relativ ruhig ist. Vor dem Fahrstuhl werde ich dann doch ein wenig nervös. Im Spiegel überprüfe ich den Sitz meiner Frisur. Es ist alles perfekt. Meine Absätze klackern, als ich den langen Flur zu Beckers Büro entlanggehe, aber es klingt nicht nervtötend, sondern souverän. Eine junge, selbstbewusste Frau auf dem Weg zu einem wichtigen Termin. Ich sehe Björn bei meinem Anblick lächeln. Natürlich – das gelbe Tuch. Wir verstehen uns. Wortlos. Nur zwei Minuten später habe ich meinen Vertrag unterschrieben. Er reicht mir ein Glas Champagner, und wir stoßen an. Glücklich schaue ich auf den Vertrag …

An dieser Stelle endet der Film.

Als ich die Wohnungstür aufschließe und meine Sachen abstelle, muss ich ein bisschen über mich selbst lachen.

Vor allem über die Stelle, an der Björn meinen Ex-Chef in der Kantine blamiert.

Überhaupt Björn!

Wann hab ich eigentlich den letzten Satz gedacht, in dem dieser Name nicht vorkam?

Ich will einen Job. Er hat einen Job. Und ich werde ihn kriegen. Den Job. Und nicht ihn. Und mehr ist nicht. Fertig!

»Sally!«, rufe ich. »Sally, bist du da?«

Keine Antwort.

Schade.

Julia, die ich von unterwegs angerufen habe, hat auch keine Zeit.

Mitbewohnerin und beste Freundin – die beiden sind die Einzigen, denen ich etwas von dieser hoffentlich bevorstehenden und höchst aufregenden Wendung meiner Karriere erzählt habe.

Alle anderen – einschließlich meiner Eltern – werde ich erst einweihen, nachdem ich wirklich unterschrieben habe. Noch sind es drei volle Tage bis Freitag, und gefeiert wird erst, wenn ich Beckers Unterschrift schwarz auf weiß unter einem Arbeitsvertrag sehe.

Ich schmiere mir ein Brot und verziehe mich in mein Zimmer auf mein großes, gemütliches Bett. Doch statt zu essen, gerate ich wieder ins Träumen.

Björn und ich heben die Gläser. Wir stoßen an, doch wir trinken nicht, denn er nimmt mir den Champagner aus der Hand, bevor er sich zu mir herunterbeugt und ...

Stopp!

Sofort aufhören.

Mann, hab ich einen Knall!

Als ob ich es nötig hätte! Mit meinem hoffentlich zukünftigen Chef!

Aber was habe ich eigentlich nötig?

Sex? Vermutlich. Liebe? Ganz sicher.

Unvermittelt überfällt mich der Blues.

Acht Monate ist es her, vier Tage und rund zwölf Stunden, dass ich aufwachte, mich wie immer nach Jonas ausstreckte, um meine Arme um ihn zu schlingen und mich an ihn zu schmiegen. Ich liebte es, morgens zu kuscheln, bevor wir beide uns aufmachten, um zur Arbeit zu gehen.

Doch Jonas lag nicht neben mir. Er saß auf der Bettkante, fertig angezogen, in Sportklamotten wie fast immer, und sah mich an. Sein Blick ließ mein Blut gefrieren. Noch bevor er den Mund aufmachte, wusste ich, was er sagen wollte.

Hatte ich nicht längst geahnt, dass dieser Augenblick irgendwann kommen würde?

Ach verdammt! Ich sollte besser wieder von meinem neuen Job träumen. Und vielleicht ein klitzekleines bisschen von Björn Bengt Becker. Auch wenn das absurd und ziemlich verrückt ist. Aber eben, als ich mir vorgestellt habe, wie er sich zu mir herunterbeugt, da hat es ganz eindeutig in meinem Nacken gekribbelt. Und die total durchgedrehte Luisa hat erwartungsvoll die Augen geschlossen. Also echt!

Nachdenklich beiße ich in mein Brot, als es draußen Sturm klingelt.

Es gibt nur eine, die den Finger nicht vom Klingelknopf nimmt, bis ich geöffnet habe. Julia! Selig sause ich zur Tür.

Früher hat sie mit ihrer Art zu läuten meine Mutter wahnsinnig gemacht.

Heute macht sie mich glücklich!

»Mädchenabend!«, schreit meine beste Freundin und schwenkt eine Flasche Prosecco.

Ich falle ihr um den Hals.

»Ich denke, du kannst heute nicht?«

»Dachte ich auch, aber der Blödmann hat mich mal wieder versetzt!«

Der Blödmann, das ist Julias Freund Tim, mit dem sie seit zwei Jahren eine leidenschaftliche On-Off-Beziehung pflegt, bei der auch mal die Tassen fliegen.

Ich könnte keine drei Tage so leben. Ich will eine harmonische Beziehung voller Liebe und Vertrauen, und ich würde niemals mein Geschirr vor Wut auf den Boden schmeißen.

Julia sieht genauso energiegeladen aus, wie sie ist. Dunkle wilde Lockenmähne, funkelnde braune Augen und weiche, weibliche Formen. Sie war schon immer ein Ausbund an ungezügelten Emotionen und Lebenslust. Sie behauptet, ihre italienischen Gene seien daran schuld.

Ich hole Gläser. Julia lässt sich auf mein Bett plumpsen. Wir prosten uns zu.

»Erzähl«, sagt sie. »Ich will alles über diesen Wunderknaben wissen. *Alles,* hörst du?«

»Es geht doch nicht um den Typen«, entgegne ich lachend. »Es geht um einen Job beim *Monday!*«

»Süße«, sagt Julia und runzelt die Stirn. »Es geht *immer* um die Typen!«

Ich lasse mich neben meine Freundin fallen und lege den Kopf an ihre Schulter.

»Na gut! Er gefällt mir«, flüstere ich. »Aber nur ein ganz kleines bisschen.«

»Ha! Ich wusste es!«

»Er hat Falten!«

»Charakter, wolltest du sagen!«

»Graue Schläfen!«

»Lebenserfahrung!«

Ich habe gar nicht gehört, dass Sally gekommen ist, aber jetzt steckt sie ihren Kopf durch die Tür. »Gibt's was zu feiern?«

Meine miese Laune ist wie weggeblasen. Ich fühle mich leicht und froh wie lange nicht mehr.

»Beckers Sekretärin hat angerufen. Ich hab am Freitagabend einen Termin beim *Monday*. Er will mich haben.«

Ich springe auf und ziehe Sally in mein Zimmer.

»Soso!« Meine Mitbewohnerin setzt den Blick auf, den sie immer hat, bevor sie eine Pointe raushaut.

»Soso«, wiederholt sie. »Der Chefredakteur vom *Monday* will dich haben. Das hast du sehr pragmatisch und vor allem lebensklug formuliert!«

»Was soll denn das jetzt heißen?«, frage ich empört.

»Der ist scharf auf deinen Arsch. Erinnere dich! Das hab ich dir gestern schon gesagt.«

Ich spüre, dass ich knallrot werde, während Sally und Julia fröhlich gackern.

»Also, weißt du, ich gehe dahin, um eine Stelle zu kriegen.«

»Er will, dass du dich für den Job ein bisschen ins Zeug legst, und das weißt du ganz genau.«

»Du spinnst«, sage ich laut, während ich froh bin, noch niemandem auch nur ein Sterbenswörtchen von der romantischen Kuss-Szene erzählt zu haben, die vor ein paar Minuten durch meinen Kopf gegeistert ist.

Aber Sally lässt nicht locker. »Was ist denn schon dabei? Du hast doch gesagt, dass er gut aussieht.«

»Das stimmt ja auch, aber ...«

Ich hätte ihr *gar nichts* von Björn erzählen sollen.

»Noch mal für dich zum Mitschreiben«, sage ich viel schärfer als beabsichtigt. »Ich habe vor, am Freitag einen *Arbeitsvertrag* zu unterschreiben.«

Doch Sally ist nicht mehr einzufangen. »Noch nie gehört, dass jemand am Freitagabend einen Vorstellungstermin hat, Süße! Ich sag nur: Wochenende, lange Nächte, Frühstück im Bett ...«

Sie tänzelt durch mein Zimmer und schwingt ihren von knallengen Ledershorts betonten Hintern. »Lala lala«, säuselt sie. »Die Lulu hat ein Date.«

Und wenn sie recht hat? Mein Protest erlahmt langsam.

»So ein Blödsinn! Wahrscheinlich hat er an den anderen Tagen keine Zeit.« Ich leere mein Glas mit einem Zug. »Ich dachte eigentlich, du freust dich für mich.«

»Ich freu mich doch!«, sagt Sally und bleibt vor mir stehen. »Und ich gönne dir den Job. Du hast ihn echt verdient. Aber es ist schon komisch, wenn jemand eine Redakteursstelle angeboten bekommt, nachdem er mit dem Chefredakteur Spatzen gefüttert hat. Das ist fast wie im Märchen.«

Natürlich trifft sie genau ins Schwarze.

Hilfesuchend sehe ich Julia an, während Sally sich in ihr iPhone vertieft und schreit: »Na bitte, da haben wir ihn. BBB, 43 Jahre alt, geschieden und«, sie macht eine gewichtige Pause, bevor sie mir ihr Handy unter die Nase hält, »bei jeder Gala eine andere an der Hand.«

Ich seufze leise, während ich die ersten zwanzig Treffer

durchblättere. »Hier sind's sogar zwei.« Ernüchtert gebe ich Sally ihr Handy zurück. »Und jetzt?«

»Gib dir die Antwort selbst.«

Julia, die sich bisher zurückgehalten hat, füllt unsere Gläser ein weiteres Mal. Sie sieht jetzt ganz ernst aus. »Du musst da natürlich hingehen und den Vertrag unterschreiben. Aber pass auf dich auf, Süße! Der Typ ist ein Aufreißer.«

Während die Mädels weiterschnattern, überfällt mich der nächste Blues.

Aber nicht lange.

»Ach verdammt«, fluche ich. »Wenn er so viele Frauen haben kann, macht es erst recht keinen Sinn, dass er mir einen *Vertrag* gibt, um mich rumzukriegen. Selbst wenn es stimmt, was du sagst, Sally, er ist trotz allem der erste Mensch, der mir eine Chance gibt. Ich werde ihm zeigen, was ich draufhabe. Ich werde arbeiten wie der Teufel, und am Ende wird er heilfroh sein, dass er mich eingestellt hat. Und ich schwöre euch, ich gehe nicht mit ihm ins Bett oder sonst wohin.«

»Was wäre denn so schlimm daran? In deinem Fall?«, fragt Sally.

Mir bleibt der Mund offen stehen. »In *meinem* Fall? Was bitte soll das denn bedeuten?« Am liebsten hätte ich ein »Ich bin ja nicht du« drangehängt, aber das schlucke ich gerade noch runter. Es wäre gemein.

Sally will eigentlich nichts lieber als heiraten, vier Kinder kriegen und Hausfrau sein. Nur will das keiner der Typen, mit denen sie sich einlässt. Was daran liegen könnte, dass sie mit kniehohen Lackstiefeln, Netzstrümpfen, knallroten Fingernägeln und platinblonder Mähne zwar fantastisch aussieht, aber vielleicht nicht die richtigen Signale aussendet.

»Entschuldige«, sagt Sally unerwartet. »Das war blöd von mir. Es ist nur – du und Jonas, das ist jetzt so lange her. Ich wohne seit einem halben Jahr bei dir und weiß, dass es schwer für dich war und dass du total enttäuscht bist. Wir sind 28! Guck dich mal an! Du bist bildhübsch und klug und witzig, aber du lebst wie eine Nonne und denkst den ganzen Tag nur an deine Arbeit. Das ist Jonas, dieser Blödmann, einfach nicht wert.«

Richtig besorgt klingt sie. Und ich merke, dass sie diese Gedanken schon länger mit sich herumgetragen hat.

Sie hat recht!

Ich lasse die Schultern hängen.

Doch so weit, meinen Ex-Freund Jonas als Blödmann zu bezeichnen, bin ich leider noch lange nicht. Für mich ist er immer noch der Mann, den ich geliebt habe, mit dem ich sieben Jahre zusammen war, den ich gern geheiratet hätte und über den ich noch immer nicht hinweg bin.

»Ich glaub einfach nicht daran, dass ein One-Night-Stand, mit wem auch immer, mein Selbstbewusstsein besonders aufpolieren würde«, sage ich leise.

»Das stimmt«, gibt Sally zurück und nimmt mich in die Arme. »Jetzt feiere deine erste feste Stelle und hör nicht auf mein Geschwätz. Ich bin so stolz auf dich, Süße!«

Sie leert ihr Glas und lässt uns allein.

Kurz darauf muss auch Julia los. Wir umarmen uns fest.

»Ruf mich am Freitag gleich an. Egal, wie spät es ist«, sagt sie.

»Na klar!«

Als sie weg ist, gieße ich den Rest vom Prosecco ins Klo. In den nächsten Tagen werde ich keinen Alkohol trinken. Ich möchte einen klaren Kopf behalten.

Während ich mir die Zähne putze, betrachte ich mich im mannshohen Spiegel im Badezimmer. Sally hat ihn anbringen lassen. Wahrscheinlich fragt sie ihn jeden Morgen, wer die Schönste im Land ist. Ich weiß genau, wie die Antwort lautet.

Und ich?

»Na, Spieglein, wie findest du mich?«, frage ich.

»Ach, Luisa«, antwortet der Spiegel wenig auskunftsfreudig. Ich strecke ihm die Zunge raus. Ich weiß genau, wie das ist. Spiegel lieben dich nur, wenn du dich selbst liebst.

Ich dusche lange, genieße das warme Wasser auf meiner Haut. Sanft und streichelnd wie Männerhände. Ja, Sally hat recht. Es ist verdammt lange her. Vielleicht sollte ich endlich aus meinem Schneckenhaus kriechen.

Aber doch nicht direkt hinein ins Bett meines zukünftigen Chefs, verdammt noch mal!

♂

Ich betrachte das spärlich bekleidete Brautpaar.

Der Titel ist großartig geworden.

Die Nachrichtenredaktion hat zwei Tage und Nächte durchgemacht, die Fotoproduktion ist fantastisch. Dieses Heft würde jeder Single, den ich kenne, aus dem Regal nehmen.

Wir haben Mai, nach einem stetigen Sinkflug der Auflage hat die Nummer das Zeug, sich auf Platz 1 in unserer diesjährigen Top-Seller-Liste zu setzen.

Ich mache etwas, was ich sonst nie tue: Ich schreibe dem Verlagsgeschäftsführer eine Mail, dass wir zehn Prozent mehr drucken sollen. Damit gehe ich ins Risiko. Wenn die zehn Prozent remittieren, herrscht im Verlag dicke Luft. Aber ich weiß es einfach. Und mein Bauchgefühl hat mich noch nie getrogen. Ich will 110 Prozent Auflage und leere Regale. Ich könnte mal wieder einen Sieg gebrauchen.

Ich sehe aus dem Fenster. Ich denke an Luisa. So ein kluges kleines Ding. Klar, Datinggeschichten kann jeder machen. Aber »Woran erkenne ich, dass er es ernst meint?«, dieser ganz feine Dreh auf die weiblichen Zweifel und Emotionen, der ist gut. Den kann man auch nicht lernen. Dieses Talent hat man in sich drin oder nicht.

Spätestens jetzt würde ich sie zum Vorstellungsgespräch einladen, auch wenn sie einen kilometerbreiten Arsch hätte und ihre Schritte den Boden beben lassen würden.

Hat sie aber nicht.

Ich ertappe mich dabei, Luisas Arsch mit Lindas zu vergleichen. Lindas ist prächtig. Ihrer zierlich. Linda ist ein Vollweib und eine Rakete im Bett. Wie wohl Luisa sein mag?

Mein Handy brummelt. SMS von Linda. Schon geil, so eine Frau, die alle paar Wochen nach Hamburg geflogen kommt, um ihre Familie zu sehen, und dann doch nichts anderes tut, als durch meine Kissen zu krabbeln. Aber auch ein bisschen seltsam. Ich frage mich, was sie eigentlich von mir will und warum ich Linda bloß geil finde, aber keinen Gedanken daran verschwenden würde, etwas Festes mit ihr anzufangen.

Ich reiße mich aus den Gedankenspielen und lasse Tom nach oben kommen. »Toller Titel«, sage ich ihm. »Und nächste Woche kriegst du eine neue Mitarbeiterin.«

Er guckt fragend. »Aber wir sind voll besetzt!«

Ich schiebe ihm die zwölf Seiten und das Cover rüber. »Du kriegst die Frau, von der dieser Titel ist.«

Als Tom schon in der Tür ist, winke ich ihn noch einmal zurück. »Nur für den Hinterkopf. Das Mädchen nächste Woche. Pass ein bisschen auf die auf. Die ist tabu.«

Er grinst mich anzüglich an. »Muss ja eine Wahnsinnspuppe sein. Alles klar, Chef, kein Thema.«

Das darf er. Er ist nicht nur Nachrichtenchef, sondern auch mein Freund.

Als er gegangen ist, sehe ich auf die Uhr. Noch volle 24 Stunden.

♀

Es ist so weit.

Ich bin ziemlich nervös, als ich nach dem Duschen anfange, im Kleiderschrank nach dem passenden Outfit zu suchen. Kurz geht mir durch den Kopf, dass ich die Kleiderfrage eigentlich schon gestern hätte klären können. Doch dann wische ich den Gedanken weg. So schwer wird's schon nicht sein, sich für ein Vorstellungsgespräch bei einem von Deutschlands Top-Chefredakteuren anzuziehen.

Kinderspiel!

Nach dem zwanzigsten Outfit, das ich angezogen und sofort wieder verworfen habe, fange ich an zu schwitzen. Ein Kleid ist mir zu aufreizend, das nächste zu brav. In einem sehe ich schwanger aus, ein weiteres ist viel zu warm.

»Kann ich helfen?«, fragt Sally besorgt. Anscheinend hat sie gehört, wie ich fluche, nun hält sie mir einen Arm voller Klamotten aus ihrem Schrank entgegen.

»Ich liebe dich, Sally«, gebe ich überdreht zurück, schüttele beim Anblick ihrer Sachen jedoch den Kopf. Im knallroten Lack-Minikleid zum Vorstellungsgespräch? Becker würde sich zu Recht fragen, ob ich mich im Stadtviertel geirrt habe.

Schließlich trete ich wütend mit dem Fuß gegen den Kleiderhaufen, reiße meine schwarze »Blessed & cursed« aus dem Schrank und eine hellblaue Bluse vom Bügel und schlüpfe hinein.

Wenn ich noch eine Minute länger trödele, werde ich zu spät sein.

Der Spiegel schweigt verbissen, als ich ihn um einen aufmunternden Kommentar anflehe.

»Du siehst«, Sally steht an der Tür, mustert mich von Kopf bis Fuß und sucht sichtlich bemüht nach Worten, »ähm, sehr normal aus, sozusagen. Und du willst wirklich in Jeans dahin?«

Sie bückt sich, wühlt im Schuhregal und reicht mir dann ein Paar hellgrüne Zwölf-Zentimeter-Stilettos.

Wenigstens ein bisschen Glamour, flehen ihre Augen.

»Ich muss los!« Schon bin ich die Treppe runter. In Ballerinas.

Während ich in halsbrecherischem Fahrstil mit meinem Rad zum Verlag rase, geht mir durch den Kopf, dass ich mit meinem lässigen Outfit vielleicht doch nicht die schlechteste Wahl getroffen habe. Schließlich gilt es, den Anblick eines gewissen gelben Kleides auszubügeln.

Im Fahrstuhl mustere ich mich und bin ein bisschen besorgt.

Als ich zu guter Letzt ein Pröbchen aus meiner Tasche krame und mir etwas Miss Dior aufsprühe, muss ich grinsen.

♂

Lausige Golfrunde.

14 über Par, mein freudig feixender Kumpel Holger hat mir gerade 450 Euro abgenommen. Freitags zocken wir Lochspiel, ich habe nicht eine von 18 Bahnen gewonnen. Weil Holger zwar ein großartiger Anwalt ist, aber ein lausiger Golfer, ist das für mich als Low-Handicaper so, als ob Rekordmeister FC Bayern München gerade gegen einen Amateurverein aus dem Pokal geflogen ist. Aber das kommt dabei raus, wenn man am Abend säuft wie ein Loch, dann noch versucht, eine 24-Jährige um den Verstand zu vögeln, und später am Abschlag nicht über einen perfekten Downswing mit entspannten Release im Treffmoment nachdenkt, sondern ein wehendes, gelbes Kleid vor Augen hat und die Bälle reihenweise rechts in den Wald jagt.

Linda ist jetzt wieder in München. Ich habe sie heute vor dem Golf in den Flieger gesetzt.

Die Aussicht auf Luisa macht mich fröhlich und zappelig, aber ich bin keineswegs beunruhigt.

Ich vergucke mich schnell mal in eine Frau, jedenfalls dann, wenn sie mir extrem gut gefällt. Aber das legt sich in aller Regel nach dem ersten Sex.

Um 17.30 Uhr bin ich im Verlag und ackere mich durch eine Powerpoint-Präsentation der Stabsabteilung, die einen zügigen Ausbau unseres Internet-Auftritts zu einem Service-Portal propagiert. Als ich durch bin, stelle ich fest, dass ich mich nicht an den Inhalt erinnern kann.

Dann öffne ich erneut Luisas Bewerbung und vertiefe mich in ihren Lebenslauf. Top-Noten, grandiose Zeugnisse. Lebhafte Reportagen aus der Zeit, als sie noch volontiert hat. Aber all das verblasst gegen ihre kleine, geniale Idee zu unserer Datingstory. Mal ganz abgesehen von ihrem Arsch ist es ein himmelschreiender Fehler, solchen jungen Leuten keine Chance zu geben.

Dann suche ich nach ihrem Facebook-Profil.

Beziehungsstatus: Single.

Elf öffentliche Ordner mit Fotos.

Bei Gott, was für ein Gesicht!

Das Madonnenhafte strahlt sie bei fast allen Gelegenheiten aus.

Große, blaue Augen, die fast immer irgendwo in die Ferne schweifen.

Keine Bikinifotos. Kein albernes Zunge-Rausstrecken. Hätte mich auch gewundert.

Der Rest ihres Profils: das fröhliche, ansteckende Wesen einer Frau von nicht ganz dreißig Jahren.

Ich ertappe mich dabei, mir ihre Freunde anzusehen. Ob ein paar von ihren Ex-Kerlen dabei sind?

Als Irene leise klopft, klicke ich Luisas Facebook-Seite zu und stehe langsam auf.

Irene bringt sie rein. Luisa steht vor mir, und ich widerstehe dem Impuls, sie auf die Wange zu küssen. Ich reiche ihr die Hand und flüchte mich in die Routine aus wahrscheinlich über hundert Vorstellungsgesprächen.

Heute trage ich Jeans und Poloshirt.

Sie trägt Jeans und Bluse.

Das ist, gelinde gesagt, ein ziemlich starkes Stück. Sie sitzt beim Chefredakteur des *Monday* und gibt die toughe, junge Frau, die es nicht nötig hat, sich an Formalitäten zu halten.

Das gefällt mir schon mal gut.

Ich grinse sie an und vertreibe ihr demonstrativ zur Schau getragenes Selbstbewusstsein mit der Frage: »Und warum werden Sie bei der *Marion* nicht übernommen?«

Ich sehe, wie sie ein kleines bisschen zusammensackt. Und ich liebe es, dass sie sich sofort wieder strafft, das Kinn nach oben reckt und die Schultern durchdrückt. Himmel, ob die gleich faucht wie eine Katze? Im Bett wird diese Frau eine Offenbarung sein, da bin ich sicher.

Wir reden etwa zwanzig Minuten lang über ihre Bewerbung.

Sie hat weitere Leseproben mitgebracht, in die ich mich vertiefe.

Dann werfe ich ihr das Cover hin und sage: »Unser nächstes Heft. Mögen Sie den Titel?«

Sie guckt. Sie nickt. Sie schaut erst empört. Dann grinst sie.

Ich frage: »Und warum wollte Walter das nicht?« Schmidt, der alte Säufer und Hurenbock, ist definitiv ein Auslaufmodell. »Fand es banal«, sagt Luisa. »Hat mir gesagt, die *Marion* wäre nicht die *Bravo!*«

»Sehen Sie, Luisa«, sage ich. »Deshalb ist Walter auch bloß Chef der *Marion.* Ihre Grundidee war gut. Wenn Sie dann noch den Dreh gekriegt hätten, die männlichen Leser einzubinden, wäre sie für jede große Illustrierte perfekt gewesen. Sie müssen anfangen, komplexer zu denken. Die tollste Geschichte nützt nichts, wenn die Zielgruppe zu klein ist. Wir haben bei diesem Titel Männer und Frauen bedient. Das ist simples Handwerk. Und das können Sie hier lernen.«

Luisa sagt: »Ich würde das sehr gerne lernen.« Dann fragt sie: »Aber Sie haben die Idee nicht von mir geklaut? Die hatten Sie schon vorher, oder?«

Ich grinse sie an. »Klar hab ich die von Ihnen. Aber nicht geklaut. Ich pflege für meine Schulden zu zahlen.«

Dann schiebe ich ihr den Vertrag rüber, den Irene vorhin ausgearbeitet hat. »Ich persönlich halte nichts von diesem Praktikantenzirkus. Ausgehungerte Studenten, die Redakteuren ihren Job wegnehmen. Kommt nichts bei rum, nicht für Sie, nicht für uns. Wenn Sie wollen, fangen Sie Montag als Redaktionsassistentin an. Wenn Sie so gut sind, wie ich denke, kriegen Sie in sechs Monaten einen Redakteursvertrag. Wenn Sie nicht gut genug sind, haben Sie sechs Monate Zeit, sich abzugucken, wie Profis arbeiten. Haben Sie Lust?«

Luisa sieht ein bisschen blass aus.

Sie nickt.

Dann zieht sie den Vertrag zu sich rüber und macht den nächsten Pluspunkt in meiner immer länger werdenden »Ist-das-ne-geile-Frau«-Liste. Sie unterschreibt ihn, ohne einen einzigen Blick aufs Gehalt zu werfen. Die will zum *Monday*, und der Rest ist ihr egal. Dabei hätte sich der kurze Blick gelohnt. Ich zahle ihr 2900 Euro pro Monat. Mehr als das Dreifache ihrer Praktikumsentschädigung, nehme ich an, und definitiv zu viel für eine Redaktionsassistentin.

Ich sage: »Fein. Jetzt noch Ihr ganz persönlicher Bonus. Ich stecke Sie in unser Mentoring-Programm. Ihr Mentor bin ich. Die ersten sechs Wochen laufen Sie bei mir in der Chefredaktion mit. Danach rotieren Sie durch alle Redaktionen. Sie berichten mir einmal in der Woche. Sie werden mehr lernen als in sechs Jahren Studium oder drei Jahren Frauenzeitschrift. Ach, und noch was. Ich fange um 8.30 Uhr an. Die besten Mitarbeiter sind vor mir da.«

Luisa springt auf. Fällt sie mir jetzt um den Hals?

Nein.

Schade, aber irgendwie auch geil.

Ich mag es, wenn solche Sachen nicht zu einfach werden.

Ich stehe auf und halte ihr die Hand hin. Sie strahlt, dass mir ein bisschen warm wird um Herz und Hose. Dann ziehe ich die Hand zurück. »Fällt mir gerade ein. Habe einen Tisch im Fischereihafenrestaurant, aber meine Verabredung hat abgesagt. Wollen Sie mit?«

Luisa legt den Kopf ein bisschen schief.

Ich bin sicher, sie weiß, was das heißt.

Wenn sie blöd wäre, hätte ich sie nicht eingestellt.

♀

Ins Fischereihafenrestaurant?

Ich glaube, ich spinne. Ich soll mit Björn Bengt Becker ins berühmteste Fischrestaurant der Stadt? Zwar mit einem Hammervertrag in der Tasche, aber in Jeans und flachen Tretern?

Gestatten, Luisa Stein, stets und ständig im falschen Outfit unterwegs!

Im Film sind solche Szenen immer zum Brüllen komisch. Andererseits, wenn er in Jeans dahin gehen kann, kann ich das wohl ebenfalls.

Die viel wichtigere Frage ist doch: Warum will der jetzt überhaupt mit mir essen gehen? Werden etwa Sallys Prophezeiungen und meine überdrehten Fantasien hier und heute und in dieser Sekunde wahr?

Wie auch immer, das eigentliche Problem ist, dass ich meinen Vertrag viel lieber mit meinen Freundinnen feiern möchte!

Ich überlege fieberhaft, wie ich mich aus der Affäre ziehen kann. Vielleicht gebe ich vor, aufs Klo zu müssen. Dann rufe ich Julia an und frage sie, was ich machen soll. Oder ich bitte Sally, mich anzurufen und so zu tun, als sei sie meine Mutter, die krank ist und meine Hilfe braucht.

Himmel!

Ich spüre, dass Björn mich ansieht, und weiß, dass es höchste Zeit ist, meinen Blick vom Fußboden loszueisen. Unhörbar atme ich aus und schaue ihm in die Augen. Und was ich da lese, schenkt mir schlagartig mein Vertrauen zurück.

Björn lächelt. Er guckt auf mich runter und sieht so was von relaxed aus, dass ich in Gedanken Abbitte leiste. Der hat vielleicht Hunger, aber nicht auf mich. Der Mann arbeitet die ganze Woche hart, und jetzt hat er Lust auf ein gutes Essen. Seine Verabredung hat abgesagt. Das kommt in den besten Familien vor. Ich sollte mich entspannen und happy sein, dass er auf die Idee kommt, stattdessen mich mitzunehmen.

Ich muss ihm jetzt antworten. Das Schweigen zwischen uns wird langsam laut.

Noch einen Moment horche ich in mich hinein. Noch einen Blick in dieses intensive Blau seiner Augen, die mich neugierig, aber geduldig mustern.

»Ich komm gerne mit!«, sage ich und lächle ihn an. »Und danke! Danke für alles!«

♂

Unser Abendessen ist angenehm und kurzweilig.

Sie kann einen Burgunder von einem Bordeaux unterscheiden, und Tischmanieren hat sie auch.

Ich frage sie nach ihren Eltern. Papa Anwalt, Mutter Hausfrau. Behütete Kindheit, gute Verhältnisse. Alles, wie es sein soll.

Ich glaube, sie lebt vegan oder so. Sie isst nicht mal Fisch!

Ich lasse sie vom Studium erzählen. Von ihren ersten Reportagen als Volontärin. Das kleine Biest ist sogar nachts in dunkle Hühnerställe gekrabbelt, um zuzusehen, wie irgendwelche Aktivisten das Federvieh befreien.

Klingt nach einer Menge Biss.

Ich halte ihr Vorträge über die Seele des Journalisten. Ich erzähle ihr, dass wir niemals Feierabend haben, dafür aber die höchste Scheidungsrate aller Berufsgruppen.

Dann frage ich sie: »Apropos, warum haben Sie keinen Freund?«

Luisa rührt in ihrem Espresso.

»Woher ...?«

Ich antworte: »Facebook.«

»Ich bin nicht sicher, ob ich mit Ihnen darüber reden sollte«, antwortet sie leise.

So ein tapferes Mädchen.

Doch jetzt ist Zeit für meine erste Offensive.

»Eines habe ich Ihnen noch nicht erzählt«, sage ich. »Gute Journalisten interessieren sich für Menschen. Gute Journalisten lassen sich nicht so einfach von einer Spur abbringen. Gibt Leute, die sagen, ich sei ein ziemlich guter Journalist. Im Moment interessiere ich mich für Sie. Also, warum sind Sie Single?«

Sie sieht mir traurig in die Augen, und ich denke: Touché.

Sobald sie mir die Geschichte erzählt, habe ich sie.

Aber mein Bauch warnt: »Zu früh!«

Ich lenke ein. »Okay. Verschieben wir's einfach aufs nächste Mal.«

Dann winke ich dem Ober.

»Ob Sie meiner Kollegin wohl ein Taxi rufen könnten? Taxirechnung bitte auf mein Spesenkonto.«

Der Ober sagt: »Selbstverständlich, Herr Becker.«

Luisa sieht mich verdutzt an.

Sie hat mit allem gerechnet, aber nicht damit, dass jetzt ich es bin, der unser Date beendet. Wird gerade verzweifelt darüber nachgedacht haben, wie sie mir einen Korb gibt, ohne ihren neuen Job zu riskieren.

Ich mag das.

Hatte ich wohl schon erwähnt. Ich liebe die Jagd wegen der Jagd und nicht wegen der Trophäen.

Diese Jagd wird fantastisch werden.

♀

Er schickt mich nach Hause!

Ich weiß nicht wirklich, womit ich gerechnet hatte, aber auf keinen Fall damit, schon nach zweieinhalb Stunden wieder auf dem Heimweg zu sein.

Während das Taxi mich durch die Hamburger Nacht kutschiert, lasse ich den Abend vor meinen Augen Revue passieren: Natürlich wurde Björn persönlich begrüßt, als wir das Restaurant betraten. Ich fing einen abschätzigen Blick vom Oberkellner auf.

Kenne ich die? schien er sich zu fragen.

Ich hielt meinen Rücken gerade und fror ein leicht überhebliches Lächeln auf meinem Gesicht ein, während wir durch die Reihen der Gäste zu unserem Tisch gebracht wurden. Fensterplatz, Blick auf den Hafen. War klar.

Ich fühlte mich nicht unwohl. Und meine Kleidung störte mich weniger, als ich vorher angenommen hatte. Keine Situation, die mit etwas Stolz nicht zu meistern wäre. Und heute hatte ich schließlich jeden Grund, stolz zu sein.

Björn grüßte nach hier, nickte nach da.

Einen Moment lang sonnte ich mich in der Vorstellung, dass ich soeben mit einem der begehrtesten Singles der Stadt den Abend verbrachte. Vielleicht würde ja morgen ein Foto von mir und ihm ...

Reiß dich zusammen, Luisa!

Erst als wir Platz genommen hatten, lockerte ich meine Gesichtsmuskeln und schenkte Björn ein aufrichtiges Lächeln. Zum Lesen der Speisekarte setzte er eine Brille auf, was ihn noch interessanter aussehen ließ. Ich ertappte mich dabei, dass ich ihn anstarrte, und zwang mich, meinen Blick von ihm abzuwenden.

Beim Blick auf die Gerichte bestätigte sich, was ich mir schon vorher gedacht hatte: Das Fischereihafenrestaurant führt, neben zwei Käsegerichten, nur ein vegetarisches Menü. Manche Leute reagieren komisch, wenn sie mitbekommen, dass ich weder Fleisch noch Fisch esse. Sie machen Witze oder fragen mich, wann ich denn vorhätte, wieder »normal« zu essen. Björn nicht. Im Gegenteil. Er verzichtete auf jedweden Kommentar, bestellte für sich den Käse und für uns beide Wasser und einen wunderbar leichten provenzalischen Roséwein, nachdem ich ihm gesagt hatte, dass ich von Rotwein, sei er auch noch so edel, Kopfschmerzen kriege.

Meine Nervosität wich endgültig, als wir aßen.

Björn verspeiste sein Essen langsam und mit sichtlichem Genuss. Als er mir ein weiches Stückchen vom Tomme de Savoie zum Probieren reichte und sich unsere Hände dabei kurz berührten, war das ein beinahe intimer Moment. Was mich weder verstörte noch verwunderte.

Seit ich mich entschieden hatte, mit ihm essen zu gehen, war alles richtig, passte alles zusammen.

Oder auch nicht.

Dauerpraktikantin Luisa mit Chefredakteur Björn.

Käseessen in Hamburgs nobelstem Fischrestaurant.

Jeans statt Prada-Kostüm und Boss-Anzug.

Intensive Gespräche statt höflicher Konversation zwischen Vorgesetztem und seiner Angestellten.

Passt das?

Björn überraschte mich. Vom ersten Moment an und dann immer wieder.

Der ganze Abend fühlte sich plötzlich irgendwie selbstverständlich an. Es war genau wie beim Spatzenfüttern, als ich noch nicht wusste, wen ich vor mir hatte. Locker und vertraut. Ich weiß, jemanden, den man erst zweimal gesehen hat, kann man nicht kennen. Aber wohl fühlen kann man sich, und genau das tat ich.

Vielleicht hätte ich anders reagieren sollen, als er mich fragte, warum ich Single bin. Aber ich konnte nicht. Was hätte ich auch sagen sollen?

Ich bin Single, weil mich der Mann, mit dem ich sieben Jahre glücklich war, von einem Tag auf den anderen verlassen hat?

Weil ich blind vor Liebe war und nicht sehen wollte, dass er mich längst nicht mehr so begehrte wie ich ihn? Dass er mit anderen Frauen zusammen war, während er vorgab, in der Unibibliothek für sein Examen zu büffeln? Dass in seinem Karate-Team jeder Bescheid wusste und ich die mitleidigen Blicke, das Tuscheln und Raunen, wenn ich ihn beim Wettkampf anfeuerte, erst viel später zu deuten vermochte? Dass die Enttäuschung, der totale Vertrauensverlust mir noch immer weh taten?

Ich konnte nicht über meinen Ex-Freund reden. Und ich wollte nicht. Heute hatte mein neues Leben begonnen, und da wollte ich Jonas nicht dabeihaben.

Ich war erleichtert, dass Björn nicht nachfasste.

Und dann ruft mir der Kerl ein Taxi!

Vielleicht ist es der Alkohol, vielleicht die Hochstimmung, vielleicht bin ich blauäugig und naiv, aber ich hätte gerne noch länger mit ihm dort gesessen, über Gott und die Welt und vor allem über unseren unglaublich großartigen Beruf geredet.

Alles ist optimal gelaufen, dennoch frage ich mich, was Björn wohl mit dem angebrochenen Abend macht.

Fand er mich vielleicht zu langweilig, um noch mehr Zeit mit mir zu verbringen?

Dieser letzte Gedanke, bevor die Fahrt endet und ich das Taxi vor meiner Haustür verlasse, legt sich wie ein Schatten über meine neuerdings so sonnigen Aussichten.

♂

Luisa Stein, blond, schlank, knallgeil, hammerhübsch, seit zwei Wochen mein Mentee. Ich habe sie zu Irene und den anderen ins Vorzimmer gesetzt und ihr die Anweisung gegeben, mir ohne weitere Aufforderung zu folgen, sobald ich mein Büro verlasse, was gleich am ersten Tag zu gewissen Peinlichkeiten führt, als Luisa am Eingang der Herrentoilette hinter mir steht und am liebsten im Boden versinken würde. Die Situation ist so lustig, dass ich schallend lache und sage: »Okay. Keine Regel ohne Ausnahme. Wenn ich hier reingehe, bleiben Sie bitte draußen, Luisa!«

Ich nehme sie mit zum Verlagsgeschäftsführer, in den Chefredaktions-Jour-Fixe. Sie darf zusehen, wenn ich mich mit den Anzeigenheinis streite. Sie sitzt in der ersten Reihe, als ich einen Vortrag vor Journalistikstudenten halte, und sie darf sogar abends mit, als ich mich mit dem Bürgermeister zum Essen treffe. Allerdings muss sie mit dessen Pressesprecher vier Meter weiter dinieren. Der Bürgermeister und ich haben ein vertrauliches Gespräch vereinbart, das heißt, es gibt Hintergrundinformationen, aber es sind keine Zitate erlaubt.

In der Redaktion beschäftige ich Luisa mit kurzen Aufgaben, die sie allesamt mit großem Eifer und in Windeseile löst. Ich unterlasse jede, aber auch wirklich jede persönliche Annäherung, dafür lege ich mir ein paar Personalgespräche mit jüngeren Mitarbeiterinnen in den Terminkalender. Erfreut nehme ich zur Kenntnis, dass Luisa aufmerksam beobachtet, wenn sich die Tür hinter der nächsten jungen Dame und mir schließt. Ich hoffe, sie ist ein bisschen eifersüchtig.

Ich registriere, wie gut sie ist. Ihre ersten Texte sind sicher und verraten ein hohes Maß an Begabung. Ich lobe sie viel, vor allem auch deshalb, weil es umwerfend süß ist, wenn sie den Blick senkt und rot wird.

Luisa blüht richtig auf da draußen in meinem Vorgarten, und abends sitzt sie oft noch mutterseelenallein in der Redaktion und stöbert im Internet nach Geschichten fürs Blatt.

Nach zwei Wochen übertrage ich ihr die Aufgabe, den täglichen Pressespiegel zu lektorieren und Geschichten, die sie spannend findet, zu markieren, ehe ich das Ding durchblättere. Dies führt des Morgens zu höchst angenehmen fünfzehn Minuten, in denen sie gespannt und äußerst wohlriechend hinter meinem Stuhl lauert und über meine Schulter hinweg mitliest, ob ich Haken und Kringel hinter die Themen der Konkurrenz setze oder ob ich sie mit einem Federstrich für unbrauchbar erkläre.

Wenn unsere Meinungen übereinstimmen, freut sie sich wie eine Grundschülerin nach der ersten Eins in Rechnen, wenn sie differieren, fordere ich sie auf, Platz zu nehmen und mir zu erklären, warum sie anders denkt als ich. Wir sind ein vorbildliches Mentor-Mentee-Gespann, und ich habe – abgesehen davon, dass ich sie so rattenscharf finde – meine helle Freude an ihrem wachen Geist. Ich gewöhne mir an, sie abends nach zehn oder elf Stunden mit gespielter Strenge nach Hause zu jagen, indem ich ihr androhe, sie auf ihrem Stuhl eigenhändig vor den Verlag zu schieben, wenn sie jetzt nicht endlich geht. Bis auf die winzige Intimität in dieser Vorstellung widerstehe ich dem Wunsch, endlich in den Infight zu kommen.

♀

Ich verbringe die ersten Tage neben Irene, Björns ältester Sekretärin. Sie hat den absoluten Durchblick und ist eine mütterliche, freundliche Frau mit einem großen Herz für so kleine gerupfte Spatzen wie mich.

Nachdem ich Björn beinahe in die Herrentoilette gefolgt und danach vor Scham am liebsten im Boden versunken wäre, gibt sie mir erst einen Schokoriegel aus ihrer Schublade und nimmt mich dann ins Gebet: »Schätzchen, jetzt mach mal langsam. Du musst dem Chef nicht hinterherrennen wie ein Hund. Auch wenn du noch eine Menge lernen musst, es hat seinen Grund, dass er dich eingestellt hat. Also darfst du gern ein bisschen selbstbewusster sein.«

»Aber er hat gesagt …«

Irene winkt lachend ab. »Ich weiß, was er gesagt hat. Du siehst doch, wo das hinführt.«

»Direkt ins Klo«, ergänze ich und merke, dass die Anspannung von mir abfällt.

»Auch ein Björn Bengt Becker kann dir *sagen,* wenn er dich irgendwo dabeihaben will. Also bleibst du beim nächsten Mal einfach sitzen, bis er dir klarmacht, dass du mitkommen sollst.«

Mir zittern die Knie, als ich ihren Rat befolge. Aber als Björn das nächste Mal an mir vorbeistürmt, starre ich wie gebannt auf meinen Computerbildschirm und lasse ihn vorbeilaufen. Dreißig Sekunden später steht er neben mir.

»Luisa?« Er klingt ein bisschen ungeduldig.

»Verzeihung, ich habe Sie gar nicht gesehen«, schwindele ich.

»Wir gehen zum Verlagsgeschäftsführer.«

»Ich komme«, sage ich und schließe eilig den Artikel, an dem ich gerade arbeitete.

Das hat Irene gut gemacht.

Von nun an sagt Björn mir kurz Bescheid, wenn er mich dabeihaben will. Ich komme mir vor, als hätte ich meinen ersten Sieg errungen.

Ich fühle mich wohl beim *Monday*. Ich liebe es, morgens ins Verlagsgebäude einzutauchen wie in einen großen geschäftigen Bienenkorb.

Ich liebe es, an meinen Schreibtisch zu gehen und meine Arbeit zu machen.

Ich bin gespannt und neugierig, wenn ich von Kollegen Feedback bekomme.

Und ich könnte kreischen vor Glück, wenn Björn anerkennend nickt, weil er mit meiner Arbeit zufrieden ist und dabei diese süßen Lachfältchen um seine Augen spielen.

»Guten Tag, mein Name ist Luisa Stein. Ich bin vom *Monday*, und wir arbeiten gerade an einer Reportage.« Wie unfassbar großartig sich diese Sätze anfühlen! Ich brenne auf den Zeitpunkt, an dem ich sie zum ersten Mal zu jemandem sagen kann.

Ich liebe es, endlich irgendwo richtig dazuzugehören!

♂

Luisa ist eine Granate.

Wahrscheinlich irgendwann im Bett. Aber auf jeden Fall als Küken in der Redaktion.

Unsicher ist sie nur, wenn sie vor vielen Leuten sprechen muss. In der dritten Woche frage ich sie vor hundert Leuten in der Redaktionssitzung um ihre Meinung zum übernächsten Titel.

Die Nachrichten-Redaktion hat einen Facebook-Report vorgeschlagen, und es ist eine hitzige Diskussion entbrannt, ob wir mit dem Thema nicht die älteren Stammleser vergraulen.

Jetzt schauen alle auf Luisa.

Erst wird sie rot.

Dann räuspert sie sich.

Dann räuspert sie sich noch einmal.

Aber dann beweist sie, dass sie gut aufgepasst hat in den letzten Wochen. »Cooles Thema«, sagt sie, »ich habe gelesen, dass 25 Millionen Deutsche bei Facebook sind. Aber vielleicht können wir die Zielgruppe noch erweitern. ›Wie viel Facebook darf mein Kind?‹ oder so. Dann haben wir die Generation dreißig bis fünfzig mit drin. Und vielleicht noch eine halbe Seite: ›Wie erkläre ich Mama das Internet?‹«

Ich verkneife mir ein zufriedenes Grinsen und verkünde: »Genauso machen wir es!«

Dann sehe ich mich um. »Tom? Nimm Frau Stein bitte ins Team für diesen Titel auf.«

Ich weiß, dass ich ihr damit eine harte Prüfung auferlege. Titelgeschichten sind begehrt. Für ein kleingedrucktes »Redaktionelle Mitarbeit« und ihren Namen am Ende der Story würden viele sehr viel mehr tun, als nur zu recherchieren. Diese Mädels werden Luisa jetzt hassen. Aber da soll sie sich durchbeißen. Das schafft sie schon.

Außerdem habe ich diese Woche noch das ein oder andere vor, bei dem ich sie nicht gebrauchen kann. Und ein paar Tage ohne mich werden ihr guttun. Wollen wir doch mal sehen, ob sie mich vermissen wird.

♀

»Glückwunsch zum ersten Titel, Luisa!«, sagt Franziska Hagen, die komischerweise von allen »Franz« genannt werden möchte. Sie ist mir bis an meinen Platz vor Björns Büro gefolgt, bloß um das loszuwerden.

Ihre Worte klingen, als hätte sie gerade einen Liter Säure getrunken. Sie ist Chefreporterin, auch noch ziemlich neu im Laden. Für sie muss es ein Schlag ins Gesicht sein, dass ich im Team bin und sie außen vor bleibt.

Ich kriege immer diese roten Flecken hinter den Ohren, wenn ich nervös bin. Seit ich hier arbeite, trage ich deshalb lieber keine Hochsteckfrisuren. Denn im Augenblick bin ich immer nervös. Nicht nur, wenn es Björn gefällt, mich vor allen Leuten nach meiner Meinung zu fragen. Ich wär fast vom Stuhl gefallen, als sich die Köpfe in meine Richtung drehten. Aber ich hatte geahnt, dass dieser Moment irgendwann kommen würde, und eigentlich brannte ich schon seit längerem darauf, endlich zu zeigen, was ich draufhabe. Nur meine Stimme klang ein bisschen piepsig.

Ich bin sicher, Björn will mich mit der Aktion ins kalte Wasser schubsen, und wenn ich mir Franz gerade so ansehe, ist ihm das tatsächlich gelungen. Aber was soll ich machen? Sagen, dass ich noch nicht so weit bin? Kommt überhaupt nicht in Frage! Ich habe eine Chance bekommen, und ich werde sie nutzen.

Franz mustert mich grimmig und von oben herab. Was ihr nicht schwerfällt, denn sie ist einen Kopf größer als ich.

»Danke«, gebe ich zuckersüß zurück und tue so, als hätte ich den ätzenden Tonfall in ihrer Stimme nicht bemerkt.

Freundlich klingen und währenddessen dem Gesprächspartner lächelnd ein Messer zwischen die Rippen jagen, in dieser Disziplin haben wir Frauen es zur Perfektion gebracht. Obwohl sie eigentlich vollkommen unnütz ist.

»Blöde Kuh, du hast mir die Titelstory weggeschnappt.«

»Aber das ist doch nicht mein Problem. Vielleicht bist du einfach nicht gut genug?«

Die Worte stehen ungesagt im Raum, während wir uns anstarren. Doch Franz und ich sind zu gut erzogen, um uns offen anzufeinden.

Ich verziehe keine Miene, aber dann folge ich einer Eingebung. »Weißt du was«, sage ich. »Du hättest einen großartigen Titel daraus gemacht. Ich hab schon viel von dir gelesen. Du bist richtig gut!«

Eigentlich fühlt es sich viel besser an, nett zu sein. Zumal ich meine Energie viel lieber in die Arbeit stecke.

»Äh ... ich ...«, stottert Franz und sieht vollkommen überrumpelt aus. Ohne ein weiteres Wort trollt sie sich.

Irene hebt den Daumen.

»Das hast du richtig gemacht, Luisa«, lobt sie.

»Danke«, gebe ich zurück und kaue nachdenklich an einem der Müsliriegel, mit denen sie mich pausenlos füttert.

Auch mit Tom, dem Nachrichtenchef, in dessen Redaktion ich am nächsten Tag übersiedle, komme ich ziemlich gut klar. Soweit ich das mitbekomme, ist er zu mir wesentlich freundlicher als zu den meisten Kollegen.

Es beginnen sieben aufregende Tage.

Gleich am ersten scheucht Tom mich auf die Straße, Umfrage machen. Ich scharre im Auto regelrecht mit den Hufen. Michael, ein älterer, dicker, gemütlicher Fotograf, der das schon tausendmal gemacht hat, sagt: »Nicht nervös werden. Erst einmal gehen wir einen Kaffee trinken. Es hat keinen

Sinn, zu früh wieder drin zu sein. Wer sich als Erster blicken lässt, wird als Erster wieder auf die Straße gejagt.«

Ich will das gar nicht, aber Michael übernimmt meinen Part gleich mit. Ich muss bloß dabeistehen und alles notieren, was die Leute sagen, und ihre Telefonnummer aufschreiben, für den Fall, dass wir später noch einmal nachfragen müssen.

Nach einer halben Stunde wird mir das zu doof. Im Volontariat habe ich bestimmt schon fünf Dutzend Leute interviewt, das wäre doch gelacht, wenn ich das hier nicht hinbekäme.

»Lieb von dir, Michael, aber lass mal, das ist ja eigentlich mein Job«, sage ich und halte ein Rentnerpaar an. »Entschuldigen Sie, mein Name ist Luisa Stein, ich arbeite beim *Monday,* und wir machen eine Reportage. Haben Sie Lust, sich kurz mit mir zu unterhalten, während mein Kollege ein paar Fotos schießt?«

Sie bleiben stehen. Sie gucken ein bisschen unsicher, aber Michaels gewaltige Spiegelreflexkamera und mein aufmunterndes Lächeln scheinen sie davon zu überzeugen, dass wir hier keinen Schabernack treiben.

Ich schwatze drauflos. Die beiden steigen darauf ein, und ich notiere, dass Opa Walter immer »Fazebock« sagt und klagt, dass sein Enkel Sebastian den ganzen Tag vor dieser Kiste sitzt. »Das ist ja schlimmer als Fernsehen.«

Oma Hilde unterbricht und schimpft mit ihm: »Du bist so undankbar. Denk mal dran, als du die neuen Hörgeräte brauchtest und die so teuer waren. Da hat der Basti sich hingesetzt und gleich welche für den halben Preis gefunden.« Dann kichert sie ein bisschen. »Ich finde da gar nichts Schlechtes dran an diesem Netz. Solange er keine nackten Mädchen ansieht. Da soll es wirklich schlimme Dinge geben in den Computern.«

Michael lacht und zieht mich zur Seite. »Das kannst du wegschmeißen«, sagt er. »Was willst du denn mit Omi und Opi?«

Ich schüttele trotzig den Kopf. »Aber die sind doch niedlich«, widerspreche ich. »Warte mal! Ich frage, ob wir ein Foto mit ihrem Enkel kriegen.«

Drei Telefongespräche später taucht Sebastian auf dem Fahrrad auf, ein hübscher Bengel von neunzehn Jahren. Wir begleiten das Trio zu Sebastian nach Hause und schießen Fotos, auf denen der Enkel hinterm Computer hockt, während Oma sich zu ihm hinunterbeugt und an ihrer Lesebrille nestelt und Opa mit verschränkten Armen grimmig hinter den beiden steht. Jetzt ist auch Michael Feuer und Flamme. Er ist nach ein paar Minuten zum Auto gerast, hat ganze Lampenbatterien erst nach oben geschleppt und dann aufgebaut und hält nun drauf.

Ich hab nicht viel Ahnung von Fotos, aber diese werden irgendwie cool. Sebastians hübsches Gesicht strahlt im Zentrum. Omas Neugier und Opas Abwehrhaltung sind förmlich zu spüren.

Ich habe Herzklopfen, als die Fotos zwei Tage später auf dem Optik-Tisch liegen und Björn sich mit dem Art-Direktor darüberbeugt. Sie liegen inmitten Hunderter anderer Fotos, und er weiß nicht, von wem welche sind.

Björn erstarrt in der Bewegung, hebt eines von unseren auf und murmelt: »Das ist es doch, oder?«

Ich glaube, gleich bleibt mein Herz stehen!

Der Art-Direktor nickt. »Endlich mal ein bisschen Real Life!«, brummt er zufrieden. »Ich kann die ganze Studioscheiße nicht mehr sehen.« Er hält die Fotos prüfend ins Licht. »Eine Menge Emotionen drin. Ich mag die Schatten. Könnte hinhauen.«

Fünf Tage später zieren Sebastian, Opa Walter und Oma Hilde die Titelseite des *Monday,* und ich platze vor Stolz.

Björn lobt Michael in der nächsten Blattkritik, doch der

zeigt mit dem Daumen auf mich: »Ihre Idee, das mit dem Enkel. Ich wollte die beiden alten Leute erst gar nicht.«

Ich könnte Michael küssen.

Björn schiebt die Unterlippe vor und mustert mich. Er sieht dabei hinreißend aus. »Ach!«, sagt er nur.

Ich strahle ihn an.

Der tödliche Augenaufschlag von Franz, die vor mir sitzt und sich langsam zu mir umdreht, kann mir in diesem Augenblick nichts anhaben.

Denn Björns Blick, der ist so besonders. Vielleicht habe ich ein paar Mal zu oft »Vom Winde verweht« gesehen, vor allem die Stellen, an denen Rhett Butler Scarlett O'Hara im letzten Moment aus der Patsche hilft und sie dann schützend im Arm hält.

Egal, so wie Björn mich anschaut, fühle ich mich ...

Lieber Himmel! Ich fühle mich einfach geborgen.

♂

»Sie müssen ein bisschen auf die Kleine aufpassen«, sagt Irene zu mir. Wir sitzen nach Feierabend in meinem Büro – sie wie immer mit zusammengepressten Knien auf dem Sofa, ich hinter meinem Schreibtisch.

»Wieso?«, frage ich.

»Die himmelt Sie an«, sagt Irene. »Und sie ist ein bisschen naiv und zeigt das auch. Die anderen zerreißen sich die Mäuler.«

Dann wenden wir uns anderen Themen zu. Irene mag Franz, die neue Chefreporterin, nicht. »Gibt Menschen, die bestehen nur aus Neid und Missgunst«, sagt Irene. »Die ist nicht gut für uns.«

Dann berichtet sie von Problemen im Klatschressort. Da muss ich vermutlich bald handeln. Wagner, der Chef der Truppe, säuft und brüllt seine Leute an. Der Krankenstand liegt weit über dem Durchschnitt, und mit Brüllen hat man noch keine Redaktion zum Laufen gebracht.

Als Irene gegangen ist, denke ich an Luisa.

Wie sie mich in der Blattkritik angestrahlt hat.

Hätte aber vermutlich jede getan, die vor versammelter Mannschaft den Hauptgewinn zieht.

Ich nehme mir vor, Michael am Jahresende mit einer Prämie zu bedenken. Geile Fotos. Und den Ruhm so unaufgeregt an die richtige Adresse weiterzuleiten – auf den Gedanken wären neun von zehn Leuten im Traum nicht gekommen.

Himmel, was ist Luisa für ein Glückstreffer! Bei der ersten Reportage auf der Straße das Titelfoto aufzureißen, das hat in meiner Zeit noch keiner geschafft.

Eigentlich müsste ich sie in den Nachrichten lassen. Die muss jetzt raus, an die frische Luft, sich die Hacken nach neuen Geschichten ablaufen. In drei Jahren ist sie reif für einen Chefreportervertrag. Aber der Gedanke widerstrebt mir.

Denn ich habe mich tatsächlich eine Woche lang ein bisschen vereinsamt gefühlt. Ihr Lächeln vermisst, ihren Geruch, wenn sie mir über die Schulter schaut, ihren schwingenden Arsch, wenn sie mein Büro verlässt.

Und – noch viel überraschender – ich fühle mich ein bisschen schuldig. Na ja, nicht richtig schuldig, aber es hat sich ein seltsames Gefühl eingestellt. Das Gefühl, gerade Scheiße zu bauen.

Abgesehen davon, dass Linda zwei Tage in der Stadt war, habe ich bei einem Media-Award ein afrikanisches Model namens Chantal mitgenommen, die mir erst eine weitere schlaflose Nacht bereitete und dann in meinem Penthouse mit Elbblick einfach so lange im Bett blieb, bis ich in den Verlag fuhr. Zur Mittagspause bin ich zurückgefahren, um sie rauszuwerfen. Es endete mit einer gemeinsamen Dusche, die sie auf den Knien absolvierte, was mich zu der Frage brachte, ob Frauen beim Blasen eigentlich ertrinken können.

Dafür war das Ende der Bekanntschaft freudlos. Chantal erkundigte sich, ob wir nicht mal einen Modereport machen wollten, vielleicht sogar mit ihr auf dem Titel.

In diesem Geschäft, denke ich bei der Rückfahrt in den Verlag, hat eben alles seinen Preis, aber deshalb wird noch lange nicht jeder bezahlt. Die Mädels arbeiten wie Immobilienmakler: Jede Menge Vorleistung, aber Provision gibt's nur bei Vertragsabschluss.

»Uuiiii, endlich mal ein vernünftiges Kleid«, sagt Sally, als ich gelbgewandet in die Küche stürme und mir eins ihrer frisch gebackenen Madeleines vom Teller stibitze. Sie sind noch warm. Sally trägt eine Schürze über einem geblümten Minikleid und sieht damit genauso appetitlich aus wie ihre Küchlein. Und für ihre Verhältnisse geradezu bürgerlich brav.

»Wollen wir frühstücken?«, fragt sie.

»Ich muss los«, antworte ich und nehme hastig einen Schluck Kaffee aus der Tasse, die sie mir hinhält. »Ich bin wieder mit dem Pressespiegel dran.«

»Und was heißt das?«

Das heißt, dass ich endlich Björn wiedersehe, denke ich.

Nachdem ich eine Woche für seinen Nachrichtenchef gearbeitet habe, bin ich ab heute zurück an meinem Schreibtisch vor seiner Tür.

»Ich muss einfach früher da sein als sonst«, sage ich laut. »Hebst du mir ein paar von den Keksen auf?«

Sie schüttelt den Kopf. »Die sind für meine Kollegen«, antwortet sie.

Sally ist Friseurin und hat nach ihrem Intermezzo im Waxing-Studio vor ein paar Tagen in Hamburgs edelstem Salon direkt am Gänsemarkt angefangen. »Ich wünsch dir einen tollen Tag«, ruft sie mir nach.

Den werde ich haben, denke ich, als ich aufs Rad steige und losfahre.

Die Morgensonne lacht mir ins Gesicht.

Nach dreißig Metern pfeift mir der erste Cabriofahrer hinterher, den ich überhole, als er an der Ampel wartet.

Als Björn in die Redaktion kommt, bleibt sein Blick an mir hängen.

Er sieht mich an, wirkt ein wenig erstaunt. Dann lächelt er. Ich spüre, dass meine Haut im Nacken zu prickeln anfängt.

Und ich weiß jetzt, warum ich heute das gelbe Kleid angezogen habe. Anziehen *musste!*

Ich wollte ganz sicher sein, dass Björn Bengt Becker mich *sieht!*

Zwei Sekunden später hat er sich wieder im Griff und sein Gesicht auf geschäftsmäßig umgestellt. »Guten Morgen«, ruft er in die Runde. Ausgesprochen gut gelaunt. Ich stehe auf und folge ihm in sein Büro. Den Pressespiegel will er immer zuallererst haben.

Als ich die Tür zuziehe, sehe ich, wie Irene einen ihrer Schokoriegel aus der Schublade zieht und auspackt. Sie sieht mir nachdenklich nach, ehe sie ihn in den Mund steckt. Das ist seltsam. Irene isst die Dinger sonst niemals selbst!

♂

Als der Facebook-Titel auf dem Markt ist, sitzt Luisa wieder in unserer täglichen Besprechung des Pressespiegels. Ich stelle fest, dass ich wesentlich zufriedener bin als die ganze letzte Woche.

Am Nachmittag führe ich Personalgespräche. Erst mit Wagner, der lammfromm und nach Whiskey stinkend vor mir sitzt und Eide schwört, dass er aufhören will, seine Leute zu schikanieren. Er bekommt eine schriftliche Ermahnung, mit Kopie für die Personalakte, dazu den wahrscheinlich völlig sinnlosen Rat, künftig erst nach dem Dienst mit dem Saufen anzufangen.

Danach nehme ich mir die Hagen vor.

Sie ist eine beeindruckende Erscheinung. Bestimmt 1,80 groß, hochmütiger Blick, nicht wirklich hässlich, aber nicht mein Typ, recht kurzer Rock und gewaltige Titten, die vermutlich auch der Grund waren, warum sie so eine steile Karriere hingelegt hat. Ihre Schreibe oder ihr Gespür für Themen können es jedenfalls nicht gewesen sein.

Sie eröffnet unseren Plausch mit einem forschen: »Wollte ich Sie schon lange fragen, warum lassen Sie mich eigentlich an keine Titelgeschichte mehr ran?«

Doch ich habe mir ihre Spesenabrechnungen kommen lassen, ein bisschen im Nachrichtenressort herumgehorcht und bin nun stinksauer.

»Franz«, sage ich leise, »dies ist keine Diskussionsrunde, und über was wir beiden reden, bestimme in diesem Laden ich. Wir sprechen jetzt noch mal über den Titel ›Jugendgewalt‹. Sie waren mit Ihrem Team eine Woche in Berlin. Ihre Mannschaft ist in Wedding abgestiegen, hat in Neukölln recherchiert und ist in Weißensee fast von einer Straßengang erschlagen worden. Von Ihnen habe ich hier sechs Übernachtungen im Adlon, vier Bewirtungen im Borchardt sowie nicht weniger als vierzehn Taxiquittungen vom Hotel in die Friedrichstraße und an den Ku'damm. Ich wusste gar nicht, dass sich zwischen den ganzen Prada-Läden so viele gewaltbereite Jugendliche herumtreiben.«

»Hintergrundgespräche natürlich«, sagt die Franz, rutscht ein bisschen auf dem Sofa herum und – ich kann es kaum glauben – öffnet die Knie. Nicht viel, aber weit genug, dass ich ihren Schlüpfer sehe und die Einladung verstehe. »Streetworker und so. Kann mich mit denen ja nicht am Imbiss treffen.«

»Warum ist die Geschichte eigentlich so in die Hose gegangen?«, frage ich, und sie setzt zu einer längeren Erklärung an, die mich ebenfalls nicht versöhnlich stimmt, deshalb schneide ich ihr das Wort ab.

»Ich fasse das kurz zusammen«, fahre ich fort. »Der Volontär hat schlecht gearbeitet, die beiden Fotografen haben nichts getaugt, und im Hauptstadtbüro, in dem unsere besten und verlässlichsten Leute sitzen, hat man Sie hängenlassen?«

»Exakt«, antwortet sie und schließt die Knie wieder. Ich denke, sie hat den Ernst der Lage jetzt erkannt.

»Hintergrundgespräche«, sage ich, raschele nachdenklich in ihren Abrechnungen und frage: »Möchten Sie, dass ich bei Ihren Streetworkern nachfragen lasse, vor wie vielen Jahren sie das letzte Mal im Borchardt waren?«

Franz guckt gar nicht mehr so hochmütig.

»Ich finde, wir beiden reden mal Klartext«, sage ich und lehne mich zurück. »Sie haben Ferien auf Kosten des *Monday* gemacht, das Team sechs Tage lang allein gelassen und am siebten Tag Ihr ausschließliches Augenmerk auf die Frage gerichtet, wer Ihnen die Einkäufe nach Hamburg fährt. Danach haben Sie den Volo den Text schreiben lassen, und jetzt hauen Sie ihn auch noch in die Pfanne. Das ist nicht nur unkollegial, das ist unterirdisch!«

Nun drückt Franz doch tatsächlich ein paar Tränen raus. Doch ich bin nicht mehr milde zu stimmen.

»Wie lange läuft Ihre Probezeit noch?«

»Noch sieben Wochen«, sagt sie kleinlaut.

»Gut«, erwidere ich, »erste und letzte Verwarnung. Ich erwarte eine gewaltige Steigerung Ihrer Leistung. Bleibt die aus, sollten Sie rechtzeitig auf Stellensuche gehen. Sehen Sie sich bloß mal die neue Redaktionsassistentin an, die kleine Stein. Die hat in drei Wochen mehr abgeliefert als Sie in vier Monaten. Und Sie wollen hier Chefreporterin sein?«

Als die Franz geht, rennt sie in der Tür fast Luisa um. Ich glaube, ein gezischtes »Pass bloß auf!« gehört zu haben. Ich sehe, wie Luisa zurückzuckt und denke: O Mann, wenn ich was hasse, dann sind das zickige Weiber.

Aber ich denke nicht mehr lange an Franz.

Luisa kommt zu unserer Mentoring-Runde und sieht entzückend aus. Den ganzen Tag ist sie schon vor meinen Augen herumgeschwebt, und als wir durch sind, stelle ich zufrieden fest: »Das Gelbe! Sehr kleidsam. Wirklich, das mag ich.«

Und endlich flirtet sie mit mir.

»Ich weiß, dass Sie das mögen«, antwortet sie. Dann schaut sie auf und mir in die Augen.

Was für ein geiles Gefühl!

Wir sehen uns wortlos an. Viel länger, als sich Chefs und Redaktionsassistentinnen gewöhnlich anschauen. Durch mein Hirn rasen aufregende Gedankenfetzen. Das hat sie für dich angezogen, heute kannst du sie haben, ist einer von ihnen. Ob sie was drunter hat, unter dem Kleid?, der nächste.

Der erstaunlichste Gedanke aber scheint mir ein leises ›Alter, das ist doch keine Frau nur zum Vögeln‹ zu sein, das von irgendwo recht unvermutet in mein Hirn hineinschwebt.

Über diesen letzten Einfall bin ich so verblüfft, dass ich es gerade noch schaffe, auf Autopilot zu stellen und geschäftsmäßig zu fragen: »Wollen wir noch was trinken gehen?«

Luisa steht auf und sagt: »Gern.«

Na also, denke ich. Und dann noch: Was war *das* denn?

Eine Frau und nicht zum Vögeln, wo hätte man denn so etwas schon gehört? Ich schüttele den Kopf über mich selbst.

Heute Abend werde ich ihr das gelbe Kleid von den Schultern ziehen. Wir werden für ein paar Wochen eine hocherfreuliche Affäre haben und die Sache dann mehr oder weniger einvernehmlich beenden.

Luisa muss in die Nachrichten, das Geschäft von der Pike auf lernen, und falls ich sie später mal vermissen sollte, kann ich mich ja ab und zu in meinem Schlafzimmer von ihren Fortschritten überzeugen.

♀

Björn fährt nicht Mercedes, nicht Porsche, nicht Ferrari, sondern VW-Käfer.

Knallrot. Cabrio. Baujahr: irgendwann, als ich noch im Sandkasten spielte. Die niedliche kleine Kiste knattert wie ein Hubschrauber im Landeanflug. Kopfstützen hat sie auch keine, und das Einsteigen ist mit meinem Kleid auch ein echtes Abenteuer für sich.

Hatte ich schon gesagt, dass dieser Mann immer, wirklich immer wieder für eine Überraschung gut ist?

Gelbes Kleid im roten Cabrio.

Und Schmetterlinge im Bauch.

Es ist passiert, als wir uns in seinem Büro einen Moment zu lange in die Augen gesehen haben. Noch keine Stunde her.

Ich hab mich verliebt!

Jetzt sitze ich neben ihm. Der Fahrtwind zerzaust meine Haare. Ich überlege, sie aufzustecken, und krame in meiner Tasche nach einer Klammer. Ich habe ganz bestimmt keine roten Flecken hinter den Ohren, denn ich bin nicht aufgeregt, sondern glücklich.

Es ist, als ob ein Berg Puzzlestücke vor mir gelegen hätte. Viele Monate, wenn nicht Jahre, hat mich ihr Anblick entmutigt. Dann habe ich die Stücke in die Hand genommen und angefangen, eins ans andere zu legen.

Und plötzlich entsteht ein Bild. Eins, das mir richtig gut gefällt.

Ein Teil des Puzzles ist Björn, der gerade in seiner üblich relaxten Art sein Auto durch die Straßen lenkt. Ich weiß jetzt, was mich so an ihm fasziniert: Es ist seine Art, immer so zu wirken, als würde er ein kleines bisschen über den Dingen stehen. Einen Björn Bengt Becker scheint nichts so schnell aus der Ruhe zu bringen – weder die Hektik im Büro noch der Hamburger Feierabendverkehr noch eine zapplige 28-Jährige auf dem Beifahrersitz seines Cabrios.

♂

Wir fahren in die »Bank«, eines der angesagteren Medienlokale dieser Stadt, um einen Cocktail zu trinken. Ich lobe sie noch einmal für den Facebook-Titel. Sie wird wie immer rot.

»Ach, Björn, Sie machen mich immer so verlegen, das war Glück, einfach nur Glück, dass mir die beiden über den Weg gelaufen sind.«

Ich schüttele den Kopf und erkläre ihr das Geheimnis unserer Branche. »Von hundert Journalisten rennen fünfundneunzig durch die Welt, ohne sie als das wahrzunehmen, was sie ist – ein Füllhorn an Geschichten und Fotos, die niemand erkennt, außer den viel zu wenigen. Und diese viel zu wenigen, Luisa, die werden später mal Chefredakteure.«

Ich frage sie, ob sie noch Lust auf einen Spaziergang hat. Sie steht erneut wortlos auf und nimmt ihre Tasche.

Alster-Spaziergänge im Abendlicht sind ein wundervolles Flirtinstrument. Manchmal streifen sich unsere Arme, wenn einer plötzlich stehen bleibt, um die letzten vorbeiziehenden Segler zu betrachten, und der andere in ihn hineinschlendert.

Am Anleger des »Cliff« lehnen wir beide mit einem Eis in der Hand am Geländer. Es ist kühl geworden. Sie trägt immer noch schulterfrei, und ich hänge ihr mein Jackett um.

Ich betrachte sie von der Seite. Was für eine Wahnsinnsfrau! Ganz anders als all die anderen Frauen der letzten Jahre. Und dann noch ein verdammter Rohdiamant in der Redaktion.

Weil ich so ein analytisches Kerlchen bin, streife ich kurz die Frage, ob ich vielleicht eine Spur verliebt bin. Es wäre das erste Mal seit den Anfängen mit Melanie, und das ist nun wirklich eine Ewigkeit her. Aber ich weigere mich, diesen Unfug weiterzuverfolgen.

Ich denke: Erst einmal ins Bett und dann sehen wir weiter!

Die Alster ist wunderschön, wenn die Sonne hinter Hamburgs Türmen untergeht. Luisa ist noch ein bisschen schöner.

»Wenn Sie schon meine Sachen tragen, können wir jetzt eigentlich auch du sagen«, schlage ich vor. Sie sieht nicht zu mir herüber, aber nach einer Weile nickt sie.

»Warum bist du Single?«, frage ich. Ihre Antwort lautet: »Ein guter Journalist lässt nie locker, wie?«

Ich schweige eine Weile. Dann sage ich: »Bin nicht sicher, ob ich gerade Journalist bin.«

Der Satz steht zwischen uns.

Ein meisterlicher Satz.

Nicht zu viel, nicht zu wenig, nicht mehr als ein verklausulierter Hinweis darauf, dass ich, Björn Bengt Becker, Interesse an ihr habe, an Luisa Stein, der Frau mit diesem endzeitgeilen Hintern in diesem gelben Kleid.

Doch obwohl ich weiß, dass dieser Satz der Türöffner zu Luisas Schlafzimmer gewesen ist, habe ich ein merkwürdiges Gefühl.

Normalerweise, also, normalerweise in meinem Sinne, würde ich mich jetzt hinter sie stellen und sie sanft in den Arm nehmen. Wenn sie sich losmacht, ist es der finale Korb. Wenn sie sich an mich schmiegt, gehen wir heute noch miteinander ins Bett. Ich denke an meine eiserne Regel: Verschwende nie deine Zeit mit einer Frau, die nicht mit dir in die Kiste gehen will. Jeder Abend kostet dich einmal Sex in deinem Leben.

Doch ich nehme sie nicht in den Arm.

Ich lehne neben ihr an der Brüstung und spüre, dass ich zufrieden bin, ganz genau so wie es ist.

Ich denke darüber nach, wann ich mich das letzte Mal so eins gefühlt habe mit mir und der Welt und der Frau an meiner Seite, aber ich kann mich nicht erinnern.

Ich schweige neben Luisa, bis die letzten Sonnenstrahlen hinter den Dächern verschwinden.

Ich fühle mich wohl, aber ich bin nicht geil.

Mit ihr ins Bett?

Natürlich. Irgendwann. Und dann immer wieder. Wir haben endlos viel Zeit dafür.

Noch so ein seltsamer Gedanke, der an den Grundfesten meiner Welt rüttelt.

Ich glaube, ich muss jetzt wirklich nachdenken. Über Luisa und über mich und ob vielleicht gerade eine neue Zeitrechnung in meinem Leben beginnt.

»Komm«, sage ich. »Ich fahr dich nach Hause.«

Unten vor ihrer Tür frage ich: »Gibst du mir deine Handynummer?«

Während ich tippe, sehe ich, dass rechts neben mir ihre Augen glänzen.

Als sie aussteigt und ihr gelbes Kleid wie ein leuchtender Punkt im Hauseingang verschwindet, fühle ich mich einsam, und es bestätigt meinen Verdacht.

Auf der Heimfahrt denke ich: Chantal? Aber allein der Gedanke, sie anzurufen, stößt mich ab.

Ich gehe mit einem Eimer Eis, einem Glas, einer Flasche Whiskey und meinem Handy auf die Dachterrasse und lasse mich in meinen Strandkorb fallen.

Nach dem dritten Drink schreibe ich Luisa eine SMS. »Vielen Dank für diesen schönen Spaziergang, Luisa.« Eine Antwort kriege ich nicht.

Zwei Stunden später, um Mitternacht, habe ich etwa zwei Dutzend Mal mein Handy kontrolliert, bin ein wenig enttäuscht und sehr betrunken.

Ich sage laut in die Nacht: »Verdammt noch mal, Björn, du blödes Arschloch, fang bloß nicht an, dich zum Affen zu machen.«

Ich denke an Luisa, die wie ein zarter gelber Vogel in meinem Jackett zitterte.

Ich denke an ihre Augen.

Ich denke an ihr Lächeln.

Über der Frage, warum ich verflucht noch mal nicht an ihren unfassbar geilen Arsch denke, schlafe ich fröstelnd in meinem Strandkorb ein.

♀

»Du bist ja schon wieder da?«

Sally steht in der Küche und rührt in einem Topf, als ich unsere Wohnung betrete. Ich knalle die Haustür zu und schmeiße meine Tasche auf den Boden.

»Ja, wo sollte ich denn sonst sein?«

»Äh, hattest du nicht geschrieben, dass du mit deinem ...«

»Das ist nicht *meiner*«, schreie ich. »Das ist nur irgend so ein Typ, der zufällig mein Chef ist!«

»Erzähl!«, fordert mich Sally gelassen auf und nimmt mir mit ihrer Ruhe den Wind aus den Segeln. Meine Wut löst sich in Luft auf und macht dem eigentlichen Gefühl Platz.

Enttäuschung!

Seit er mich gefragt hat, ob wir was trinken gehen wollen und die Schmetterlinge in meinem Bauch aufgewacht sind, war ich voll Freude und voll kribbeliger Erwartung.

Ein Date! Endlich. Nach so vielen Monaten war ich endlich bereit.

Bereit für alles! Verdammt noch mal! Und was passiert?

Nichts!

Klar war es aufregend, mit ihm in der »Bank« an der Bar zu lehnen und zu reden. Klar hört man gern, dass man als Journalistin eine von den wenigen ist, die es schaffen werden. Auch wenn ich mich gefragt habe, ob er das nur sagt, um mich ins Bett zu kriegen. Dann der Spaziergang um die Alster. Ich habe gezittert – weniger vor Kälte als vor Aufregung. Und vor Vorfreude darauf, dass er gleich seinen Arm um mich legen und mich küssen würde.

»Er hat mich nicht mal angeguckt, verstehst du?« Ich kann

nicht verhindern, dass ich doch wieder schreie. »Ich meine, *kapierst du das?* Ich habe das gelbe Kleid angezogen. Ich habe ihm klargemacht, dass ich es seinetwegen trage. Ich blöde Kuh! Ich bin ihm beim Spaziergang andauernd auf die Füße getreten, damit er das begreift. Und er? Läuft neben mir her wie ein Stockfisch und hat nichts Besseres zu tun, als mich schon wieder zu fragen, warum ich Single bin!«

»Aber das ist doch gut«, sagt Sally vorsichtig. »Das zeigt, dass er Interesse an dir hat.«

»Sally, geht's noch? Ich war nicht beim Abiball. Wir reden hier von Björn Bengt Becker, der mit jeder Frau schläft, die nicht bei drei aus seinem Büro raus ist! Und sag mir jetzt nicht, der war noch nicht so weit. Wenn du das sagst, dann ... dann schmeiß ich einen Teller an die Wand.«

Sally baut sich schützend vor dem Schrank mit ihrem Villeroy- und Boch-Service auf.

»Komm mal wieder runter«, fordert sie. »Das Ganze hat vermutlich Gründe. Und die kennst du nicht. Vielleicht ist er ganz anders, als du denkst.«

Ich sehe Sally an und weiß, was sie meint. Schließlich ist es auch bei ihr verdammt schwer, hinter der platinblonden Lacklederfassade die Frau zu erkennen, die sich eigentlich ein beschauliches Hausfrauenleben und einen Stall voller Kinder wünscht.

»Trotzdem«, sage ich bockig.

Sally grinst. »Sind dir gerade die Argumente ausgegangen?«

Ich schüttele den Kopf.

»Ich glaube, ich gefalle ihm nicht«, seufze ich und merke, dass mir die Tränen kommen. »Er findet mich langweilig.«

»Ach, Süße!« Sally kommt mit zwei Schritten auf mich zu und nimmt mich in ihre Arme. Ich lasse meinen Tränen freien Lauf.

»Jonas, was machst du da? Warum guckst du mich so komisch an?«

»Es ist aus, Luisa!«

»Ich ... ich verstehe nicht. Was ist denn los?«

»Nichts ist los. Das ist ja das Problem. Das große Nichts. Mir fehlt der Kick. Ich langweile mich. Ich werde jetzt gehen.«

»Mit uns ... war es ... langweilig?«

»Langweilig. Viel zu lange. Mach's gut, Süße. Ich hole morgen, wenn du arbeiten bist, meine Sachen ab. Den Schlüssel lasse ich auf dem Küchentisch liegen.«

Nie habe ich irgendeinem Menschen erzählt, was Jonas an dem Morgen unserer Trennung zu mir gesagt hat. Und nie habe ich verraten, wie viel Unglück in meiner Seele schlummert, seit ich ein hässlicher, spindeldürrer, schüchterner Teenager war.

»Luisa? Hör auf, die ist doch langweilig.«

Langweilig. Langweilig. Langweilig!

Wie ein Alptraum hat mich das Echo verfolgt, und nicht einmal Julia, die seit der Grundschule meine beste Freundin ist und die eigentlich alles von mir weiß, ahnt etwas davon.

Ich habe mich so schrecklich geschämt. Vor Jonas. Nach Jonas. So viele Jahre an der Seite eines Mannes, der sich mit mir nur gelangweilt hat. Mit diesen Sätzen hat er nicht nur mein sorgsam gehütetes Leben zerstört, sondern mich.

Langweilig! Langweilig! Langweilig!, hämmert es in meinem Kopf, während ich an Sallys Schulter lehne und schluchze. Kein Wunder, dass Björn mich nach Hause gebracht hat. Jetzt wird er sich irgendwo schön amüsieren. Es ist noch nicht mal Mitternacht.

Ich löse mich von Sally, nehme mir ein Stück von der Küchenrolle und putze mir die Nase. In diesem Moment piepst mein Handy.

»Nachricht von ihm«, sagt Sally und zwinkert mir zu.

»Quatsch!«

»Lesen!«

Ich schüttele den Kopf. Ich will alles, aber nicht das Handy nehmen und enttäuscht sein, wenn die SMS von Julia ist.

»Kannst *du* machen, wenn du Spaß dran hast.«

Das lässt sich Sally nicht zweimal sagen. Sie liest langsam vor. Zweimal.

Dann verkündet sie triumphierend: »Ich hatte recht!«

Mein Herz pocht. Aber ich sage: »Sally, lass den Quatsch. Das ist reine Höflichkeit. Er muss ja noch mit mir arbeiten.«

»Ich würde mit dir wetten, dass er ...« Sie sucht ganz gegen ihre Gewohnheit bedächtig nach Worten. »... dass er einfach vorsichtig mit dir ist, weil du ihm mehr bedeutest als die Mädels, die er sonst so mit sich rumschleppt.«

Noch vor ein paar Wochen hat sie vehement behauptet, BBB wollte mich nur ins Bett kriegen. Jetzt ist der gleiche Typ in ihren Augen plötzlich ein zurückhaltender Ehrenmann, der mich mit einem voreiligen Kuss nicht verschrecken will.

Wie lächerlich ist das denn?

»Ich wollte geküsst werden! Das ist doch wohl nicht zu viel verlangt. Ich bin schließlich keine Nonne, das hast du selbst gesagt!«

Sally hält mir mein Handy hin.

»Dann schreib ihm das doch. Schreib ihm: ›Warum hast du mich nicht geküsst, du Vollidiot?‹«

Ich schlage ihr das Handy aus der Hand.

Es scheppert, als es erst auf die Stuhlkante plumpst und dann auf den Fliesen aufschlägt.

»Scheiße!«, jaule ich, als ich die Bescherung sehe. Entsetzt klaube ich die Einzelteile zusammen. Ich versuche, sie zusammenzustecken, aber das Display bleibt aus.

Dann fange ich wieder an zu heulen.

»Süße, das ist doch nur ein Handy«, sagt Sally, als sie mich erneut in die Arme nimmt.

»Aber wie soll ich ihm jetzt schreiben, verdammt? Seine Nummer ist da drin, und er wird denken, dass ich eine blöde, langweilige Kuh bin, die sogar zu unhöflich ist, ihm gute Nacht zu sagen.«

In diesem Moment setzt die Migräne ein, wie immer schlagartig. Zuerst mit Sehstörungen – Zacken, Blitze und Nebel, die mein Gesichtsfeld einschränken. Kurz darauf folgen Übelkeit und rasende Schmerzen.

»Sally! Meine Tabletten!«

Sie weiß, was zu tun ist, rennt ins Bad und kommt mit einem Eimer und meiner Medizin zurück.

Ich sitze am Tisch, würge, weine und krümme mich vor Pein.

Schon als Kind habe ich unter heftigen Migräneattacken gelitten, und bis heute konnte keine Therapie mich von diesem Übel befreien. Und ich bin nicht in der Lage herauszufinden, was die Anfälle auslöst. Sie überfallen mich. Hinterhältig. Brutal. Und wenn sie da sind, dann beißen sie sich fest und knipsen mich aus.

Die starken Medikamente lindern nur die schlimmste Qual. Die Übelkeit, die Lichtempfindlichkeit und das ständige Erbrechen können sie mir nicht nehmen.

In diesem Moment werden Björn und der Korb, den er mir gerade gegeben hat, ganz klein.

Keine Ahnung, was aus ihm und mir wird. Oder auch nicht.

Der Schmerz verschlingt mich, und wenn er mich in ein paar Tagen wieder hergibt, werde ich weitersehen.

♂

Ich habe Luisas Praktikum in der Chefredaktion vier Tage zu früh beendet und sie in die Nachrichten abgegeben.

Ich sehe Luisa jetzt nur noch um 14 Uhr in der Redaktionskonferenz, wenn sie etwa zwanzig Meter entfernt zwischen den anderen Redakteuren auf Tischen und Fensterbänken im Produktionsraum sitzt. Und manchmal abends, wenn sie so wie alle anderen um die Seiten ihres Ressorts herumstreicht und letzte Korrekturen an den Texten vornimmt.

Die letzten drei Mentoring-Sitzungen habe ich absagen lassen. Muss mal mit Tom sprechen, ob er Luisa übernehmen will.

Denn Luisa hat sich nach unserem Ausflug krank gemeldet.

Sie hat nicht auf meine SMS geantwortet.

Nicht am gleichen Abend.

Auch nicht am nächsten Tag.

Als sie nach einer Woche wieder im Büro erschien, zeigte sie mit keinem Blick, mit keinem Wort, mit keiner Geste auch nur entferntestes Interesse.

Bei der Sichtung des täglichen Pressespiegels sieht mir Luisa nicht mehr über die Schulter, sondern sitzt sittsam neben meinem Schreibtisch.

Unser Spaziergang an der Alster hat nie stattgefunden. Ich kann mich nicht erinnern, jemals einen so stillen, so höflichen, aber dennoch so knallharten Korb bekommen zu haben.

Erst bin ich perplex. Später verwirrt. Noch später wütend. Es dauert ein paar Tage, bis ich mich zu der Erkenntnis durchgerungen habe, dass ich mit 43 offenbar aus dem Alter raus bin, in dem ich attraktiv für 28-jährige Frauen bin, jedenfalls für solche, die nicht für ihre Karriere mit dem Chefredakteur ins Bett gehen wollen.

Meine Achtung vor Luisa hat neue Höhen erklommen. Dazu haben sich Sehnsucht und Frustration gesellt. Verfluchte Axt! Achtundzwanzig Jahre, keine halbe Handvoll Titten, aber ausgerechnet sie hat mich voll erwischt. Ich schwanke zwischen Melancholie und höhnischem Kopfschütteln über mich selbst.

Und ich habe geglaubt, mir kann keine Frau etwas!

Luisas Vertrag habe ich trotzdem umgewandelt. Sie ist jetzt Redakteurin beim *Monday* mit allem, was dazugehört: Vertrag in doppelter Ausfertigung, Kopie bitte unterschrieben an die Personalabteilung, Aufnahme ins Presseversorgungswerk, Antragsunterlage für Betriebsrente, der ganze Scheiß. Ich nehme an, sie ist glücklich, aber wissen tue ich es nicht, denn ich habe ihr den Papierkram von Irene geben lassen. Hätte nicht zusehen mögen, wie sie sich fröhlich durch die Unterlagen kramt.

Denn Korb ist Korb, und es gehört einfach nicht zu meinen Angewohnheiten, Frauen nachzulaufen, die mich scheiße finden. Wobei ich nicht einmal glaube, dass sie mich richtig scheiße findet. Also, als Chef jedenfalls.

Eine überaus deprimierende Erkenntnis: Als Vorgesetzter ganz okay, als Mann zu alt, zu unattraktiv, zu wenig begehrenswert.

♀

Der da heißt Anton, der Jo, der mit der Brille ist Ben. Nette Jungs. Mitte zwanzig, so wie wir.

Sally hat mich ins East geschleppt.

»Ich kann deinen Depri nicht mehr mit ansehen«, hat sie vor einer halben Stunde wütend gesagt, als sie von der Arbeit kam und mich in Jogginghosen und löchrigem Strickpulli auf dem Sofa vorfand. »Du ziehst dir jetzt deinen Lieblingsfummel an, und wir gehen aus! Dieses altjüngferliche ›Ich warte hier zu Hause, bis der Richtige kommt!‹ ist ja nicht zum Aushalten. Du musst mal wieder unter Leute, Süße! Sonst vergisst du noch, was für eine heiße Nummer du bist.«

Sally hatte recht. Wir zwei brauchten nicht mehr als fünf Minuten, bis die ersten Drinks auf unserem Tisch standen.

Ich bin nach dem zweiten Glas schon ziemlich angetrunken. Vielleicht hätte ich vor unserem Aufbruch etwas von Sallys Tomatensuppe essen sollen. Aber ich habe nach der Migräne-Woche noch immer ziemliche Probleme mit dem Magen. Außer etwas Weißbrot und Apfelsaft kriege ich den ganzen Tag nichts hinunter. Ich fühle mich wie zugeknöpft. Und damit meine ich nicht nur meinen Magen.

Auch das Wiedersehen mit Björn ist mir nicht gut bekommen.

Als ich nach meiner Krankschreibung morgens wieder an meinem Platz saß, war ich ein bisschen nervös. Ich brannte darauf, ihm zu erklären, warum ich auf seine SMS nicht geantwortet hatte. Sally und Julia hatten mich in mühsamer Kleinarbeit davon überzeugt, dass sein Gute-Nacht-Gruß durchaus etwas mehr als reine Höflichkeit gewesen sein könnte. Ich freute mich auf Björn, und ich war ihm eine Erklärung schuldig.

Doch beim Hereinkommen glitt sein Blick nur kurz und vollkommen unbeteiligt über mich. Er nickte, brummte Irene irgendeine Anweisung zu und verschwand in seinem Büro.

Das Lächeln auf meinem Gesicht gefror.

Ich hatte mich also nicht getäuscht. Wenn jemals ein Funke zwischen ihm und mir aufgeflammt war, dann war er während unseres Spaziergangs erloschen.

Er spricht nur noch das Nötigste mit mir und hat nicht einmal gefragt, warum ich eine Woche gefehlt habe.

Wir gehen so steif und hölzern miteinander um, dass mir nicht einmal das »Du«, das er mir bei unserem Spaziergang angeboten hat, über die Lippen kommen will.

Habe ich unsere schönen Stunden nur geträumt?

Ben zieht mich auf die Tanzfläche. Es ist so voll, dass wir einander nahekommen müssen. Er legt die Hände auf meine Hüften. Als ich nicht abwehre, wird er deutlicher.

Es fühlt sich okay an, aber es prickelt nicht.

Als er mich zwei Stunden später mit zu sich nach Hause nimmt, bin ich so blau, dass mir sowieso alles egal ist.

Was, zur Hölle, ist DAS denn?

Heute Nacht hab ich eine E-Mail bekommen. Absender: Irgendein beschissener, anonymer Account.

Keine Anrede, nur zwei Worte Text, dazu ein Foto aus irgendeinem Schuppen.

Nicht geblitzt, ziemlich schummerig, die Gesichter kaum zu erkennen. Doch eines gehört Luisa. Sie sieht ziemlich angeschlagen aus. Sie tanzt mit irgendeinem Typen, der ihr die Hände auf die Hüften gelegt hat. Sie hat die Augen geschlossen und lässt die Arme hängen. Kein schlimmes Foto. Na ja, für mich vielleicht schon. Aber der Mailverteiler, der ist brutal. Der halbe *Monday* ist darin aufgeführt.

Die zwei Worte verursachen mir Übelkeit.

»Allzeit b(e)reit!«

♀

»Mensch, Luisa, wo warst du denn gestern?«

Sally klingt wie meine Mutter, als ich fünfzehn war und das erste Mal nicht pünktlich nach Hause gekommen bin.

»Hast du eine Aspirin?«, frage ich und lasse mich auf einen unserer kunterbunt gestrichenen Küchenstühle fallen.

»Du siehst aus wie schon mal gegessen, und ich bezweifle, dass es besonders gesund ist, wenn du weiterhin ausschließlich von Alkohol, Apfelsaft und Schmerztabletten lebst.«

»*Du* wolltest doch, dass ich mich amüsiere!«

»Das schon«, sagt Sally sauer, während sie mir eine Tasse Kaffee, ein Glas Wasser und eine Schachtel Tabletten auf den Tisch stellt. »Aber ich meinte damit nicht, dass du dich urplötzlich in Luft auflösen sollst, und das gleichzeitig mit drei Typen. Ich bin vor Sorge fast umgekommen.«

»Tut mir leid, aber ich kann selbst auf mich aufpassen.«

»Von wegen! Du warst total besoffen, Süße!«

Ich aber weiß genau, was passiert ist, nachdem wir das East verlassen haben. Ben und seine Freunde haben mir ins Taxi geholfen. Seine Kumpel sind lachend weitergezogen. Ich hab gedacht, Ben bringt mich nach Hause. Der Filmriss kam offenbar erst auf der Fahrt.

Vor einer halben Stunde habe ich mich aus Bens Wohnung geschlichen, wo ich mich, einzig mit BH und Slip bekleidet, in einem großen gemütlichen Bett vorfand.

Mein Kleid hing ganz ordentlich über einem Stuhl. Hatte *ich* das da etwa hingehängt? Von ihm selbst war keine Spur zu sehen.

Mein neues Handy klingelt. Ich nehme ab.

»Hey, Süße, wo steckst du denn? Du bist doch nicht etwa abgehauen?«

»Äh ...«

Wer ist das?

»Ich wollte uns Frühstück machen. Als ich zurückkam, warst du plötzlich weg.«

Ben. Ich habe ihm offenbar meine Nummer gegeben. Wie scheußlich ist das denn, wenn man sich an rein gar nichts erinnern kann?

»Ich ... ich bin nach Hause gegangen«, stottere ich hilflos. »Ich meine, ich ... du weißt doch, dass ich total blau war, als ich mit zu dir ... und überhaupt, das ist mir jetzt ...«

Sally hört mir, die Hände in die Hüften gestützt, mit strenger Miene zu.

»Sehen wir uns wieder?«, fragt Ben.

»Ich weiß nicht.«

»Hör mal, wenn du denkst, dass ... Ich wollte dich nach Hause bringen, aber du warst so fertig, dass du mir nicht mal sagen konntest, wo du wohnst. Und da hab ich dich zu mir gebracht und in mein Bett gelegt. Also, bitte glaub mir das, ich hab dich nicht angerührt. Das würde ich echt nie, nie, niemals machen. Ich würde dich gern wiedersehen, also überleg es dir. Du bist ziemlich süß.«

»Danke!«

Erschöpft lege ich auf und stütze den Kopf in die Hände.

Mit einem Mal wird mir schlecht.

Ein paar Sekunden später knie ich würgend vor der Toilette. Den Rest des Tages verbringe ich einmal mehr mit Katzenjammer im Bett.

♂

Das Foto hat gesessen.

Ich trinke ein bisschen viel die letzten Tage, meistens allein.

Nach zwei Wochen gehe ich mit Tom los, so wie früher.

»Mache mir Sorgen um die Kleine, die Luisa«, sagt er nach dem fünften Bier. »Das Foto hast du ja auch gesehen. Total neben der Spur. Irgendwas, was ich wissen müsste?«

»Was soll das heißen?«

»Red mal Klartext, Alter. Bist du dran an der? Zwei, drei Nächte und dann abserviert?«

Ich finde, Tom strapaziert sein Guthaben als bester Freund gerade ein bisschen arg.

»Bin nicht dran an ihr«, sage ich. »Aber ich mag sie. Warum ist sie neben der Spur?«

»Komische Geschichte«, sagt Tom. »Und der Flurfunk ist richtig böse.«

Ich nicke, und er bestellt noch zwei Bier.

»Ist, seitdem sie krank war, ziemlich still und verschlossen, aber das ist ja ihr gutes Recht. Scheint privat irgendwie Kummer zu haben. Das Foto ist offenbar auf der Reeperbahn entstanden. Soll voll gewesen sein wie ein Eimer.«

»Und?«, frage ich Tom.

»Hör mal, Alter«, sagt Tom, und neben dem Bier stehen plötzlich auch zwei Korn auf dem Tresen, die ich sicherheitshalber beide trinke. »Ich sag jetzt, was Sache ist, okay? Ihr beiden habt was miteinander, das sieht ein Blinder. Die ganze Mannschaft quatscht darüber. Und wenn du was mit ihr hast, dann musst du wissen, was die reden. Die reden nämlich nicht sehr freundlich. Wenn du nichts mit ihr hast, hau mir eine rein, und dann vergessen wir's, okay?«

Ich trinke mein Bier aus und ordere zwei weitere. Und noch zwei Korn, die ich ebenfalls herunterkippe.

»Okay.«

»Heißt, sie hat sich in der Nacht ziemlich übel aufreißen lassen. Konnte kaum noch laufen, hing bei irgendeinem Typen am Hals. Ist danach mit drei Kerlen ins Taxi. Die haben die Fenster runtergedreht und noch vorm Anfahren ihren Schlüpfer rausgeworfen.«

Ich sehe Tom lange an.

Dann stehe ich auf und gehe raus.

Ich halte mich an der Laterne fest und kotze in den Rinnstein.

Luisa.

Meine Luisa.

Könnte mich haben.

Lässt sich lieber von drei Kerlen auf dem Kiez aufreißen.

Plötzlich steht Tom neben mir.

»Sorry, Alter, aber ich bin dein Freund, und Freunde müssen aufeinander aufpassen«, sagt er. »Manchmal ist ja was dran an dem, was die Leute reden.«

Ich nicke.

Dann wische ich mir den Mund ab.

»Danke«, sage ich. »Die Info war wichtig.«

Dann halte ich ein Taxi an und lasse mich nach Hause bringen.

Drei Typen gleichzeitig.

Respekt, Frau Stein.

Wenn ich das gewusst hätte, hätte ich doch ein bisschen mehr Gas gegeben.

Alter, was bin ich für ein dämliches Arschloch!

♀

»Bist du eigentlich glücklich, Luisa?«

Ich bin mit meiner Mutter in der Küche und mir fällt beinahe das Geschirr aus der Hand, das ich eben aus dem Esszimmer hereingebracht habe, als sie mich anspricht.

Meine Mutter ist sehr still.

Ich erinnere mich, dass sie früher ganz anders gewesen ist. Als ich klein war und wir beide jede Menge Zeit miteinander verbrachten, da haben wir viel zusammen gelacht und gespielt und so viele Stunden wie möglich in Wedel bei unseren Pferden verbracht. Mama ist eine großartige Reiterin, und sie liebt Pferde über alles.

Ob sie noch reiten geht? Erschrocken stelle ich fest, dass ich es nicht weiß. Wann haben sie und ich das letzte Mal miteinander gesprochen? Wann hat sie mich das letzte Mal etwas gefragt? Ich meine etwas von mehr Belang als »Möchtest du noch ein Eis?« oder »Soll ich deine Blusen in die Reinigung bringen?«.

Wir haben heute Gäste. Papas Kollegen und Geschäftspartner sind da. Meine Mutter hat Stunden damit verbracht, das Haus herzurichten und Essen zuzubereiten. Sie müsste das nicht tun. Sie könnte die Putzfrau bitten und einen Koch engagieren oder ein Büfett bei einem Caterer bestellen.

Ich beobachte sie, während sie die Dessertteller auf der Arbeitsplatte verteilt und in Wein eingelegte Birnenhälften mit Eis und heißer Schokoladensoße darauf arrangiert.

Sie ist vollkommen konzentriert auf ihre Arbeit, hakt nicht nach, als ich schweige. Es ist beinahe, als hätte sie ihre Frage nie gestellt.

Meine Mum sieht müde aus. Ihre Haare, in jungen Jahren blond, später blond gefärbt, sind neuerdings von grauen Strähnen durchzogen.

Ihr Rücken ist leicht gebeugt, dabei habe ich sie früher immer für ihre gerade Haltung bewundert. Sie ist 49 Jahre alt. So wie sie heute Abend, trotz ihrer geschmackvollen und teuren Kleidung, wirkt, könnten es gut und gerne zwanzig Jahre mehr sein.

Im Esszimmer höre ich die Gäste lachen. Am lautesten von allen ist Papas Stimme. Wenn er redet, hören die anderen ihm zu. Er redet viel.

Allerdings nicht mit meiner Mutter. Wenn ich die beiden besuche, ist es immer sehr still im Haus.

Beschämt gestehe ich mir ein, dass ich das Schweigen zwischen ihnen in den letzten Jahren ganz bewusst ignoriert habe. Kinder, egal wie alt sie sind, wollen nicht wissen, wie es um die Beziehung ihrer Eltern steht. Sie wollen einzig und allein, dass alles wie immer ist.

»Bist *du* glücklich?«, würde ich meine Mum am liebsten fragen. Doch ich kann nicht. Denn ich merke, dass ich Angst vor der Antwort habe.

»Ich habe meinen Traumjob«, antworte ich schließlich ausweichend.

Ich weiß noch, wie glücklich sie gestrahlt hat, als ich ihr von meinem ersten Arbeitsvertrag erzählt habe. Doch ich bin sicher, danach hat sie gerade nicht gefragt.

Soll ich mit ihr über Björn sprechen?

Sie lässt vom Dessert ab und lächelt.

Dann kramt sie in einem der Schränke und holt eine Flasche von ihrem selbstgemachten Eierlikör heraus. Dazu Waffelbecher, die innen mit Schokolade überzogen sind. »Wollen wir?«

Einen Moment lang sieht sie so glücklich und zufrieden aus

wie früher, als wir zusammen den klebrigen Likör genascht haben, wenn Papa nicht zu Hause war, wir auf der Couch lümmelten und ich stundenlang meine Teenagersorgen vor ihr ausbreitete.

Ich mag schon lange keinen Eierlikör mehr. Ist mir viel zu süß, und außerdem ist mein Magen im Moment total empfindlich. Also schüttele ich den Kopf, was ich sofort bereue, als ich das Leuchten in ihren Augen erlöschen sehe.

Papa kommt in die Küche und fragt nach dem Dessert.

»Luisa, komm«, sagt er und legt väterlich den Arm um mich.

Wie stolz er war, als er beim Essen verkündet hat, dass ich jetzt für den *Monday* arbeite!

»Ich will gleich das Dessert reinbringen«, sage ich.

»Das kann deine Mutter machen«, gibt er zurück und schiebt mich mit sanfter Gewalt ins Wohnzimmer zurück.

Die Gäste gehen irgendwann nach Mitternacht. Ich habe Halsschmerzen vom vielen Reden. Doch ich merke, dass mir das nichts ausmacht. Zum ersten Mal habe ich erlebt, dass Papas illustre Gäste mir zuhören, wenn ich etwas sage. Wie sie anerkennend nicken, als ich von unserem seltsamen Fototermin mit den beiden Alten berichte. Wie sie aufhorchen, als ich erzähle, dass der Chefredakteur persönlich mein Mentor war. Und alle, wirklich ausnahmslos alle in der Runde, kennen »mein« Titelbild und haben den Facebook-Bericht gelesen.

Während ich über Björn rede, zieht es in meinem Bauch, und mein Herz tut ein bisschen weh.

Dennoch, die Aufmerksamkeit der Gäste ist wie eine Droge. Ich bin vollkommen high, als alle weg sind, und will nie wieder im Leben darauf verzichten, von anderen anerkannt und gelobt zu werden.

»Du bist ein Prachtkerl, Luisa!«, sagt Papa und schenkt sich und mir einen Cognac ein, bevor wir uns in einen der gemütlichen Sessel auf der Terrasse setzen. Die Nacht ist mild. Ein leuchtender Vollmond bescheint sein zufriedenes Gesicht.

Drinnen klappert meine Mutter mit dem Geschirr.

Als ich nachts mein Fahrrad vor der Wohnung anschließe und die Treppen hinaufsteige, bin ich trotz allem seltsam deprimiert. Die Wirkung der Droge hat schnell nachgelassen. Ich kann nicht einschlafen.

Während es draußen langsam hell wird, liege ich auf meinem Bett und grübele. Über meine Eltern, Björn, die ganzen verrückten letzten Wochen.

Mein Glück ist längst nicht vollkommen. Ich komme beim besten Willen nicht darauf, was bei mir und Björn schiefgelaufen ist. Da war etwas zwischen uns. Das weiß ich. Ich bin doch kein Idiot.

Aber heute Nacht ist es noch etwas anderes, das mich traurig macht.

Es ist Mama. Ich lasse eine Erkenntnis zu, die ich lange nicht wahrhaben wollte: Meine Mutter hat einen Mann geheiratet, der ihr nicht guttut. Für den sie sich aufgegeben hat, weil er nie wollte, dass sie ein eigenes Leben hat. »*Meine* Frau muss nicht arbeiten gehen!« Das habe ich ihn oft sagen hören. Ich weiß, er hat es gut gemeint.

Meine Mutter wollte eigentlich Musik- und Deutschlehrerin werden. Als ich zur Welt kam, war sie gerade 20 und im ersten Studienjahr, Papa 36 und gerade Teilhaber in einer Kanzlei geworden. Es passte wunderbar.

Für ihn!

Nach außen hin sind die beiden bis heute perfekt. Der erfolgreiche Rechtsanwalt Magnus Stein und Kathrin, seine Frau, die ihm den Rücken freihält, seine Gäste bewirtet, hinter ihm steht.

Heute habe ich zum ersten Mal begriffen, dass »Hinter-jemandem-stehen« eigentlich nichts weiter bedeutet, als in seinem Schatten zu stehen. Und Papas Schatten ist gewaltig groß. So groß, dass Mama keine Sonne mehr sieht.

Die Erkenntnis ist schmerzlich.

Ich will so nicht leben. Und ich werde es auch nicht!

Zum ersten Mal kann ich *fühlen,* nicht nur denken, dass meine Trennung von Jonas das Beste war, was mir passieren konnte. Denn ich hatte mich freiwillig in seinen Schatten gestellt.

Wenn Jonas und ich noch zusammen wären, hätte ich die Stelle beim *Monday* niemals bekommen.

Mit einem Mal bin ich stolz auf mich! Ich bin Luisa Stein, Journalistin. Nichts und niemand wird einen Schatten auf mich werfen!

Auch nicht Björn Bengt Becker und das verdammte Rätselraten über das, was zwischen uns gelaufen ist.

Ich komme, verdammt noch mal, alleine klar!

♂

Ich fühle mich abwechselnd einsam, elend oder untervögelt.

Ich gestatte mir die Erkenntnis, dass ich mich verliebt habe. Zum ersten Mal seit Melanie. Und dass die Frau, der diese Gefühle gelten, sich mehr für drei hergelaufene Typen interessiert als für mich. Ich registriere übellaunig, dass zum ersten Mal in meinem Leben die gesamte Redaktion über mich lacht.

Ich telefoniere mein Adressbuch ab und stürze mich in ein halbes Dutzend One-Night-Stands. Herzlich willkommen zurück in meinem leeren Leben.

Ich erwäge sogar, mich durch den neuen Volontärsjahrgang zu vögeln, das machen die anderen Mitglieder der Chefredaktion ja auch. Doch dann sehe ich in der 14-Uhr-Konferenz Luisa. Neben ihr sieht das junge, hoffnungsvolle Mädelsvolk aus wie ein frisch vom Spielplatz entlaufener Kindergarten.

Was bin ich bloß für ein Blödmann!

Sich in eine Frau zu verlieben ist ein Fehler.

Sich in eine Frau zu verlieben war schon immer ein Fehler.

Sich in eine Frau zu verlieben wird immer ein Fehler bleiben.

Frauen sind dazu da, um mit ihnen ins Bett zu gehen. Wer Gefühle entwickelt, ist selbst schuld. Haftung für Risiken und Nebenwirkungen sind vom Leben kategorisch ausgeschlossen.

Mein großer Bruder Bernhard, dem ich als einzigem Menschen von Luisa erzähle, vermutet, dass ich jetzt vielleicht langsam erwachsen werde. Er meinte, das sei ein schwieriger Prozess, aber am Ende würde ein weniger kompliziertes Leben stehen.

Ich denke darüber nach, ob mein Zustand eventuell der Auftakt zur Midlife-Crisis sein könnte und ob ich im nächsten Jahr dann zur Kompensation einen 911er Porsche fahre, ob das Einlochen nur noch auf dem Golfplatz gelingt und ob ich bald nachts zwei Mal hoch muss, um Pipi zu machen, worüber ich später in Herrenrunden lamentieren kann, in denen gesetzte Mitspieler nach dem dritten Glas Wein ihre Prostataprobleme erörtern. Als ich diesen Gedanken ausformuliert habe, erwäge ich kurz, mir all das zu ersparen und mich kurzerhand von der Dachterrasse zu stürzen, jedoch bin ich nicht sicher, was die Leute unter mir zu einem besoffenen *Monday*-Chefredakteur auf ihrem Holztisch sagen mögen, denn weiter als bis auf den Balkon der Hausmüllers würde ich nicht fallen.

♀

»Er schreibt mir jeden Tag«, sage ich, nachdem ich die eben eingetrudelte SMS gelesen habe, und schiebe mein Handy kopfschüttelnd über den Tisch von mir weg.

»Das ist doch süß«, gibt Sally zurück. Sie füllt mir eine weitere Portion von ihrer eigens für mich erfundenen »Hühnersuppe ohne Huhn« auf, die sie gekocht hat, um mich aufzupäppeln, ohne dabei meinen angeschlagenen Magen zu belasten. »Ich habe dir doch gesagt, dass er bei dem Spaziergang einfach nur vorsichtig war.«

»Doch nicht Björn«, seufze ich. »Es ist Ben, der mir jeden Tag schreibt.«

»Ehrlich jetzt?« Ihre Augen werden rund. »Das finde ich ...«

»Süß?«, frage ich lachend.

»Ja«, antwortet sie. »Da brauchst du nicht zu grinsen. Du bist einfach eine beneidenswerte Frau. So viel Mühe, romantische Spaziergänge, besorgte SMS und all das, macht sich bei mir kein einziger Kerl. Die gehen mir alle gleich an die Wäsche.«

Wir schauen uns an und lachen. So richtig fröhlich klingt es allerdings nicht.

»Hey, Süße, geht's deinem Magen besser? Ich kann's kaum erwarten, bis ich dich wiedersehe.«

»Heute hat mich 'ne Fee nach drei Wünschen gefragt. Weißt du, was ich geantwortet hab? 1. Luisa wiedersehen. 2. Luisa wiedersehen. 3. Luisa wiedersehen.«

»Lust auf einen Spaziergang heute? Auch hart arbeitende Journalistinnen müssen mal an die frische Luft!«

Bens Bemühungen sind hinreißend. Dennoch reagiere ich

nur verhalten darauf, obwohl seine SMS genau dem entsprechen, was ich mir in Momenten romantischer Träumerei wünsche. Aber sie kommen vom falschen Mann.

Ja, verdammt, der Sommer vergeht, und ich kann den verfluchten Chefredakteur noch immer nicht abhaken.

Das Leben ist schon ziemlich ungerecht.

Ich müsste eigentlich gar nicht einsam um die Alster joggen und dabei von der Liebe träumen. Denn da ist ein echt süßer Typ, der mir herzlich gern Gesellschaft leisten würde.

Doch Ben ist es einfach nicht!

Mein blödes Herz ist nicht umzustimmen. Aber derjenige, der mir eigentlich verliebte Zeilen schreiben soll, hat einzig und allein ein hölzernes Kopfnicken für mich übrig. Und Kritik. »Nee, jetzt wirklich, Luisa, du kannst nicht in jede Reportage szenisch einsteigen!«, sagt er, als wir über einen meiner Texte sprechen. »Ab und zu ist das schön, aber nicht immer. Geh das bitte mit Tom noch einmal durch.«

Warum kann ich mich nicht in Ben verlieben? Was will ich mit BBB? Er ist ein Weiberheld, er ist viel älter als ich, und ich kann nicht fassen, warum ich ausgerechnet an ihn mein Herz verloren habe. Würde er mich nicht unglücklich machen?

Wieso *würde?* Er macht mich doch jetzt schon unglücklich.

Jetzt ist Schluss, Luisa! Du hörst jetzt auf, dich an die falschen Männer zu klammern. Du brauchst keinen zweiten Jonas, für den du dich hingibst und der sich einen Teufel um dich schert.

»Gib mir noch ein bisschen Zeit«, simse ich an Ben und nehme mir ganz fest vor, mich ab sofort in den schnuckligen Informatiker zu verlieben, der echt Ahnung hat, wie man eine Frau umwirbt.

♂

Was für ein beknackter Sommer.

Ich habe mir Luisa, so gut es eben geht, aus dem Kopf geschlagen.

Ihr Anblick in der 14-Uhr-Konferenz bereitet mir körperliches Unbehagen. Dann sehe ich ihr Haar im Sonnenlicht leuchten. Sie sieht aus wie eine Madonna, aber ich weiß es jetzt besser.

Manchmal bemerke ich, dass sie mich ansieht, länger, als es sein müsste, deshalb bitte ich Tom, sie mittags Agenturdienst machen zu lassen, denn der bleibt während der Themenkonferenz unten in den Nachrichten und scannt die Lage.

Das Blatt mache ich nebenher mit links, das abendliche Herumstreunen bei VIP-Events habe ich weitgehend aufgegeben, dafür wiederhole ich alte Erfahrungen, nämlich die, dass Sport das Beste ist, was ein Mann tun kann, wenn er sich mitten in der Krise wähnt. Erzeugt irgendwelche Hormone, mit denen es sich besser lebt, und die kann ich dringend brauchen.

Ich habe angefangen, auf dem Mountainbike lange Runden durch die Stadt zu drehen. Von der Hafencity an der Alster entlang bis hoch an die Nordgrenze Hamburgs, nach einigen Wochen schaffe ich vierzig, fünfzig Kilometer am Stück. Zu Hause gehe ich sogleich in den Kraftraum, den ich mir neben mein 25 Quadratmeter großes Dusch- und Badeparadies habe bauen lassen, und pumpe Gewichte, bis ich nicht mehr japsen kann. Der Bauchspeck ist nach drei Monaten weg. Immer öfter ertappe ich mich sogar dabei, mittags Salat zu essen. Allerdings lasse ich mir den von Irene bringen. Ich will nicht riskieren, Luisa in unserem Bioladen zu treffen.

Der Zorn, der für Wochen durch meine Seele wogte, ist weg.

Geblieben ist Enttäuschung. Tom und ich haben nie wieder über Luisa geredet. Ich denke, ihm ist es mächtig peinlich, mich so brutal unter der Gürtellinie erwischt zu haben. Und den Rest der Geschichte kann er sich zusammenreimen.

Nach einiger Zeit tendiere ich zu dem Gedanken, dass ich in diesem Leben möglicherweise zu selten was auf die Fresse gekriegt habe und dass es jetzt vielleicht an der Zeit ist, auch den Umgang mit Niederlagen zu erlernen.

Früher, also mit fünfzehn, sechzehn Jahren, als mein Interesse an Mädchen erwachte, habe ich so gut wie nie einen Korb kassiert. Wenn ich ein Mädchen haben wollte, brauchte ich nicht mehr als einen Sonnenuntergang auf den Elbterrassen und zwei Stunden Zeit, um nachdenklich-tiefschürfende Dinge von mir zu geben. Das Ganze endete in neun von zehn Fällen mit einer wilden Knutscherei. Ich denke, es lag daran, dass mich meine schon früh ausgeprägte Begabung für Sprache und weibliche Emotionen stark von den Gleichaltrigen abhob, ohne dass ich deswegen nun ein besonderes Weichei gewesen wäre.

Papa hatte Bernhard und mir schon seit frühester Kindheit beigebracht, dass sich ein Mann durchs Leben boxen muss. Mit neun und elf Jahren hatten wir beide den blauen Gürtel in Judo. Mit elf und dreizehn schickte er uns zum Boxen, wo wir auf alles eindroschen, was nicht rechtzeitig den Ring verließ, wenn die Becker-Brüder auftauchten.

Natürlich achtete Papa darauf, dass wir auch in feineren Sportarten Fuß fassten. Bernhard brachte es später sogar zum Hockey-Bundesliga-Spieler. Ich erwies mich zunächst als recht begabt auf dem Tennisplatz, doch hängen blieben wir Becker-Brüder beim Segeln und beim Golfspiel. An Mädchen, deren Herzen bei dieser Mischung aus sportlicher Selbstsicherheit, bestem Elternhaus und romantischen Segelabenden auf der Elbe dahinschmolzen, herrschte zu keinem Zeitpunkt Mangel.

Der Unterschied zwischen Bernhard und mir war, dass er sich an der Uni in die hinreißende Marlene verliebte, sie nach drei Jahren heiratete, in unsere Immobilienfirma eintrat, ein strebsames, glückliches Leben führte, vier Töchter zeugte und früh als Stütze der Gesellschaft angesehen wurde und nebenher seine Frau zärtlich weiterliebte, als wäre das ganz normal.

Ich hingegen legte eine längere Phase der Rebellion ein, beschied Papa, dass ich keinen Bock auf ein Scheißstudium oder Scheißimmobilien hätte, trampte ein Jahr durch Südamerika, arbeitete zwei Jahre bei einer Zeitung in Australien, surfte ein weiteres Jahr auf Hawaii, schrieb nebenher erfolglose Reiseberichte, die niemand drucken wollte, und heuerte nach meiner Rückkehr schließlich beim *Monday* an, obwohl ich wegen meines Vagabundenlebens weder ein abgeschlossenes Studium noch ein Volontariat vorzuweisen hatte. Doch Papa und Chefredakteur Blohm kannten sich gut. Die feineren Hamburger Kreise zeichnen sich durch vornehme Solidarität aus. Man hilft sich, ohne große Worte darüber zu verlieren, letztlich kann jeden das Schicksal treffen, einen missratenen Sohn in der Familie zu haben. Und das meiste, so befinden die Väter zwischen dem siebten Grün und dem Abschlag zum nächsten Par 5, wächst sich ja zurecht im Leben. Man selber habe damals auch nicht viel anbrennen lassen, hoho, das seien schon wilde Zeiten gewesen!

Tatsächlich sah es bald so aus, als hätte ich mich gefangen. Als ich 32 war und Nachrichtenchef des *Monday*, trat Melanie in mein Leben, höhere Tochter, Kunststudentin und wundervollste Erscheinung im Ladies-Team unseres Golfclubs. Wir liebten uns sehr, heirateten mit 300 Gästen aus Politik, Gesellschaft und Medien am schönsten Ort, den Hamburg vorzuweisen hat, dem Restaurant auf dem Süllberg hoch über der Elbe, und lebten für mehrere Jahre ausgesprochen glücklich, aber kinderlos.

Wenn Melanie überhaupt einen Fehler hatte, dann den, dass sie keine Kinder bekommen konnte, und später den, dass sie darüber so unglücklich wurde, dass irgendwer daran schuld sein musste. Dieser Jemand war dummerweise ich. Melanie stürzte sich in diverse Affären, von denen ich jedoch erst nach unserer Scheidung erfuhr. Inzwischen ist sie mit einem elf Jahre jüngeren Lover nach Südafrika ausgewandert, wo sie von den rund 1,7 Millionen Euro, die sie mir abnahm, und den Erlösen aus ein bis drei pro Jahr verkauften Bildern recht ordentlich, aber immer noch unglücklich lebt. Ihr jüngerer Lover, dem sie gänzlich verfallen ist, so hört man, treibt es täglich mit den schwarzen Hausmädchen und haut Melanie, wenn sie aufmuckt, eine aufs Maul, was ich um unserer alten Gefühle zwar sehr unschön, aber dann irgendwie auch ziemlich gerecht finde.

Ich hingegen habe nach der Scheidung keinen rechten Lebenssinn entwickeln können. Das 240-Quadratmeter-Penthouse am Hafen ist zwar ein Traum, doch auch in ihm, so stellte ich nach dem Kauf überrascht fest, kann man sich ziemlich einsam fühlen. Der Dienst-Mercedes, der gänzlich sinnentleerte Luxus-Landrover, mit dem ich lediglich zum Golfen fahre, und das Käfer-Cabrio haben dieses Vakuum nicht füllen können. Und mit der versuchsweise angeschafften Harley Davidson habe ich mich derartig auf die Fresse gelegt, dass sie nun seit zwei Jahren unbenutzt in der Garage steht. Lediglich mein visierfreier Helm, der in der Diele an der Wand hängt, zeugt noch davon, was ich eigentlich für ein Teufelskerl bin.

Die beste Methode, um mit der Sinnlosigkeit meiner Existenz klarzukommen, ist Sex, wenngleich sie, wie ich feststellen musste, auch nicht immer hinhaut.

Eine bessere wäre möglicherweise Liebe. Aber wo zum Teufel kann man die kaufen?

♀

»Hier ist kein Platz mehr«, sagt Franz, als ich mit meinem Tablett auf den Tisch zusteuere, an dem die meisten Nachrichten-Redakteure mittags sitzen.

Meine Kollegin Ulrike, die ich eigentlich sehr nett finde und mit der ich schon ein paar Mal zum Essen gegangen bin, grinst mich dazu so breit an, als habe sie gerade einen hervorragenden Witz gehört.

Dabei sind drei Stühle frei.

»Ach so«, sage ich irritiert, nehme aber an, dass sie die Plätze heute für jemanden freihalten.

Ich schaue mich in der rappelvollen Kantine nach einem leeren Tisch um. Zum Glück sieht mich Michael und winkt mich ran. Dankbar setze ich mich zu ihm. Seit unserem Facebook-Titel herrscht zwischen uns eine stille, unaufgeregte Kollegialität.

»Na, war Franz wieder zickig?«, fragt er, als ich Platz nehme.

Ich nicke, und er lächelt aufmunternd.

Während wir essen, quatschen wir über unser nächstes Projekt.

Wir beide fahren morgen zusammen auf einen Bauernhof im Alten Land, auf dem »Nutztiere« leben, die weder geschlachtet noch geschoren noch gemolken werden, sondern einfach leben dürfen, bis sie eines natürlichen Todes sterben. Alle wurden sie vor dem Schlachter gerettet und führen jetzt ein artgerechtes Leben in kleinen Herden. Hatte Gott das so im Sinn, als er die Erde geschaffen hat? Der Gedanke an das Paradies drängt sich geradezu auf.

»Wir sollten uns noch einen Geistlichen suchen und mit ihm

darüber reden«, sage ich zu Michael, der kauend nickt. Seit unserem Facebook-Titel hat er sich angewöhnt, meine Ideen ohne langes Nachfragen zu mögen.

Tom mochte den Themenvorschlag ebenfalls. »Das wird nicht für den Titel reichen«, hat er zu mir gesagt. »Solange nicht mehr als acht Prozent der Leute Vegetarier sind, kriegen 92 Prozent schlechte Laune, wenn man ihnen ihr Steak ausreden will. Aber ich guck mal, was ich machen kann. Wenn du nicht zu sehr auf dieser veganen Schiene rumreitest, sondern einfach nur über niedliche Viecher schreibst, kriegst du bei mir in der Mitte eine Sechs-Seiten-Strecke. Wenn die Fotos gut sind.«

»Ich hole dich um acht Uhr ab«, sagt Michael, als er aufgegessen hat und steht auf. Er wirft einen langen Blick rüber zu dem Tisch, an dem Franz, Ulrike und die anderen sitzen. Ich drehe mich um. Die drei Stühle sind leer geblieben.

Irgendwas läuft komisch in der Redaktion.

Jenny hat Geburtstag und jedem in der Redaktion einen selbstgebackenen Cupcake auf den Tisch gestellt. Nur auf meinem Platz steht nichts.

Lena geht in den Mutterschutz und hat per Rundmail alle zum Abschiedsdrink eingeladen, nur ich habe keine Mail bekommen.

Selbst Ulrike, mit der ich in den ersten Wochen viel gequatscht und gelacht habe, meidet mich neuerdings und hängt in jeder freien Minute mit Franz herum.

Als eine Woche später unsere Reportage »Farm der Tiere« erscheint, legt irgendjemand ein grauenhaftes Foto aus einem Schlachthaus auf meinen Schreibtisch.

Ich werfe es in den Papierkorb und merke, dass mir schlecht wird. So ruhig wie möglich gehe ich in Richtung Toilette. Nachdem ich mich vergewissert habe, dass niemand im Raum ist, fange ich an zu heulen.

Ich kann mich nicht beherrschen. Ein richtiger Weinkrampf schüttelt mich.

Als ich mich halbwegs gefangen habe, kommt Irene rein.

»Morgen«, nuschele ich und senke den Kopf, damit sie nicht sieht, wie verheult mein Gesicht ist.

»Schätzchen, was ist los?«, fragt sie und hält mich am Arm fest.

»Nichts«, gebe ich zurück und hoffe, dass meine gequälte Grimasse einem Lächeln ähnlich sieht.

»Jetzt hör mal auf mit dem Quatsch. Wir beiden gehen heute essen. Keine Widerrede.«

Zwei Stunden später sitzen wir im Park unter einem Baum. Das Mittagessen haben wir uns geschenkt.

»Es ist Franz, nicht wahr?« Sie klingt ehrlich besorgt.

Ich nicke.

»Hast du mal doofe Mails bekommen? Irgendwas in der Art?«

Ich schüttele den Kopf. »Nein, aber plötzlich schneiden mich alle. Sogar Rike.«

»Ich weiß«, sagt Irene und nimmt meine Hand. »Aber darum kümmere ich mich. Versprochen!«

Dann sieht sie mich prüfend an.

»Und der Chef, der ist es auch, oder?«

Die Tränen schießen so unvermittelt in meine Augen, dass ich nicht in der Lage bin, sie zurückzuhalten.

Irene legt den Arm um mich und lässt mich heulen.

Dann sagt sie: »Vor ein paar Wochen wart ihr abends zusammen weg, das weiß ich. Danach bist du krank geworden, und er war eine Woche lang schlicht unerträglich. Hat alle Leute angebrüllt, sogar den armen Boten. Ich kenne ihn ewig, aber so schlecht war er noch niemals drauf. Was war eigentlich los bei euch beiden?«

»Gar nichts war los«, schniefe ich.

»Was für ein Blödsinn!«, widerspricht Irene. »Du bist in ihn verliebt, und er ... ach, das sieht doch eine Blinde. Also, was ist an dem Abend wirklich passiert?«

Ich erzähle es ihr, rede einfach drauflos und höre nicht mehr auf.

Dass Björn keinen Bock auf mich hatte und mich zu langweilig fand. Dass ich am liebsten kündigen würde, obwohl ich mein Leben lang davon geträumt habe, beim *Monday* zu arbeiten.

»Noch mal ganz, ganz langsam«, sagt Irene. »Wie war das da auf dem Steg?«

Ich erzähle es ihr noch einmal. Wort für Wort.

»Wie merkwürdig.« Sie sieht mich an und schüttelt den Kopf. »Ich hab schon vieles von ihm gehört, aber so etwas nun wirklich noch nicht.«

Ich sterbe fast vor Scham, als wir wenig später in den Verlag zurückgehen. Habe ich Irene eben wirklich mein Herz ausgeschüttet?

Sie ist Björns Vertraute. Das weiß jeder.

Was ist, wenn sie ihm alles erzählt?

Im Fahrstuhl drückt sie mir drei Schokoriegel in die Hand und sagt geistesabwesend: »Iss mal was, Kindchen! Er mag keine dürren Frauen.«

Ich gucke ihr verblüfft nach. Hat sie mir nicht zugehört?

Er mag *mich* nicht!

♂

Irene kommt in mein Büro und zieht die Tür zu. Sie setzt sich aufs Sofa. Irritiert blicke ich auf die Uhr. Ist knapp nach der Mittagspause, und da halten wir keine freundschaftlichen Schwätzchen.

»Irene?«

Sie ist anders als sonst.

Meine gute alte Vorzimmermami ist nervös.

Sie setzt dreimal zum Sprechen an.

»Was ist denn mit Ihnen los?«, frage ich. »Zu früh für ein Glas Wein?«

Irene schüttelt den Kopf, nimmt das Glas, das ich ihr reiche, und stürzt es in einem Zug hinunter. Ich schenke ihr nach.

Dann fragt sie: »Haben Sie *Shogun* von James Clavell gelesen?«

Ich verneine erstaunt.

»Es gibt so eine Tradition. Der Samurai darf seinen Herrn einmal im Leben um freie Rede bitten. Er darf einen Wunsch äußern oder auch Kritik, und der Herrscher ist verpflichtet, ihm zuzuhören. Er darf den Samurai nicht für seine Rede bestrafen, dafür darf der Samurai nie wieder um einen Gefallen bitten.«

Ich bin ehrlich verblüfft und gucke Irene verwundert an.

Sie stürzt auch das zweite Glas hinunter.

Dann sage ich: »Na dann, Irene, freie Rede.«

Sie holt tief Luft.

»Sie sind so ein Idiot! Und Sie sind so blind, dass Sie die Hand nicht vor Augen sehen. Sie und die Kleine, ich hab keine Ahnung, was genau da passiert ist, aber Sie machen mir das Mädchen kaputt. Egal, was zwischen Ihnen los ist, reden Sie mit ihr.«

Ich bin sprachlos. So hab ich Irene noch nie erlebt.

»Luisa ist so eine tolle, tapfere Frau und die beste junge Redakteurin, die wir jemals hatten, und Sie haben sie verstoßen. Sie heult sich die Augen aus dem Kopf. Sie hat keine Ahnung, warum. Und dann noch dieser widerliche Flurfunk.«

Ich hebe den Kopf, und mir wird ganz kalt im Magen.

»Flurfunk?«

»Jedes Wort erstunken und erlogen. Glauben Sie mal einer erwachsenen Frau! Ich hab mit der Kleinen geredet, und die hat nur einen Mann im Kopf, und der ist auch noch zu blöd, um das zu merken.«

Ich denke lange schweigend nach.

»Noch mal Stichwort Flurfunk. Die Mail kennen Sie aber?«

Irene schnaubt wütend.

»So, mein lieber Björn Bengt Becker. Jetzt muss mal jemand Ihnen den Kopf zurechtsetzen. Was ist denn zu sehen auf dem Foto? Eine junge Frau, die mit einem Mann tanzt und ihn dabei nicht einmal anfasst. Habe ich Ihnen auch nur ein einziges Mal in Ihrem Leben vorgehalten, was Sie mit den ganzen jungen Dingern machen? Hab ich nicht. Und warum nicht? Weil das Herz zählt und weil manche Menschen wirklich dumme Dinge machen, wenn sie unglücklich sind. Und jetzt brechen ausgerechnet Sie den Stab über ein Mädchen, das ein goldenes Herz hat und das bloß unglücklich ist, weil Sie sich so dämlich anstellen! Und das wegen dieses dummen, völlig nichtssagenden Fotos?«

Ich habe das Gefühl, mir bleibt die Luft weg.

Aber Irene ist in Fahrt.

»Wo ist denn das Foto, wie sie mit drei Männern in das Taxi steigt? Wo ist denn nur ein einziger Augenzeuge, der aussagen kann, dass sie nicht bloß tanzen war? Und warum wird über die Kleine so ein widerliches Zeug erzählt? Und von wem? Los, Björn Bengt Becker, reimen Sie sich das doch mal zusammen! Sie sind doch sonst nicht auf den Kopf gefallen, Herr Chefredakteur.«

Um mich dreht sich alles.

Ich frage: »Wer?«

»Ich weiß es nicht mit Bestimmtheit. Aber ich bin fast sicher, es ist Franziska Hagen. Die lässt kein gutes Haar an der Kleinen. Weil sie denkt, es liegt an Luisa, dass sie bei Ihnen auf der Abschussliste steht. Sie will Luisa weghaben.«

Ich drehe den Stuhl zum Fenster, damit Irene mein Gesicht nicht sehen kann.

»Holen Sie Tom her«, sage ich leise.

Als Irene zur Tür raus ist, vergrabe ich mein Gesicht in den Händen.

»Sehen Sie sich bloß mal die kleine Stein an«, hab ich der Franz gesagt, als ich ihr mit dem Rausschmiss drohte.

Ich selbst habe meine kleine Luisa der schlimmsten Hyäne des Verlages zum Fraß vorgeworfen, und dann war ich sogar zu blöd, um zu merken, dass die Franz gerade Rache nimmt – und zwar an mir.

♀

»Du siehst aber gar nicht gut aus!«

Meine Mum kommt im Petit Café auf mich zu, Hamburgs seltsamstem und schönstem Ort für Menschen, die Milchkaffee und skurrile Lokalitäten lieben. Vollgestellt mit allen Möbeln, die der Sperrmüll hergab, zu jeder Tageszeit brechend voll, und den Hefekuchen darf man sich nicht aussuchen. Serviert wird, was gerade aus dem Ofen kommt. Wer Glück hat, bekommt Himbeere oder Pflaume, wer Pech hat, muss mit dem besten Apfelkuchen der Stadt vorliebnehmen. Falls er einen Platz gekriegt hat. Denn die Schlange reicht meistens vom Tresen bis rauf auf die schattige Nebenstraße im feinen Stadtteil Eppendorf.

Es ist Freitag, Björn, Tom und Irene werden sicherlich arbeiten, aber der Rest der Redaktion hat frei.

Ich habe gestern meine Mutter angerufen.

Seit einigen Tagen ist mein Bedürfnis, sie zu treffen und mit ihr zu sprechen, immer stärker geworden. Nach unserer letzten Begegnung ist mir klargeworden, wie sehr sie mir fehlt.

Keine Ahnung, wann sie sich aus meinem Leben herausgeschlichen hat. Oder habe ich sie hinausgeworfen? In den letzten Jahren ist fast immer Papa mein Ansprechpartner und Ratgeber gewesen.

Meine Mutter kann gut zuhören. Mit Ratschlägen hält sie sich meist zurück, dennoch haben wir früher für jedes meiner Probleme eine Lösung gefunden.

Mum war überrascht, als ich sie um ein Treffen bat. Doch ich konnte hören, dass sie sich freute.

Wir begrüßen uns mit Küsschen auf die Wange. Dann hält sie mich an den Schultern ein Stückchen von sich weg.

»... vielleicht ein bisschen müde?«

Sie hat recht. Ich bin sogar ziemlich müde. Um nicht zu sagen, zu Tode erschöpft.

»Willst du erzählen?«, fragt sie.

Ich nicke. Fünf Minuten später weiß sie alles.

Wir schweigen eine Weile. Ich kämpfe die Tränen runter, obwohl ich nichts lieber tun würde, als an ihrer Schulter zu liegen und zu heulen.

Warum ist nur alles, was so verheißungsvoll begann, so schrecklich geworden?

»Hast du mit Björn geredet?«

»Worüber denn?«

Sie schweigt. Mamas Taktik. Sie will, dass ich selbst drauf komme.

»Du meinst, über das Mobbing, über mich und ihn. All das?«

Sie nickt.

»Mama, ich kann das nicht! Wie soll das aussehen? Ich kann nicht zu meinem Chef gehen und ihn fragen, warum er nicht in mich verliebt ist.«

»Sicher, dass er das nicht ist?« Um ihre Lippen spielt ein feines Lächeln.

♂

Tom hat in meinem Beisein drei Telefongespräche geführt.

Jetzt steckt er das Handy weg.

»Stimmt, es war die Franz«, berichtet er. »War mit ihrer Kamera auf dem Kiez unterwegs, gucken, ob sie ein paar Promis findet, die besoffen aus dem Auto fallen. Hat halt dieses Boulevard-Gen, die Alte. Hat dann Luisa gesehen. Erzählt die Geschichte jedem, der sie hören will. Und mit jedem Mal wird die Story heißer.«

Ich frage: »Und stimmt sie?«

»Quark!«, sagt Tom. »So ein Sonnenschein, die Kleine. Und echt unschuldig. Total zugeknöpft. Flirtet nie mit irgendwem aus der Mannschaft, nicht mal mit mir, und glaub mir, mit mir flirten alle. Ist kein Mädchen für so etwas. Das Einzige, was arschklar ist, dass die Franz sie hasst.«

Ich merke, wie mir das Blut in den Kopf steigt und anfängt, in meinen Schläfen zu pochen.

Ich will sie hier haben, die Franz.

Sie ohrfeigen, bis sie wimmert.

Aber wenn ich das mache, zerreißen sich die Leute noch mehr die Mäuler.

Ich starre auf die Sonne, die sich in den Wellen der Elbe bricht.

Dann sage ich: »Dieses Drecksweib. Hol sie in die Redaktion, gleich jetzt. Und dann schmeiß sie raus! Und sprich mit Irene. Soll vorsichtig streuen, warum wir sie wirklich feuern. Spesenbetrug, Mobbing. Ich will, dass der ganze Dreck kursiert, den die Franz am Stecken hat. Nur so kriegt Luisa wieder Ruhe.«

Als Tom gegangen ist, lege ich den Kopf auf den Schreibtisch.

Und ausgerechnet ich, der ach so tolle Vorzeigejournalist, der jede Geschichte kritisch hinterfragt, hab diese Nummer unbesehen geglaubt.

Und selbst jetzt frage ich mich noch, ob nicht vielleicht doch ein Fünkchen Wahrheit darin steckt. Was war das für ein Typ, mit dem sie getanzt hat? Und warum tanzt sie mit dahergelaufenen Arschlöchern, statt zu mir zu kommen und mir zu erklären, warum sie sich eine Woche nicht meldet?

Mein Handy brummt.

Ich reiße es vom Tisch, weil ich mir wünsche, die SMS wäre von Luisa.

»Sehen wir uns heute?«, fragt Linda.

♀

»Deine Mama hat recht«, behauptet Julia.

»Reden«, stimmt Sally ein. »Hilft immer.«

Ich schüttele den Kopf. Obwohl ich weiß, dass sie recht haben.

»Er findet mich langweilig«, sage ich bockig und wünsche mir dabei inständig, dass sie widersprechen.

Sie tun mir den Gefallen.

Julia versucht, meinem Gedächtnis auf die Sprünge zu helfen: »Er hat dir auf dem Steg doch gesagt, dass er Interesse an dir hat.«

»Hat er nicht.«

»Papperlapapp«, sagt Sally. »Wie war das noch? ›Bin nicht sicher, ob ich gerade Journalist bin ... oder?‹«

Die beiden geben wirklich ihr Bestes. Ich ebenfalls.

»Das kann alles heißen.«

»Totaler Quatsch«, schimpft Sally, »Das heißt nur eins, und zwar dass er etwas von dir will!«

»Das hat er aber gar nicht gewollt.«

Schließlich ist es Julia, die meine leisen Hoffnungen, die sich seit dem Gespräch mit Mama wieder regen, in wenigen Sätzen zusammenfasst.

»Nehmen wir mal an, er hat das doch so gemeint. Und werten wir es zur Abwechslung mal positiv, dass er nicht am gleichen Abend über dich hergefallen ist. Was könnte das also heißen?«

»Dass ich langweilig bin.«

Sally stöhnt, Julia verdreht die Augen.

»Du bist so verbohrt«, wettert sie. »Das heißt: Er will dich, aber nicht bloß fürs Bett, dafür bist du ihm zu schade, capito?«

Ich schließe die Augen und versuche, meine kreuz und quer durcheinanderfliegenden Gedanken und Gefühle zu ordnen.

Haben die beiden recht? Sehen sie etwas, das mir vollkommen verborgen geblieben ist?

»Und als du krank warst und ihm nicht geantwortet hast, war er total ungenießbar«, fügt Sally an. »Ich weiß echt nicht, was du noch wissen musst, um mal aus deinem Türmchen herunterzusteigen.«

»Aber ich kann doch nicht einfach in sein Büro gehen!«, wende ich ein. »Und ihm alles sagen. So etwas funktioniert nur in Hollywood.«

Sally schiebt mir mein Handy rüber und zwinkert mir aufmunternd zu.

Ich schüttele einmal mehr trotzig den Kopf.

Die beiden werfen sich einen Blick zu, zucken mit den Schultern, aber lassen mich in Ruhe.

Statt weiter zu diskutieren, hocken wir uns aufs Sofa und gucken *Die Farbe Lila*.

Zuerst bin ich ganz froh über diese Ablenkung, aber irgendwann muss ich derartig weinen, dass ich kaum noch aus den Augen gucken kann. Der Film ist nur ein Grund dafür.

Als ich wenig später aus dem Bad in mein Zimmer gehe, ist Julia weg. Tim hat angerufen und will sie noch sehen. Bei den beiden steht mal wieder Versöhnungssex auf dem Programm.

Sally ist in ihrem Zimmer.

Auf meinem Kopfkissen liegt mein Handy mit einem Zettel dran. »Wenn du ihn nicht anrufst, ziehe ich aus!«

Ich seufze.

Dann schlüpfe ich unter die Decke und gucke auf die Uhr.

Halb zwei, das kann ich nicht bringen.

Als ich das Licht ausknipse, vibriert das Handy, die SMS ist von Sally.

Das ist mein Ernst!, schreibt sie. *Ich ziehe sonst aus. Ruf ihn an! Jetzt!*

♂

Das iPhone brummelt mitten in der Nacht. Normalerweise nehme ich es nie mit ins Schlafzimmer, geschweige denn mit ins Bett. Doch heute habe ich ein paar Videos von Linda gedreht, die jetzt im Kerzenschein auf der anderen Bettseite schläft und mir dabei ihren nackten Hintern entgegenreckt. Linda ist beim Sex wirklich äußerst experimentierfreudig. Nach der Lektüre von drei Bänden *Shades of Grey* hat sie mir vorgeschlagen, doch mal ihr die Augen zu verbinden und Arme und Beine an die Bettpfosten zu fesseln. Geile Nummer geworden, obwohl ich zwischendurch nicht recht wusste, was ich mit ihr anfangen sollte. Hab nach einer Weile gesagt: »Bin gleich wieder da, Liebling, hole nur eine Flasche Wein« und hab mein Handy aus der Diele geholt. Eben noch die Videos angesehen. Hammer. Ich habe noch nie eine Frau gefilmt, während sie einen Orgasmus hat.

Und trotzdem hat die Nummer ihren eigentlichen Zweck verfehlt. Es gab keine Sekunde, in der ich nicht an Luisa gedacht habe.

Vorm Einschlafen habe ich die schlummernde Linda nachdenklich betrachtet. Über sie lässt sich wirklich gar nichts Schlechtes sagen. Hammerhübsch, toller Schmollmund, kluges Kind. Ihre unbedrohliche Anhänglichkeit, die Angewohnheit, mich alle paar Wochen zu besuchen und mit weitgehend hemmungslosem Sex zu überfallen, ihr makelloser, 24-jähriger Körper, ihre Bereitschaft, ohne Rücksicht auf Zeit und Ort mit mir zu schlafen, all das macht sie zu meiner Favoritin unter all den Frauen, die ich nicht liebe. Natürlich weiß ich, dass eines Tages die Rechnung kommen wird. Linda macht das nicht aus Jux und Dollerei. Entweder sie will irgendwann einen Job. Oder sie will mich. Aber wenn ich schon mit einer Frau zusammen bin, mit der ich nicht zusammen sein will, dann wäre Linda bestimmt nicht die schlechteste Wahl.

Welcher Depp ruft denn jetzt noch an? Ich wälze mich zur Bettkante und spähe in Richtung Fußboden. Auf dem Display steht: »Luisa«.

O Mann, verflucht!

Ich angele nach dem Handy – hoffentlich legt sie nicht auf, bevor ich es erwische, ich sage: »Hey!«, und es klingt komisch. Luisa sagt erst mal gar nichts, dann höre ich ein leises: »Willst du noch wissen, warum ich Single bin?«

Oh, mein Gott.

Ich muss raus aus dem Schlafzimmer.

Ich sage: »Moment«, dann tapse ich leise in den Flur und flüstere ins Telefon: »Ja, Luisa, das möchte ich wissen. Aber warte mal eine Sekunde.«

Ich wühle nach meinen Klamotten, die zwischen Wohnzimmer, Küche und Schlafzimmertür verstreut sind, und springe rein. Dann schnappe ich mir das Telefon und gehe raus auf die Dachterrasse.

»Okay«, sage ich aus der Sicherheit meines Strandkorbs. »Schieß los.«

Luisa entschuldigt sich nicht.

Nicht dafür, dass sie mich hat abblitzen lassen.

Nicht dafür, dass sie mich mitten in der Nacht anruft.

Nicht dafür, dass sie mich in den letzten Monaten durch eine Achterbahn der Emotionen gejagt hat.

Sie erzählt mir ihre Geschichte. Ohne Einleitung. Ohne Beiwerk. Ohne Ausschmückung, wie ich annehme. Sie handelt von einem Mann, den sie liebt. Und von der Enttäuschung, als er sie belog, immer wieder, und ihr das Herz brach und ihr den Glauben an die Liebe nahm und der sie zurückließ mit den Worten, sie sei ihm zu langweilig. Ich höre ihr zu und bete leise, dass Linda mich da drinnen nicht vermisst und auf die Terrasse kommt.

»Okay«, sagt Luisa. »Du hast damals gesagt, du bezahlst deine Schulden. Jetzt hab ich meine bezahlt. Du weißt jetzt, warum ich Single bin und keinem Mann mehr vertraue. Aber warum wolltest du das wissen?«

Es muss die Nacht sein. Oder die Absurdität der Situation. Ich lasse jedes Beiwerk weg, jede Einleitung, jede Ausschmückung.

»Weil ich dich will, Luisa«, sage ich. Und dann schweigen wir beide, während nur die Handys leise knistern.

»Wofür willst du mich?«, fragt Luisa, und ich denke an all die Frauen, die in den letzten Monaten durch mein Bett gewandert sind, und an Linda, die zehn Meter Luftlinie entfernt ihren Rausch ausschläft, und an drei Kerle, die Luisa in ein Taxi verfrachten, und ich versuche es mit der Wahrheit. »Weiß nicht, Luisa. Wahrscheinlich zum Lieben. Aber irgendwie weiß man das vorher immer nie ganz genau, oder?«

Nach einer Pause frage ich sie: »Luisa, ich muss eine Sache wissen. Unser Abend an der Alster, hast du seitdem mit einem Mann geschlafen?«

Ihre Antwort ist ein empörtes Prusten.

Dann sagt sie: »Nein, du Vollidiot!«, und ich bin froh, dass sie mich im Gegenzug nicht nach Linda fragt.

Dann schweigen wir wieder.

So lange, bis ich ihr meine Geschichte erzähle. Von Papa, der ein geiler Typ ist. Von Mama, die starb, als ich sechs war. Von Erika, die Papa heiratete, als ich neun war, und die mich und Bernhard nicht liebte und mit uns um Papas Zuneigung wetteiferte, was sie heute noch tut. Von Melanie, die ich liebte, bis sie aufhörte, mich zu lieben, und von den anderen Frauen, die mich einsam machten. Nur von Linda, die etwas weiter in meinem Bett schläft, erzähle ich ihr nichts.

Luisa und ich telefonieren, bis die Sonne im Osten aufgeht. Dann sagt sie: »Ich heul gleich. Ich bin ganz durcheinander. Ich muss jetzt schlafen.«

Ich frage: »Sehen wir uns morgen? Wir könnten frühstücken.«

Luisa sagt: »Weiß nicht. Ja. Vielleicht. Ich würde das wahnsinnig gern.«

Mein Akku ist alle, ich hänge ihn ans Netzteil und frage mich, ob Luisa noch einmal anruft.

Ich koche mir einen Kaffee.

Ich sitze eine Stunde reglos auf dem Sofa und sehe dem erwachenden Hafen zu.

Ich gehe ins Schlafzimmer, wo sich mir Lindas Arsch entgegenräkelt.

»Du bist ja ganz kalt«, sagt sie schläfrig und kuschelt sich an mich. »Was hast du gemacht?«

Drei Minuten später verschwindet sie unter der Bettdecke. Ich denke: Ich will das nicht. Aber sie fragt nicht lange. Ich spüre ihren Mund. Es gibt Momente, in denen ein Mann nicht mehr nein sagen kann. Und ein kleines bisschen denke ich an die drei Typen und das Taxi und dass Luisa und ich danach entweder quitt sind oder ich das größte Arschloch der Weltgeschichte bin.

Fünfzehn Minuten später fragt Linda: »Was machen wir heute?«

»Sorry, Termine«, antworte ich und flehe Luisa in Gedanken um Verzeihung an. »Muss dich gleich rausschmeißen.«

Linda küsst mich flüchtig und geht duschen. Ich sitze im Bett und starre auf mein iPhone. Ich denke: Alter, du hast dir jetzt nicht wirklich einen blasen lassen, oder? Das hast du geträumt!

Irgendwann muss ich lachen, weil mir Bill Clinton einfällt und seine Beteuerung, keinen Sex mit seiner Praktikantin gehabt zu haben, also Sex im juristischen Sinne, weil ein schneller Blowjob nicht zählt.

Dann setze ich noch einen Kaffee für Linda auf. Um kurz vor acht Uhr ist sie endlich draußen.

Ich sitze am Küchentresen und schaue aufs Wasser. Um kurz vor neun ruft Tom an und gibt Bericht.

»Hab sie gestern Abend noch in die Redaktion bestellt und fristlos gefeuert, die Franz. Geld bis Ende der Probezeit. Alter, was für ein Besen! Mein Bauch sagt mir, die wird uns noch richtig Ärger machen.«

♀

»Weil ich dich will, Luisa, wahrscheinlich zum Lieben ...«

Björn und ich haben stundenlang geredet, mein Kopf ist vollkommen leer, übrig geblieben ist allein dieser eine Satz.

Wahrscheinlich zum Lieben.

Ich liege auf meinem Bett, die Hände hinter dem Kopf verschränkt, und versuche meine wild durcheinanderpurzelnden Gefühle zu ordnen. Was mir nicht gelingt, denn es gibt keine Ordnung. Nur einen einzigen Satz.

Hat er den wirklich gesagt? Oder ist er ein Produkt meiner Sehnsucht, meiner lang unterdrückten Wünsche?

Wir sind wochenlang aneinander vorbeigelaufen – ich verschüchtert, er unglücklich –, haben uns nacheinander gesehnt und es dennoch nicht geschafft, uns unsere Gefühle füreinander zu gestehen.

Und jetzt hat ein einziger Anruf alles gutgemacht.

Björn, denke ich, wische mir eine kleine Freudenträne aus dem Augenwinkel und kreische dann vor Glück in mein Kissen. *Björn!*

Eigentlich sollte ich versuchen, noch eine Stunde zu schlafen. Aber ich fürchte, daraus wird nichts. Erstens ist es schon hell draußen, und die Vögel im Kastanienbaum vor meinem Fenster singen sich die Seele aus dem Leib. Und zweitens bin ich derartig überdreht, dass ich ganz sicher keinen Augenblick Ruhe finden werde.

Ich stehe auf, schleiche leise aufs Klo, um Sally nicht zu wecken.

Ich zucke zusammen, als ich ihre Stimme hinter mir höre. »Und, hast du angerufen, oder muss ich die Koffer packen?«

Damit, dass Sally schon wach ist, habe ich überhaupt nicht gerechnet. Doch es ist gut, dass sie da ist. Sie holt mich aus meinem seltsamen Traumzustand zurück in die Wirklichkeit, und erst jetzt kapiere ich endgültig, dass ich glücklich sein darf.

»Hast du nicht gelauscht?« Ich fliege ihr in die Arme. »Er und ich. Wir treffen uns nachher zum Frühstück. Glaube ich. Ich meine, er hat so was gesagt!«

Sie fragt nicht, was mein wirres Gestotter bedeuten soll, sondern umarmt mich einfach ganz fest.

»Siehst du, Luischen. Ich hab gewusst, das mit euch gibt ein Happy End.« Dann schiebt sie mich ein Stückchen von sich weg und mustert mich von Kopf bis Fuß. »Allerdings nicht, wenn ich dich derart zerzaust aus dem Haus gehen lasse. Deine Haare! Himmel! Du ähnelst gerade einem aufgeplatzten Sofakissen. Wann trefft ihr euch?«

»Ich weiß nicht. Gleich?«

»Ach, du Scheiße! Setz dich, ich mach dir schnell eine Gretchenfrisur.«

Mein Handy piept. Mein Herz bleibt einen Moment stehen, dann galoppiert es wie verrückt.

Wo bist du? Warte an den Landungsbrücken auf dich.

Nur zehn Minuten brauche ich, um mich anzuziehen und einmal kurz die Bürste durch meine Haare zu ziehen. Dann sause ich glücklich aus der Wohnung.

Ohne Gretchenfrisur.

»Nicht so eilig! Lass ihn ruhig ein bisschen zappeln«, ruft Sally mir nach, als ich schon unten an der Haustür ziehe.

»Aber er liebt mich!«, rufe ich.

Wir haben in den letzten Wochen mehr als genug gezappelt. Es wird höchste Zeit, dass das aufhört.

Ich will Björn.

Jetzt! Für immer! Und wahrscheinlich zum Lieben!

♂

Sie sieht ein bisschen zerstrubbelt aus, die blonden Haare flattern im warmen Südwind.

Luisa steht am Fuß der Treppe und legt den Kopf schief.

Sie sieht mich an.

Und ich sie.

Die Zeit steht still.

Sie geht einen Schritt auf mich zu.

Dann noch einen.

Ich breite langsam die Arme aus.

Sie fliegt auf mich zu.

Ich fange sie auf, wirbele sie um mich herum und wundere mich, wie leicht sie ist.

Ich küsse sie inmitten der Menschenmenge, ganz sanft. Sie hängt sich an meinen Hals, neben uns applaudiert ein Rentnerpärchen. »Ach, wie schön, wenn man noch weiß, wie Liebe geht«, sagt die Frau und knufft ihren grauhaarigen Gatten in die Seite.

Luisa und ich grinsen verlegen. Sie tritt einen halben Schritt von mir zurück, aber meine Hand, die lässt sie nicht mehr los.

Ich wandere mit ihr zum Fähranleger.

Mit der HVV-Linie erst nach Blankenese, dann von dort auf die andere Elbseite ins Alte Land. Es ist meine Lieblingstour durch den Hamburger Hafen, kaum Touristen an Bord; die drängeln sich auf nachgebauten Raddampfern, lassen sich im Kreis herumfahren und vom Geschnacke der Kapitäne beschallen.

Wir klettern aufs Oberdeck, haben noch kein Wort gesprochen.

Luisa hält sich am Geländer fest und ihr Gesicht in den Wind.

Ich stelle mich hinter sie und umfasse sie sanft.

Ich hätte nie geglaubt, wie zart sie sich anfühlt. Ihre wehenden

Haare kitzeln mich, und ich beuge mich weit nach vorn, vergrabe mein Gesicht in ihrem Nacken. Ihr Hintern drückt sich gegen meinen Schoß, aber ich werde nicht geil. Ich bin einfach nur glücklich.

Wir schweigen, bis Teufelsbrück querab liegt. Wie schön sich das anfühlt. Wie vertraut.

Warum haben wir das nicht schon viel früher gemacht?

»Verstehst du das?«, frage ich Luisa, und sie schüttelt den Kopf.

»Das versteht kein Mensch«, sagt sie, ohne zu fragen, wonach ich frage, und das wird auch später oft so sein: wir reden wenig und wissen trotzdem, was der andere sagen will.

Im Alten Land nehmen wir einander an der Hand und wandern in die Obstfelder hinein. Manchmal bleiben wir stehen, um uns zu küssen. Unter einem Apfelbaum breite ich meine Jacke aus, und sie legt sich in meine Armbeuge.

»Wir sollten mal eine Geschichte über regionalen Obstanbau machen«, sagt Luisa. »Die fahren das ganze Jahr den Scheiß aus aller Welt hierher, und dabei müssen wir sie doch bloß pflücken und essen.«

Ich lache schallend.

»Frau Stein«, sage ich, »ich bin nicht ganz sicher, ob Sie das wissen. Aber im Moment bin ich ganz bestimmt kein Journalist.«

♀

Wir sind im Paradies. Björn und ich. Zwei ganz allein auf der Welt, um uns herum nichts als endlose Reihen von Obstbäumen.

Wir liegen unter einem Apfelbaum. Die Sonne bescheint uns, ein leichter Wind streift über unsere Haut, und von unten kitzelt das Gras.

Genauso fühlt sich Glück an.

Mir drängt sich die Frage auf, ob ich mich mit Jonas in sieben Jahren genauso eins gefühlt habe wie mit Björn schon nach zwei Stunden.

Im ersten Moment will ich den Gedanken an Jonas verdrängen. Mein Ex-Freund hat hier nichts zu suchen an diesem perfekten Sommertag mit Björn. Ich habe seit mehr als acht Monaten kein einziges Wort mehr von ihm gehört.

Doch dann stelle ich verblüfft fest, dass ich zum allerersten Mal, seitdem er mich verlassen hat, ohne Bitterkeit an ihn denken kann.

Beim nächsten Atemzug ziehe ich die klare Luft ganz tief in meine Lungen, lasse alles zu, was an Gefühlen hochkommt, während ich in Björns Armen liege. Ich warte auf den altbekannten Schmerz.

Doch es tut nicht mehr weh. Ganz tief in mir ist plötzlich ein stiller Frieden.

Ich bin so glücklich, dass ich heulen könnte. Aber ich tu's nicht. Ich schmiege mich ganz fest an Björns Seite und genieße, dass er da ist.

Über uns schaukeln kleine grüne Äpfel im Sonnenschein. Wenn jetzt kein Sturm sie vom Baum fegt und die Sonne es gut mit ihnen meint, dann werden sie wachsen und gedeihen und in ein paar Wochen zu großen, süßen Früchten herangereift sein.

Und genauso wird es mit unserer Liebe sein.

Den Sturm und die Dürre, die haben wir hinter uns.

Ab jetzt scheint die Sonne und lässt unsere Gefühle füreinander reifen und wachsen.

Da bin ich ganz sicher.

♂

Wir schlendern zurück zum Fähranleger.

Als wir vorm Ausflugslokal am Wasser sitzen und Luisa mal für kleine Mädchen muss, rufe ich Magda an, meine Putzfrau. Denn eben, auf dem Weg aus der Obstplantage hier an den Deich, ist mir ein scheußlicher Gedanke gekommen.

Was auch immer heute noch passiert: Die Bettwäsche muss runter, die Weingläser weg, Lindas Krimskrams muss aus dem Bad geräumt werden, und vor allem müssen die verdammten Krawatten von den Bettpfosten geknotet werden, und wenn mich nicht alles täuscht, hat Linda auch im Flur noch ein Herz auf den Spiegel gemalt.

Magda verspürt zwar keinerlei Lust, jetzt auch noch am Samstag meine Wohnung zu säubern, aber als ich einen Wochenendzuschlag von zweihundert Euro auslobe, willigt sie doch ein und erklärt sich sogar bereit, vorher noch Kerzen und Grundnahrungsmittel einzukaufen. Vegetarische, versteht sich.

Keine Ahnung, wo ich heute Morgen mit meinen Gedanken war, auf jeden Fall drehten sie sich nicht um den Zustand meiner Wohnung. Ich bin einfach losgelaufen, als Tom und ich aufgelegt hatten, bin ich durch die Stadt gewandert und habe nach genau null Stunden Schlaf, drei Stunden Seelenstriptease, einem unfreiwilligen Blowjob und einer Stunde Spaziergang in der Morgensonne vor dem alten Segler *Rickmer Rickmers* gestanden und mich nach Luisa gesehnt.

Werde ich heute mit ihr schlafen?

Mich befremdet der Gedanke, sie unter die Decke zu ziehen, unter die heute Morgen noch Linda geschlüpft ist. Mal besser alles neu kaufen, nehme ich mir vor. Kann ja nicht beim Sex mit Linda an Luisa denken und mich 24 Stunden später beim Sex mit Luisa mit dem Gedanken plagen, ob die Kissen noch nach Linda riechen.

Fünf Minuten später ist Luisa wieder da.

Sie strahlt mich an.

Und alle bekloppten Gedanken sind weg.

Ich ziehe sie auf meinen Schoß, und wir gucken über den Deich die Elbe an.

Nach ein paar Minuten fragt sie mich: »Wie heißt eigentlich deine Schwester?«

Ich brauche ein paar Sekunden, bis ich den Sinn ihrer Frage begreife.

Dann muss ich grinsen.

»Ach, Luisa«, antworte ich, »eine kleine Schwester hatte ich bloß im letzten Leben.«

Sie kneift die Augen zusammen, richtet sich auf, denkt nach und fragt: »Soll das heißen, du hast gar keine? Und mein Kleid war …? Und du hast das nur …?«

Ich versuche, betreten und reuevoll auszusehen, doch ich fürchte, dies misslingt mir. Dann sage ich: »War das Erste, was mir eingefallen ist. Jetzt stell dir bloß mal vor, ich hätte dich nicht angesprochen, was wäre denn dann?«

Luisa reißt die Augen auf, als hätte ich sie gerade furchtbar erschreckt. Doch ganz, ganz langsam breitet sich ein Grinsen auf ihrem Gesicht aus, und wir fangen an, schallend zu lachen.

♀

Björn? Ist das zu fassen? Der hat eine kleine Schwester erfunden, um einen Grund zu haben, mich anzusprechen! Er sieht so verschmitzt und gleichzeitig ein bisschen zerknirscht aus, als er mir das beichtet, dass ich einfach in sein Lachen einstimmen muss.

Aber irgendwo, so ganz tief drin, warnt mich mein Bauchgefühl:

Wird das wirklich die einzige Schwindelei bleiben, die er mir auftischt?

Während wir auf die Fähre schlendern und ich mich an ihn lehne, bin ich froh, dass er schweigt und ich ein wenig Zeit habe, um darüber nachzudenken, wie viel Gewicht ich der Tatsache beimessen will, dass der erste Satz, den Björn in seinem Leben zu mir gesagt hat, eine hundertprozentige Lüge war.

»Luisa? Aufwachen!«

Ich höre Björns Stimme in meinem Ohr, spüre seinen warmen Atem an meinem Hals und schlage die Augen auf.

Wir sind auf der Fähre. Sie bringt uns zurück an die Landungsbrücken. Habe ich wirklich, statt zu grübeln, die ganze Überfahrt verschlafen? Dabei wollte ich nur einen ganz kleinen Moment die Augen schließen.

Björns Lächeln wärmt mich genauso wie seine Jacke, die er mir, während ich schlummerte, um die Schultern gelegt hat.

»Entschuldige«, sage ich und küsse ihn kurz. Meine Bedenken wegen Björns Schwindelei schiebe ich zur Seite. Es war doch nur ein Satz, und darüber kann ich genauso gut morgen noch nachdenken.

»Hm?«

»Ich bin eine Schlafmütze, dabei wollte ich jede Minute mit dir genießen.«

Er zuckt mit den Schultern. »Das Wochenende hat doch gerade erst angefangen, oder?«

»Du hast noch Zeit?« Mein Herz beginnt aufgeregt zu klopfen.

»Hast *du?*«, fragt er zurück.

Ich nicke. »Ganz viel.«

Als wir den Lift betreten, bin ich ziemlich gespannt, was mich erwarten wird. Björn checkt sein Handy, liest eine Nachricht und lässt es dann in der Jackentasche verschwinden.

Ich lehne mich an ihn und schweige.

Die Fahrstuhltür öffnet sich in eine unfassbar riesige Welt aus Glas und Marmor. Himmel! Das ist kein Wohnzimmer, sondern eine Turnhalle. Da würde meine Wohnung dreimal hineinpassen. Und Sally müsste schreien, wenn sie mich zum Essen ruft, damit ich überhaupt mitkriege, was los ist.

»Komm rein«, sagt Björn und küsst mich.

Ich lasse mich in seine Arme und ganz tief in das Gefühl fallen, dass alles richtig ist, was heute geschieht. Seine Jacke, die ich noch immer über den Schultern trage, rutscht herunter, als ich meine Arme um seinen Hals schlinge und seinen Kuss erwidere.

Von ihm geküsst zu werden ist wunderschön. Seine Lippen sind weich, sanft und doch neugierig, fordernd. Seine Hände liegen auf meinen Hüften. Meine Knie fangen an zu zittern.

»Nicht zu fassen, das alles ...«, sagt er, als wir uns voneinander lösen.

Wir stehen noch immer an der Tür. Jetzt nimmt er meine Hand und führt mich in sein Reich.

»Möchtest du etwas trinken?«

»Apfelschorle«, antworte ich. Ich glaube, selbst ein einziges

Glas Alkohol wäre mir schon zu viel, denn ich habe seit 24 Stunden kaum etwas gegessen und eine Nacht lang nicht geschlafen.

Die riesige Fensterfront geht auf den Hafen hinaus, jetzt am Samstag herrscht dort ein aufgeregtes Gewimmel von großen Schiffen und kleinen Ausflugsdampfern. Während Björn die Getränke holt, trete ich an die Scheibe und schaue hinaus. Das Wasser der Elbe glitzert in der Abendsonne. Wenn Björn mich jetzt einladen würde, auf das weiße Kreuzfahrtschiff dort hinten links zu steigen, ich würde ja sagen.

Ich lehne meinen Kopf an das Glas und träume mich weg.

»Luisa?«

Ich drehe mich um. Björn hält mir ein Glas hin. In seinen Augen liegt ein Ausdruck, den ich nicht deuten kann.

Ich nehme ihm das Glas ab, in dem leise ein paar Eiswürfel klirren. Dann schaue ich noch einmal nach draußen.

»Die Aussicht ist so großartig!«

»Komm!« Er nimmt mich an die Hand, zieht mich auf eine Wendeltreppe, öffnet eine Tür und führt mich auf die riesige, von Bambus gesäumte Dachterrasse.

Ich lasse mich überwältigt auf eine Bank am Rand fallen und sage: »Hier zu frühstücken muss doch der Hammer sein. Ich hole uns Brötchen, du machst Kaffee, und dann lümmeln wir den ganzen Morgen herum und gucken den Schiffen zu.«

»Luisa«, sagt er noch einmal. Seine Stimme ist rau und jagt mir eine wohlige Gänsehaut über den Rücken. Er setzt sich neben mich und schaut ebenfalls hinunter. Ich kenne schon viele seiner Gesichter. Doch dieser Ausdruck hier ist neu. Er sieht weich aus. Ein bisschen überrascht. Als wäre er selbst noch nie auf die Idee gekommen, hier oben zu frühstücken.

»Ist das okay, was ich ... was ich eben gesagt habe?«

Er antwortet nicht, sondern nimmt mir mein Glas aus der Hand und zieht mich an sich.

Etwas später setzen wir uns auf die riesige Couch, die frei im Wohnzimmer steht. Die Eiswürfel in meinem Glas sind längst geschmolzen, doch der Saft ist noch immer kalt und tut mir gut. Ich streife meine Schuhe ab, ziehe die Beine an, und wir fangen an zu quatschen. Björn sitzt mir gegenüber in der anderen Ecke der Polster. Es ist schön, dass ich ihn jetzt die ganze Zeit ansehen kann. Nur gelegentlich krabbele ich zu ihm hinüber, um ihn zu küssen, vor allem, wenn er Sachen sagt wie »Das ist schon seltsam, wie viel einem fehlen kann, wenn man glaubt, alles zu haben«.

»Wie lange lebst du schon hier?«, frage ich. Er zuckt mit den Achseln. »Hab die Hütte nach der Scheidung gekauft«, antwortet er. »War immer zu groß für mich. Man fühlt sich hier schnell ein bisschen einsam, weißt du?«

Ich erzähle ihm von meiner Dreizimmerwohnung im Schanzenviertel, in der ich mit Jonas fünf unserer gemeinsamen Jahre zusammengelebt habe und die ich mir alleine nicht leisten kann. »Aber ich hab Glück mit meiner Mitbewohnerin. Die ist schon längst eine Freundin. Ohne sie hätte ich die Monate nach Jonas' Auszug echt nicht überstanden.«

»War da kein anderer nach Jonas?«, fragt er, und als er meinen Gesichtsausdruck sieht, sagt er rasch: »Entschuldige!«

»Der Einzige, der da war«, antworte ich, während ich ihn zärtlich in die Seite kneife, »der hat mir irgendeinen Scheiß über seine kleine Schwester erzählt, hat mir die Hucke vollgelogen, um an mich ranzukommen.«

Björn lacht. Ich liebe den weichen und zärtlichen Ausdruck auf seinem Gesicht. Fast ein kleines bisschen väterlich mustert er mich, so dass ich mich sicher, aufgehoben und unsagbar glücklich fühle.

Was für ein wunderbarer Mann er ist!

Er zieht mich an sich, doch ich rappele mich auf. Will ihn noch ein bisschen necken.

»Weißt du, was ich im ersten Moment geglaubt hab? Ich hab geglaubt, du bist schwul. Du warst so hinterlistig, da draußen auf der Bank im Hafen, du hast dir überhaupt nicht anmerken lassen, dass du bloß dabei bist, mich anzubaggern.«

Jetzt ist es an mir, laut zu lachen, als ich sein empörtes Gesicht sehe. Er holt Luft, aber ich lasse nicht zu, dass er mich noch einmal unterbricht.

»Und dann gab es da noch einen.« Ich sehe, wie er unwillig die Stirn runzelt, aber ich möchte, dass zwischen uns vom ersten Moment an alles ganz klar ist. »Ich war so traurig, als ich gedacht habe, dass du mich langweilig und blöd findest. Und da hat Sally, also so heißt meine Mitbewohnerin, mich ins East geschleppt, und ich bin ziemlich versackt. Und da hab ich Ben kennengelernt.«

Ich merke, wie sich alle seine Muskeln anspannen. Aber er fragt nur: »Und?«

»Nichts und. Filmriss. Aber Ben ist okay, er hat nicht versucht, das auszunutzen. Er ist ein ganz guter Freund geworden, ab und zu trinken wir einen Kaffee, und ich finde ihn nett, aber ...«

»Aber?«

»Er ist nicht du«, antworte ich leise.

Von diesem Moment an lässt er mich nicht mehr los. Wir träumen beide aus dem Fenster, beobachten die blinkenden Lichter der AidaSol, die von hier zu ihrer Fahrt durch Westeuropa aufbrechen wird, und wenn uns danach ist, küssen wir uns.

Ich bin glücklich. Nur einen Moment lang blitzt die Frage in meinem Kopf auf, wann der Punkt gekommen sein wird, an dem er mehr von mir will als Streicheln und Küssen. Bis auf meine Schuhe habe ich noch kein weiteres Kleidungsstück ausgezogen, seit ich bei ihm bin.

Als hätte er meine Gedanken gelesen, streift er mir langsam meine Bluse von der rechten Schulter. Er küsst zart meinen Hals, schiebt meine Haare zur Seite und widmet sich sanft meinem Nacken.

Mein Herzschlag beschleunigt sich. Die Härchen auf meiner Haut stellen sich auf, und die Schmetterlinge in meinem Bauch schlagen wie wild mit den Flügeln. Ich schmiege mich auf seinen Schoß. Er soll spüren, dass er mich jetzt haben kann.

Björn streichelt und küsst meine Haut, als wollte er jeden Zentimeter davon kennenlernen und sich einprägen. Irgendwann bin ich so weit, dass ich mir am liebsten selbst die Bluse vom Leib reißen würde.

Wachs in seinen Händen.

Doch ich spüre ganz tief drinnen, dass der Moment, in dem wir miteinander schlafen werden, noch nicht gekommen ist.

Es ist – ich hätte nie erwartet, dass ich das über einen Mann wie Björn einmal denken würde – es ist noch zu früh.

Statt hier in seinem astronomisch großen Wohnzimmer übereinander herzufallen, werden wir ruhiger. Ich rutsche von seinem Schoß, kuschele mich neben ihn, und wir halten uns im Arm. Er streicht über mein Haar, immer wieder, als wollte er es glätten.

Als er aufsteht, um mir ein zweites Glas Saft zu holen, fallen mir die Augen zu. Ich spüre noch, dass er mich zudeckt und sich vorsichtig neben mich legt.

»Ich wollte ...«, murmele ich. »Ich wollte mit dir ...«

»Schlaf jetzt«, sagt er leise. »Morgen, Süße, da werden wir uns lieben, bis wir nicht mehr atmen können.«

♂

Luisa schläft neben mir.

Ich habe sie heute Nacht vom Sofa ins Bett getragen und bestimmt eine Stunde lang ihr Gesicht betrachtet. Wie schön sie ist. Und wie friedlich sie aussieht. Sie hat gemurmelt im Schlaf und sich auf die Seite gedreht. Ich habe mich hinter sie gelegt und sie in die Arme genommen.

In meinem Bauch hat es dunkel »Bääám!« gemacht, und in meiner Brust habe ich ein wunderschönes, schmerzliches Ziehen gespürt.

So also fühlt sich das an.

Frieden.

Glück.

Liebe.

Die Morgensonne scheint durch das raumhohe Fenster.

Meine Wange kratzt an meiner eigenen Schulter.

Ich stehe auf und tapse ins Bad.

Ich rasiere mich, putze mir die Zähne und verschwinde unter der Dusche.

Als ich mir gerade den Kopf einseife, spüre ich hinter mir Luisa und ihre Hand an meiner Brust.

Sie ist mir hinterhergeklettert, erst schmiegt sie sich an mich, dann presst sie sich gegen meinen Körper, bis ich mich umdrehe. Wasser, Seife, Haut, ihr nasses Gesicht, das sich meinem entgegenreckt. Nein, schwul – wie sie gestern Abend geargwöhnt hat – bin ich ganz sicher nicht. Ich hebe sie hoch, sie schlingt ihre Beine um meine Hüften, und wir schlafen unter dem warmen Wasserfall miteinander. Es fühlt sich wahnsinnig an. Nicht eigentlich wie Sex, eher wie der Einklang mit dem Universum. Und wie die Besiegelung eines Versprechens. Ganz kurz schießt ein Gedanke durch meinen Kopf: Wir benutzen gerade kein Kondom. Aber es ist mir egal. Ich will diese Frau, ich will sie für immer, und wenn wir jetzt ein Kind zeugen, dann werden wir mit ihm glücklich sein. Gibt es einen besseren Moment dafür als diesen hier?

Ich rutsche erschöpft die Fliesen runter, bis ich in der Dusche sitze. Luisa hockt auf mir drauf. Ich küsse ihr Gesicht, ich will nie mehr damit aufhören.

Nach einiger Zeit wird das Wasser kalt.

Wir flüchten lachend aus der Dusche, ich trockne sie ab, hebe sie hoch und trage sie ins Schlafzimmer.

Wir ziehen uns die Decke über den Kopf und machen weiter.

Nach dem nächsten Mal schläft sie auf mir ein.

Ich streichele ihren Rücken und flüstere: »Luisa, Luisa!«

Ich bin nicht sicher, ob ich jemals in meinem Leben etwas Schöneres gesagt habe.

♀

Ich spüre seinen gleichmäßigen Atem in meinem Nacken, seinen Arm auf meiner Hüfte, seinen Körper an meinem, ein weiches duftendes Laken liegt über uns.

Björn schläft. Ich würde am liebsten ganz still liegen bleiben, doch ich muss zur Toilette. Ich schiebe den Moment auf, bis es wirklich nicht länger geht. Vielleicht ist er weg, wenn ich zurückkomme, und ich muss feststellen, dass ich alles nur geträumt habe. Aber nein: Es ist alles real. Björn ist da. Ich kann ihn sehen, seinen Duft riechen, ihn spüren, überall an meinem Körper.

Ich träume nicht.

Vorsichtig schlüpfe ich unter seinem Arm hervor. Ich will ihm das Laken nicht wegnehmen, und anziehen mag ich mich auch nicht. Also soll ich *nackt* ins Bad laufen?

O Mann, bin ich albern! Ich glaube, es gibt keinen Zentimeter Haut an mir, den Björn, seit ich ihm in die Dusche gefolgt bin, nicht erkundet und gekostet hat.

»Gehst du?«, murmelt Björn schläfrig und schlägt die Augen auf.

»Ich bin gleich wieder bei dir«, flüstere ich.

»Ich hab mich gerade gefragt, ob ich alles nur geträumt habe«, sagt er, als ich mich wieder an ihn schmiege.

Dieser Gleichklang zwischen uns kommt mir so unglaublich vor. Wird das jetzt immer so sein? Dass wir so zusammen schwingen? Ohne für die wichtigen Dinge viele Worte zu brauchen?

»Möchtest du Kaffee? Und Schiffe gucken?«, fragt er.

Ich nicke. Björn steht auf. Als er mir den Rücken zuwendet,

mustere ich ihn verstohlen. Bei der Vorstellung, was wir in den letzten Stunden alles miteinander getan haben, kribbelt es in meinem ganzen Körper.

Ein bisschen verlegen ziehe ich mir die Decke über den Kopf.

Einen Augenblick später höre ich Björn in der Küche wirtschaften und gestatte mir, ein bisschen auf der rosa Wolke der Erinnerung zu schweben.

Dann wickle ich mich in das Laken und folge ihm.

Er stellt gerade Milch und Zucker auf ein Tablett und nimmt zwei Gläser aus dem Schrank. Das Mahlwerk der Kaffeemaschine rumort. Der aromatische Duft zieht zu mir herüber.

»Björn«, sage ich leise. Als er sich umdreht, lasse ich das Laken sinken. Kaffee trinken und Schiffe gucken können wir später.

Ich bin schon wieder schläfrig, als er sein Handy nimmt.

»Hey, Tom, übernimmst du für die nächsten Tage den Laden?«, höre ich ihn fragen. »Ich mache frei. Ach ja, ich glaube, Luisa fehlt auch, die gilt als entschuldigt.«

»Wie bitte?«, frage ich verwirrt, als er auflegt. Björns Telefonat hat mich schlagartig aus meiner Trägheit gerissen.

Ich nehme einen Schluck von dem kalten Kaffee und schüttele mich. »Hast du mich eben ernsthaft für mehrere Tage von der Redaktion abgemeldet?«

Er lächelt mich an. »Tom ist mein Freund. Ihm können wir vertrauen.«

»Darum geht es gar nicht«, erwidere ich und schaue Björn wahrscheinlich genauso verdattert an, wie ich es bin. »Ich will nicht so lange fehlen. Am Dienstag hab ich mit Micha einen Termin beim Tropeninstitut, und außerdem ist Themenkonferenz. Ich habe mir überlegt, dass ich ...«

»Du willst lieber gehen?«

»Nein!«, sage ich und kuschele mich an ihn. »Nein, ich will nicht gehen. Ich will immer bei dir sein, ganz oft, so oft es geht. Aber du kannst mich nicht einfach von der Arbeit abmelden, ohne mich zu fragen.«

Den letzten Satz habe ich leise gesagt. Mein Herz klopft etwas schneller, weil ich fürchte, dass Björn jetzt sauer auf mich ist. Aber in der Sache habe ich recht. Ich weiß, er ist es gewöhnt, Ansagen zu machen. Irgendeiner muss die Fäden in der Redaktion in der Hand behalten. Aber hier, wir beide, das ist eine ganz andere Situation.

Ich muss plötzlich an Mama denken.

»Heute und morgen noch«, sage ich und küsse meinen Traummann. »Aber am Dienstag gehe ich wieder arbeiten.«

♂

Sieben sonnige, verliebte Tage fehlen wir beim *Monday*.

Erst schaffen wir es 48 Stunden kaum aus dem Bett heraus, dann fahren wir mit dem Katamaran nach Helgoland, bewundern Hand in Hand die Sturzflugkünste der Trottellummen und beäugen kleine Seehundbabys.

Luisa ist schrecklich vernarrt in quasi alles, was auf dieser Insel krabbelt, fliegt und sich ins Wasser stürzt. Ich sehe zu, wie sie verzückt von hier nach dort springt und nichts anderes als kindliche Freude ausstrahlt. Ich hatte ja keine Ahnung, wie viel Überschwang in diesem sonst so ernsthaften Wesen steckt, und fühle mich sehr verliebt.

Aber ich bin auch ziemlich gerädert.

Im Alter von bald 44 Jahren kann ich sowohl Seeluft als auch eine erotische Auszeit von zwölf Stunden gebrauchen. Selbst Linda hat mich nicht derart gefordert, was aber vor allem daran lag, dass ich sie meist morgens wieder rausgeworfen habe und nicht sofort nach dem Frühstück wieder auf die Matte gelegt wurde.

Auch als wir aus Helgoland zurück sind, verlassen Luisa und ich die Bude außer zum Essen so gut wie nie – nur einmal fahren wir rüber in ihre WG, ein paar Klamotten holen, wobei mich Sally, ihre platinblonde Mitbewohnerin, neugierig mustert und mich dann anstrahlt, als ob ich noch zu haben wäre, was mich ein wenig verwirrt.

Zweimal schleppt mich Luisa in vegetarische Restaurants, wo sich zu meinem Missvergnügen tatsächlich kein einziges Gericht auf der Karte findet, das meinem bedrohlichen Eiweißmangel ein Ende setzen könnte.

Ein klein wenig ängstigt mich Luisas missionarischer Eifer für

Grünzeug und gegen den Verzehr von wohlschmeckenderen Lebensformen, und ich frage mich, ob Filet mit Pfifferlingen oder Bratkartoffeln mit Speck tatsächlich ganz und gar von meinem Speiseplan verschwinden werden. Und vor allem: ob ich das wirklich will und ob ich da nicht vielleicht doch ein Wörtchen mitzureden habe. Zunächst entscheide ich mich für eine zeitlich befristete Kapitulation, in solchen emotionalen Grenzsituationen hat man eben nicht immer eine Wahl. Ich kaue also mein Grünzeug und setze das Thema in Gedanken zur späteren Diskussion auf Wiedervorlage.

Überhaupt.

Es ist eine seltsame Sache, wieder ernsthaft verliebt zu sein.

Es stellt so unglaublich viele Dinge in Frage.

Zum Beispiel mein Leben, wie ich es bisher kannte.

♀

Okay! Björn hat gewonnen.

Und das ist gut so.

Am Montagabend, als ich eigentlich gehen wollte, schlug er ganz beiläufig vor, mit mir für einen Tag nach Helgoland zu fahren. Keine Ahnung, weshalb er das schon wieder ahnte, aber ich liebe diese Insel.

In meiner Kindheit haben meine Eltern und ich fast jeden Sommer ein paar Wochen dort verbracht. Ich muss nur die Augen schließen, dann spüre ich den rauen Wind auf meiner Haut, sehe die Sonnenstrahlen auf dem grauen Wasser tanzen und rieche die saubere, würzige Luft, die am Ende des Tages dafür sorgt, dass man glücklich, zufrieden und todmüde in einen erholsamen Schlaf fällt.

Ich bin jahrelang nicht dort gewesen.

Was würde passieren, wenn ich im Verlag meine Termine verschiebe?

Nichts.

Die Entscheidung fiel am Ende gar nicht schwer. Björn lächelte still, als ich schließlich einwilligte.

Ich bin ganz sicher, dass ich noch niemals im Leben so verliebt, so unvergleichlich glücklich gewesen bin.

Und genau das macht mir Angst.

»Du, Björn?«

Wir sitzen im »Tassajara«, einem meiner Lieblingsrestaurants, an einem weiß gedeckten Tisch unterm Sonnenschirm.

»Mmh?«

Er zerschneidet eine gegrillte Auberginenscheibe, führt sie zum Mund und kaut ziemlich lange darauf herum. Ich bin nicht ganz sicher, ob es ihm schmeckt. Ein bisschen sieht er so aus wie Papa, wenn ich bei einem Besuch zu Hause darauf bestehe, eine Süßkartoffeltarte oder eine Spinatlasagne für uns zu backen. Er isst vegetarisches Essen nur aus Höflichkeit und weil ich es bin, die es zubereitet hat.

Ich beschließe im Stillen, beim nächsten gemeinsamen Restaurantbesuch die Wahl der Location Björn zu überlassen.

»Wird das jetzt immer so weitergehen mit uns?«

Kaum ist die Frage heraus, bereue ich sie. Verdammt, was soll das? Was will ich von ihm hören? Ein Versprechen? Eine Garantie?

So ein Blödsinn! Ich weiß ganz genau, dass ich Björn, wenn er irgendwann gehen will, nicht festhalten kann. Nichts und niemand kann uns ewige Liebe versprechen, nicht einmal wir uns selbst.

Ich weiß, dass er mich liebt. Er zeigt es mir ununterbrochen.

Dennoch flüstert eine leise Stimme tief drin mir hartnäckig zu, dass ich es nicht wert bin, dass Björn bei mir bleibt.

Wird sich so ein weltgewandter Traummann nicht bald schon mit mir langweilen? Hat er das nicht in den letzten Jahren bei jeder Frau getan?

Warum sollte ausgerechnet *ich* ihn halten können?

Er legt den Kopf ein bisschen schief, wie immer, wenn er verwundert ist. »Du denkst ja komische Sachen«, sagt er schließlich. »Warum soll es nicht so weitergehen?«

»Ach du Scheiße«, flüstert Sally, als Björn und ich nach dem Essen kurz zu mir fahren, um ein paar Sachen zu holen.

Ich habe die beiden vor ein paar Minuten miteinander bekannt gemacht. Während er in der Küche einen Kaffee trank, habe ich Sally in mein Zimmer gelotst und ihr hastig von den letzten Tagen erzählt.

»Das kannst du echt nicht bringen«, schärft sie mir ein.

»Kerle, die merken, dass du sie festhalten willst, kriegen den Fluchtinstinkt.«

»So ein Mist!«

»Nun mach kein Drama draus«, beruhigt sie mich. »Er sieht total verknallt aus. Ich denke, er hat das längst vergessen. Wie hat er denn reagiert?«

»Er hat sich an einer Aubergine verschluckt.« Ich muss lachen. Sally fällt ein.

»Hör mal«, sagt sie japsend. »Schmeiß dich ihm nicht an den Hals! Er darf nicht das Gefühl kriegen, du lauerst nur darauf, ihn an die Kette zu legen.«

»Und wie soll ich das bitte schön machen? Wir sind Tag und Nacht zusammen.«

»Wie beneidenswert du bist!« Sally kriegt Kulleraugen und vergisst, mir weitere Tipps zu geben. Ich denke, ich habe sie ohnehin verstanden.

Ich stopfe rasch ein paar Klamotten in meine Tasche. Björn wird sich bestimmt wundern, wo ich bleibe.

»Ganz ehrlich! Wie findest du ihn?«, frage ich noch, die Hand schon an der Klinke.

»Pfff«, macht Sally und grinst mich an. »Das fragst du? Los jetzt, Süße, und versau es nicht, okay?!«

Irgendwann müssen wir schließlich wieder in die Firma.

Luisa hat ihr Fahrrad von den Landungsbrücken geholt und ist vorausgeradelt. Sie hat mich geneckt beim Abschied. »Mein Chef hat echt einen Haufen Macken. Eine ist, dass seine Leute vor ihm da sein müssen.«

Als sie weg ist, nehme ich mein Diensthandy, das ich eine Woche lang ausgeschaltet hatte. Nur Tom kennt meine private Nummer und hat es nicht für nötig gehalten, uns zu stören.

Ich finde fünf SMS von Linda. Nein, wir werden uns nicht mehr sehen, und die Videos von letzter Woche, die lösche ich auch, wenngleich mit einem gewissen Bedauern.

Werde mit ihr reden müssen. Das Beste wird sein, ich fliege runter nach München und sage es ihr.

Ich finde etwa 800 dienstliche Mails, um die sich Irene gekümmert hat. Nur rund zwei Dutzend hat sie in den »Wichtig«-Ordner verschoben, bei einer läuft es mir kalt den Rücken runter. Anonymer Absender, aber ich weiß auch so, dass Franziska Hagen auf dem Kriegspfad ist. Zwei offenbar mit dem Teleobjektiv geschossene Fotos hängen daran. Luisa und ich, als wir den Katamaran nach Helgoland besteigen. Und Luisa und ich über der Balustrade meiner Dachterrasse, ich sehe mich um, um zu prüfen, von wo aus sie das geschossen hat. Das dumme Biest scheint sich für dieses Foto sogar auf die Baustelle der Elbphilharmonie geschlichen zu haben.

Verdammt, die Alte stalkt uns! Und noch mal verdammt, die meint es offenbar ernst.

Sie hat nichts dazu geschrieben. Sie hat es auch nicht an den großen Verteiler geschickt. Aber die Botschaft ist klar: Sie droht, dass sie Luisa und mich outen wird. Im Gegenzug wird sich vermutlich in den nächsten Tagen ein Anwalt melden, der entweder eine astronomische Abfindung für seine Mandantin fordert oder sogar deren Weiterbeschäftigung durchsetzen will. Was beides nicht in Frage kommt.

Es gibt also nur einen Weg, Luisa und mich zu schützen – und der führt Hand in Hand in den Verlag hinein.

Kopfschüttelnd mache ich mich auf den Weg ins Büro.

Irene lächelt mich an und fragt: »Alles in Ordnung?«

»Alles in Ordnung, Irene. Ja, alles in allerbester Ordnung. Danke!«

Dann lasse ich Tom ins Büro kommen.

Was zum Teufel soll ich tun?

Tom meint: »Sag's den Leuten. Zur Franz brauchen sie eh eine klare Ansage. Und Luisa und du? Was ist denn schon dabei?«

♀

»Hör mal, Luisa …«

Michael, der sein Auto durch den Hamburger Morgenverkehr lenkt, reißt mich aus meinen Gedanken. Wir sind auf dem Weg zu unserem verschobenen Termin ins Tropeninstitut.

»Mmh?«

»Du und der Chef?«

»Alle wissen es, oder?«

Er nickt. »Fürchte schon.«

»Und woher?«

Er zuckt die Schultern. »Dass da was läuft zwischen euch, das war längst sonnenklar. Sind schließlich alles Journalisten, neugieriges Pack. Das weißt du doch. Und als ihr beiden eine ganze Woche nicht aufgetaucht seid …«

»Scheiße.« Das ist mir schneller herausgerutscht, als ich es verhindern konnte.

»Darf ich fragen …? Ich meine, ich weiß, dass mich das nichts angeht …« Er zögert. Ich sehe kratertiefe Falten auf seiner Stirn entstehen.

»Was denn?«, frage ich leise, obwohl ich mir sicher bin, die Antwort schon zu kennen. Mein Herz pocht laut.

»Na ja, er ist immerhin der Becker. Und wenn du in ein paar Wochen blass und traurig durch die Gänge schleichst … Ach Scheiße, ich weiß auch nicht. Ich mag dich halt. Pass auf dich auf!«

»Ich weiß, was du meinst, und ich werde achtgeben«, antworte ich und glaube mir selbst nicht. Kann man auf sein Herz noch aufpassen, wenn man es längst verloren hat?

Ich weiß, dass viele in der Redaktion mich für naiv halten und nicht mehr in mir sehen als Björns aktuelle Gespielin.

Aber das können sie gar nicht wissen! Ich weiß nicht einmal selbst, wie es zwischen ihm und mir morgen, geschweige denn in einem Monat, aussehen wird.

Micha und ich schweigen den Rest der Fahrt.

»Wird schon«, sagt er, kurz bevor wir beim Tropeninstitut ankommen. Und noch einmal. »Wird schon.«

Ich unterdrücke den Impuls, mich seufzend an seine breite Schulter zu lehnen.

Zurück im Verlag halte ich es nicht mehr aus. Ich stürme an Irene vorbei und klopfe mühsam beherrscht an Björns Tür. Noch ehe er »Herein« rufen kann, stehe ich vor seinem Schreibtisch. Etwas verwirrt schaut er von seinem Bildschirm auf, lächelt aber, als er sieht, dass ich es bin, die eben wie ein Windstoß in sein Büro gebraust ist.

»Luisa!«

»Wie viele?«

»Wie viele was?«, fragt er und runzelt die Stirn.

»Wie viele Frauen hier im Verlag? Sekretärinnen, Redakteurinnen, Volontärinnen? Mit wie vielen von ihnen hast du geschlafen?«

»Hör mal, Luisa ...« Er steht auf und kommt hinter seinem Schreibtisch hervor auf mich zu. Ich weiche einen Schritt zurück.

»Ich will es wissen!«

Er seufzt, lässt die Arme sinken, die er eben nach mir ausgestreckt hatte.

»Hier nicht«, sagt er. In seiner Stimme liegt unterdrückter Ärger.

Bin ich zu weit gegangen?

»Lass uns nach draußen gehen. In Ordnung?«

Ich nicke.

♂

Die Mittagspause verbringen Luisa und ich auf unserer Bank am Hafen.

Mir ist ein bisschen schweigsam zumute, und auch Luisa rutscht unbehaglich hin und her.

Ihr Auftritt in meinem Büro hat mir zwei Dinge klargemacht:

Die ganze Redaktion spricht über uns.

Und Luisa muss verrückt werden bei dem ganzen Getratsche über mich und meine Affären.

Es wird Zeit für ein klares, unmissverständliches Zeichen.

Ich sehe Luisa lange an. Dann frage ich: »Ist es dir so ernst wie mir?«

Luisa fällt mir um den Hals, und ich spüre, wie mich eine Welle von Zärtlichkeit überrollt.

»Wir werden es den Leuten sagen müssen.«

»Warum?«, fragt Luisa.

Doch ich drücke mich um die unschöne Wahrheit herum. Ich will ihr nicht sagen, dass wir gestalkt werden. Ich will ihr nicht sagen, warum Franz sie so gemobbt hat. Ich will sie nur beschützen vor all dem Dreck, den diese Geschichte schon aufgewirbelt hat.

Ich sage: »Irgendwann werden uns die Leute sehen. Ich will nicht, dass sie glauben, wir hätten bloß eine Affäre. Also zeigen wir ihnen einfach, dass es uns ernst ist, oder?«

Auf das »oder?« bekomme ich keine Antwort.

Luisa sieht furchtbar verschreckt aus.

Ich nehme sie an der Hand, und wir wandern in den Verlag zurück.

Hundert Meter vor dem Eingang lässt sie meine los.

Ich bleibe stehen und sehe sie an.

Sie tut mir so leid.

»Nehmen Sie mal den Kopf hoch, junge Frau, und drücken Sie die Schultern durch. Es gibt Dinge, durch die muss man eben durch. Das wird schon. Sie werden sehen.«

♀

Ich habe es richtig gemacht!

Jetzt will Björn allen in der Redaktion sagen, dass ich mehr als eine Affäre für ihn bin.

Habe ich es richtig gemacht?

Er meint es ernst. Das wollte ich hören!

Wollte ich das hören?

Will ich, dass alle Mitarbeiter im Verlag – von der Praktikantin bis zum Ressortleiter – schon nach einer Woche wissen, dass Björn und ich ein Paar sind? Das geht doch niemanden etwas an! Jedenfalls nicht jetzt schon.

Ihm zuliebe drücke ich die Schultern durch und lächle tapfer. Es fühlt sich unnatürlich an. »Du musst das nicht machen«, sage ich leise, als Björn mir lächelnd die Tür aufhält und ich an ihm vorbeigehe.

»Doch, das muss ich«, widerspricht er. »Und dafür gibt es eine verdammte Menge guter Gründe.«

»Was für Gründe?«

»Vertrau mir! Bitte!«

»Es ist zu …«

Zu früh will ich sagen, doch er hört es nicht mehr. Meermann, der Verlagsgeschäftsführer, kommt uns entgegen und verwickelt Björn umgehend in ein Gespräch über einen großen Anzeigenkunden, der abspringen will. Für mich hat er nur ein kurzes Nicken übrig. Ich lasse die beiden reden und fahre mit dem Fahrstuhl nach oben.

In ein paar Minuten beginnt die 14-Uhr-Konferenz. Ich werde keine Gelegenheit bekommen, vorher noch einmal mit Björn zu sprechen.

Ich tröste mich mit dem Gedanken, dass wir heute Abend auf seiner Dachterrasse sitzen werden und in Ruhe überlegen können, wie wir in Zukunft mit unserer verzwickten Situation umgehen.

Björn meint es ernst. Nur das zählt! Plötzlich habe ich wieder Mut.

♂

Ich lasse Tom die 14-Uhr-Konferenz leiten und grübele still vor mich hin.

Einmal sieht Tom mich von der Seite an und fragt, ob mir der Dreh der Geschichte so recht wäre.

Ich schrecke hoch, Tom gackert und tadelt: »Eintrag ins Klassenbuch, Chefredakteur unaufmerksam.«

Die Mannschaft brüllt vor Lachen, gar nicht schlecht, die Stimmung hellt sich auf.

Ich sehe, dass Irene sich in die Konferenz geschlichen hat, sich neben Luisa setzt und ihr über den Arm streichelt. Mein Herz ist voller Sorge.

Als Tom fertig ist, horche ich ein letztes Mal in meinen Bauch hinein.

Dann gebe ich mir einen Ruck und sage laut: »Wenn Sie alle noch ein paar Minuten Zeit hätten, würde ich gerne eine Ansage machen.«

Die Gesichter sind neugierig.

Normalerweise kündige ich in solchen Situationen ja eine Beförderung an. Oder einen Neuzugang in einem Ressort. Oder dass uns ein Kollege verlässt und wir natürlich alle sehr traurig darüber sind.

Ich spreche aus dem Stegreif.

»Ich möchte Ihnen zwei Erklärungen geben. In den letzten Wochen hat es in dieser Redaktion eine bedauerliche Entwicklung gegeben. Eine ehemalige Kollegin hat sich – neben anderen dienstrechtlich relevanten Vorfällen – in abscheulicher Weise dazu hinreißen lassen, andere Mitglieder der Redaktion verächtlich zu machen und zu mobben.«

Ich sehe streng in die Runde und sehe, dass sie wissen, was kommt.

»Wir, Tom und ich, haben beschlossen, dies nicht hinzunehmen. Wir haben uns von der betreffenden Kollegin mit sofortiger Wirkung getrennt.«

Ein aufgeregtes Zappeln und Tuscheln geht durch die Runde.

Ich habe den Namen der Franz nicht genannt, aber jeder weiß, was für eine Giftspritze sie war und dass sie seit einer Woche nicht mehr aufgetaucht ist.

Ich hebe die Hand, das Gemurmel ebbt langsam ab.

»Außerdem möchte ich eine persönliche Erklärung abgeben.«

Ich sehe zu Luisa hinüber, deren Haar in der Sonne strahlt. Sie schlägt die Hände vors Gesicht.

»Es gibt Momente im Leben, in denen man entdeckt, dass man nicht nur Chefredakteur ist, sondern ein Mensch mit Gefühlen, mit Sehnsüchten und mit einem Herz. In meinem privaten Leben hat es Veränderungen gegeben, die ihren Ursprung hier in der Redaktion haben. Ich bin sicher, dass nicht alle von Ihnen dies gutheißen werden. Ich biete jedem Kollegen an, mich in meinem Büro aufzusuchen und mit mir zu reden. Niemandem wird ein Nachteil durch ein derartiges Gespräch entstehen. Im Gegenzug bitte ich Sie, die Gefühle von Frau Stein und mir zu respektieren und unsere Beziehung nicht zum Gegenstand neuerlicher Gerüchte zu machen. Ich danke Ihnen.«

Es ist totenstill im Raum.

Alle sehen Luisa an.

Plötzlich steht Irene auf und fängt an zu applaudieren.

Es dauert ein paar Sekunden. Dann stehen die nächsten auf. Und noch welche. Schließlich machen alle mit und schnattern durcheinander.

Irene nimmt meine Luisa in den Arm und hält sie fest, bis sich der summende Raum geleert hat.

»Gut gemacht, Chef«, sagt sie zu mir, als sie Luisa bei mir abliefert.

Dann geht Irene und strahlt dabei über das ganze Gesicht.

Luisa sieht mich schräg von unten an. Ich kann förmlich sehen, wie es in ihr brodelt.

Doch dann lässt sie sich in den Arm nehmen, und ich küsse sie zärtlich.

♀

Nach Feierabend gehe, nein, stürze ich aus dem Verlag. Mehr oder weniger grußlos an allen Kollegen, sogar an Irene vorbei. Wenn mir nur einer noch auf die Schulter klopft und mir sagt, dass die Franz schon immer ein Biest gewesen sei und dass sie es sowieso ganz schrecklich gefunden hätten, wie sie mich behandelt hat, kriege ich einen Schreikrampf.

Das alles hier ist schlechter, sehr viel schlechter als in einem ganz miesen Hollywoodfilm.

Als ich mein Fahrrad losschließe, sehe ich aus dem Augenwinkel zwei unserer Volontärinnen, die gerade den Verlag verlassen. Sie stecken die Köpfe zusammen, und eine zeigt mit dem Finger auf mich. Als ich an ihnen vorbeiradele, lächeln sie mich an. So falsch, dass es weh tut.

Björns Offenheit war ein Fehler!

»Jetzt lassen sie dich in Ruhe«, hat er mir vorhin noch zugeraunt.

Da hat er recht. Die anderen werden mich nicht mehr anfeinden. Jedenfalls nicht Auge in Auge. Was allerdings geschieht, wenn ich mich umdrehe, das kann ich deutlich spüren, als sich die Blicke der zwei Volontärinnen förmlich in meinen Rücken bohren.

Verdammt!

Entgegen meiner ursprünglichen Planung fahre ich nicht ins Penthouse, sondern radle in halsbrecherischem Tempo in die Schanze. Ich muss mich abreagieren. Björn ist sowieso noch ein paar Stunden im Verlag. Allein in seiner Wohnung würde ich, während ich auf ihn warte, so verzweifelt auf und ab laufen wie ein Tiger im Käfig.

Ich habe vom Büro aus Sally und Julia angerufen. Sie wissen, dass ihre beste Freundin jetzt ein richtiges Frauengespräch nötig hat.

»Luisa!«, ruft jemand, als ich an einer Ampel auf Grün warte. »Hey, Luisa!«

»Ben!« Er hält mit seinem Fahrrad neben mir und grinst mich an.

»Wo willst du hin?«, fragt er.

»Nach Hause.«

»Kann ich dich ein Stück begleiten?«

Ich überlege kurz. Sally ist noch im Salon und wird frühestens in einer Stunde zu Hause sein, Julia etwas später.

»Warum nicht?«, antworte ich kurz entschlossen. »Ich würde gern noch ein bisschen Fahrrad fahren.«

Wir radeln über das Heiligengeistfeld, und Ben überredet mich zu einem Schlenker zum »September«, wo wir uns vor der Tür auf die Stühle fallen lassen.

»Mir ist heiß«, sage ich.

»Das sehe ich. Du hast kirschrote Wangen.«

Ich schlage die Hände vors Gesicht.

»Lass mal«, sagt er. »Das sieht hinreißend aus.«

Ich sehe ihn zwischen meine Finger hindurch an. Er zwinkert mir zu, und ich lasse die Hände sinken. Wohl oder übel muss ich lächeln. Ben ist mit seinen zerzausten dunklen Locken und dem Hauch von Dreitagebart ein wirklich hübscher Kerl.

Unwillkürlich vergleiche ich ihn mit Björn, was nicht viel Sinn macht, denn unterschiedlicher können zwei Männer kaum aussehen. Abgesehen davon ist Ben erst 25.

Um meine Verlegenheit zu vertuschen, greife ich eilig nach dem Glas mit dem kalten Matcha-Latte, den die Kellnerin soeben vor mich hingestellt hat.

»Geht's dir jetzt besser?«, fragt Ben. »Du sahst unglücklich aus vorhin, als wir uns getroffen haben.«

»Ach ja?«

»Wir können reden, wenn du willst.« Er stellt sein Glas ab und greift über den Tisch nach meinen Händen. Ich zögere einen Moment, bevor ich sie ihm entziehe.

»Ich muss los«, sage ich.

»Luisa?« Ich bin schon am Fahrrad, als er mich ruft.

»Mmh?«

»Ich kann warten.«

Sally und Julia haben Sekt kaltgestellt und ein paar Häppchen mit Mozzarella und Tomate vorbereitet. Sie stürmen mir neugierig entgegen, als ich die Tür aufschließe.

Zwei Minuten später wissen sie alles.

»Dramaqueen«, sagte Sally, als ich fertig bin.

»Wie bitte?«

»Du hast schon richtig verstanden«, gibt Sally zurück und runzelt die Stirn. »Ich verstehe nicht, was du willst. Björn Bengt Becker, einer der heißesten Typen der Stadt, macht dir unter den Augen des halben Verlags eine Liebeserklärung, und du?«

»Ich ...«

Julia unterbricht mich. »Sally hat recht«, sagt sie. »Das ist beinahe wie im Märchen. Meine süße Luisa hat BBB an die Kette gelegt. Nicht zu fassen!«

»Versteht ihr denn nicht?«, frage ich leise. »Das geht mir alles zu schnell. Ich liebe Björn. Hinter mir liegt die schönste Woche meines Lebens! Ich bin glücklich, dass er mich auch liebt. Aber ...«

»Aber?«

»Ich fühle mich so ... so überfordert. So, als säße ich in einem Schiff ohne Steuer. Alles ist wunderbar, aber ich bin gar nicht der Kapitän. Ich habe nicht einmal ausgesucht, wo wir langfahren.«

»Und wer ist der Kapitän?«, fragt Sally. Dann lässt sie den Sektkorken knallen. Ich erschrecke.

»Natürlich Björn!«, nimmt Julia mir das Wort aus dem Mund.

»Siehst du!« Ich zucke ratlos die Schultern. »Ich dachte, wir überlegen zuerst in Ruhe, was wir machen und wie wir es den Leuten beibringen können, dass wir zusammen sind. Seine Rede vorhin, die war mir so ... unangenehm. Alle haben mich angeglotzt, und Irene hat mich im Arm gehalten, als wäre sie meine Mutterglucke. Ich kam mir total blöde vor.«

»Das ist Björn bestimmt nicht bewusst«, sagt Julia. »Ganz ehrlich, ich finde, sein Verhalten ist eine einzige große Liebeserklärung.«

»Fahr zu ihm und sag ihm, was dir nicht passt. Wenn du dich hier verkriechst und schmollst, ist er vor den Kopf gestoßen, weiß aber nicht, was er falsch gemacht hat.« Sally hat die Gläser gefüllt und hält mir eins hin. Wir stoßen an.

Mir wird leichter ums Herz. Die beiden haben recht.

»Ich werde jetzt zu ihm gehen«, beschließe ich, als die Flasche leer ist.

»Weißt du«, sagt Julia, nachdem wir uns zum Abschied umarmt haben. »Ich glaube, ihr *beide* sitzt in einem Boot und wisst nicht, wo es mit euch hinfährt. Der Kapitän, das ist nämlich gar nicht Björn, sondern eure Liebe. Denk mal drüber nach!«

Sally nickt dazu. »Genieß die Fahrt«, gibt sie mir mit auf den Weg. »Und sei nicht so hysterisch!«

Ich schüttele den Kopf. »Bin ich nicht«, verspreche ich ihr.

Björn liebt mich. Ich weiß das jetzt. Und nun werde ich ihn lieben.

Und wenn es irgendwie geht, für immer!

♂

Sex mit Luisa ist wundervoll.

Sex mit Luisa ist zärtlich und behutsam.

Sex mit Luisa ist ein bisschen so, wie im Gras zu liegen und einem Schmetterling zuzusehen, der ziellos über einem flattert.

Sex mit Luisa ist auf jeden Fall anders als Sex, den ich mit anderen Frauen hatte.

Es lässt sich eigentlich ganz einfach sagen.

Wenn ich mit Luisa schlafe, dann bin ich mir egal.

Sex mit Linda war fordernd, laut, keuchend und auf die nackte Lust reduziert.

Nie, wirklich nie würde ich auf die Idee kommen, Luisa an die Panoramascheibe meines Wohnzimmers zu pressen und immer geiler zu werden beim Gedanken, dass jeder Kreuzfahrer mit einem Fernglas sehen kann, wie ich sie im Stehen und von hinten vögele. Nie würde ich Luisa in eine Karstadt-Kabine drängen, ihr lediglich den Rock hochschieben und ihr den Mund zuhalten, damit sie nicht das ganze Kaufhaus zusammenschreit. Nie würde ich sie im Restaurant in einem unbeobachteten Moment unter das Tischtuch krabbeln lassen, um mir einen zu blasen, während ich meinen Wein austrinke und zum Höhepunkt komme, ohne eine Miene zu verziehen. Linda ist bei dieser Nummer stets so unfassbar geil geworden, dass sie es sich da unten manchmal auch noch selbst gemacht hat. Einmal hat mich dabei übrigens ein Ober gefragt, ob Madame schon gegangen sei, ich antwortete: »Nein, Madame kommt gleich«, worüber wir später so derartig lachen mussten, dass es mir kaum gelang, die Rechnung zu unterschreiben.

Dabei weiß ich nicht einmal, ob Luisa das alles vielleicht sogar wollen würde oder ob ihr das recht ist, das Behutsame, Zärtliche, Einfühlsame, das wir miteinander haben.

Luisa wirkte jedenfalls sehr verunsichert, als sie das erste Mal versuchte, mit ihrem wunderschönen Mund in die Gefilde südlich meines Bauchnabels vorzudringen, und ich sie sanft nach oben zog und sagte: »Nein, bitte nicht. Ich mag das gar nicht so.«

Natürlich mag ich das. Aber ich wollte nicht an meine letzte Begegnung mit Linda denken und ausgerechnet beim Sex mit der Frau meines Lebens ein schlechtes Gewissen haben.

Aber Luisa ist auch sonst ganz, ganz anders als Linda.

Linda ist cool, frech, aufsässig, temperamentvoll, selbstbewusst und dennoch in jeder Situation anpassungsfähig. Nie, aber wirklich nie wäre sie in mein Büro gerannt, um mir eine Szene zu machen.

Luisa ist klug, warmherzig, hochintelligent und überragend befähigt, aber dann auch wieder bockig, dramatisch und uneinsichtig wie ein pubertierendes Mädchen. Es will mir nicht in den Kopf, wie eine Frau mit ihren Fähigkeiten von einer Sekunde auf die andere in so viele Selbstzweifel und Klein-Mädchen-Zickereien verfallen kann. Und vor allem frage ich mich, was das noch geben soll, wenn wir erst länger zusammen sind. Seltsamerweise liebe ich Luisa, stelle mir die Zukunft mit ihr jedoch weit anstrengender vor, als sie beispielsweise an der Seite von Linda gewesen wäre.

Apropos Linda.

Die allerletzte Begegnung steht mir noch bevor. Richtig bevor!

Irene hat mir einen Flug nach München gebucht und Termine mit einem Münchner Internet-Startup vereinbart, das möglicherweise unsere Web-Präsenz ein wenig aufpeppen könnte.

Am Abend werde ich Linda treffen und ihr erklären müssen, dass ich eine andere Frau liebe. Mir fallen ein Haufen Dinge ein, die ich lieber täte, seien es Zahnarztbesuche oder weitere Kündigungsgespräche mit der Franz zum Beispiel.

Aber das Seltsamste daran ist: Seit ich Linda aus meinem Leben gestrichen habe, vermisse ich sie ein bisschen. Nicht den Sex. Merkwürdigerweise ist mir erst nach Luisa aufgefallen, dass Linda in den letzten Monaten auch meine Freundin und Vertraute geworden ist.

♀

Mein erstes Mal, das war mit Malte.

Ich war fünfzehn, er sechzehn. Wir waren nur ein paar Wochen zusammen, misstrauisch beäugt von Papa, denn mein »Auserwählter« entsprach so gar nicht seiner Vorstellung von meiner ersten Liebe. Ich weiß bis heute nicht, ob die Beziehung zu Malte wirklich meine erste Liebe und nicht vielmehr mein erster Trotz, mein erstes Aufbegehren gegen Papas Übermacht war. Eine Übermacht, die sich zwar unter Zuneigung und Liebe verbarg, aber nichtsdestotrotz mein Leben dominierte.

Meine Mutter ließ mich machen, obwohl auch sie beim Anblick von Maltes grün gefärbter Rasta-Mähne sichtlich schluckte.

Die beiden waren nicht zu Hause, als es passierte. Papa war arbeiten, Mama zum Reiten gefahren.

Julia und ich hatten uns monatelang kichernd in meinem Zimmer eingeschlossen und uns mit allem, was der Buchmarkt diesbezüglich hergab, auf das »erste Mal« vorbereitet. Wir beide fieberten dem großen Moment ungeduldig entgegen.

Was dann passierte, überraschte mich umso mehr. Bevor ich realisieren konnte, was mit mir geschah, war es vorbei.

Und darum machte nun alle Welt so ein Theater?

Malte und ich trafen uns mehrere Wochen lang und probierten neugierig miteinander herum. Was sich tatsächlich von Mal zu Mal ein bisschen schöner anfühlte.

Bis Papa uns halbnackt erwischte, den jungen Mann achtkantig aus dem Haus warf und mich mit zwei Monaten Stubenarrest bestrafte, dessen Durchsetzung er akribisch überwachte. Er verließ in dieser Zeit sogar sein Büro früher, nur um mich von der Schule abzuholen und zu Hause abzuliefern.

Ich hörte, wie er und Mama sich meinetwegen stritten. Ich drohte mit Liebesentzug, Depression und Hungerstreik, aber Papa war nicht zu erweichen. Er duldete nicht, dass ich »mein Leben wegwarf«, wie er das nannte.

Wie sollte ich etwas wegwerfen, das ich gar nicht besaß?

Als ich nach acht Wochen wieder aus dem Haus durfte, wog ich vier Kilo weniger und brach bei jeder Gelegenheit in Tränen aus. Malte hatte sich mit einem anderen Mädchen getröstet.

Der zweite war Frido.

Beim Abiball im Hamburger CCH war ich angetrunken. Er drückte mich an die Wand, schob meinen Rock hoch und nahm mich im Stehen – im Raum neben der Küche, zwischen Zuckersäcken und Dosen mit Mischgemüse.

Als ich nach Vollzug mein Höschen hochzog, meine Klamotten glattstrich und an den Tisch zu meinen Eltern zurückkehrte, sah ich Papas stolzen Blick auf mir ruhen. Seine Luisa hatte ein Einser-Abi gebaut. Das allein zählte für ihn. Er hatte keine Ahnung, wie ich wirklich war! Ich hatte ihn ausgetrickst.

Dass sich der Sex nicht im mindesten so anfühlte, wie ich in der einschlägigen Literatur gelesen hatte und wie es mir die mittlerweile erfahrene Julia mit glühenden Wangen schilderte, war zwar schade, aber in diesem Fall zweitrangig. Ich hatte Papa besiegt. Und *das* fühlte sich zweifellos fantastisch an.

Dann kam Jonas.

Wir waren schon wochenlang zusammen, als es zum ersten Mal passierte. Wenig erfahren, aber sehr verliebt, tasteten wir uns aneinander heran. Wir hatten den Segen unserer Familien, und die zwei Jahre, die folgten, bis wir zusammenzogen, gehören zu den schönsten meines Lebens.

Jonas war Leistungssportler. Er trainierte seit seiner Kindheit Karate, verbrachte viel Zeit im Fitnessstudio und joggte bei Wind und Wetter um die Alster. Jeder Muskel an seinem Körper war klar definiert. Er trug seine Haare militärisch kurz, seine Haut war rein und glattrasiert, immer leicht gebräunt vom Sonnenstudio. Julia bestätigte mir, dass ich mit ihm den Hauptgewinn gezogen hätte.

Wenn Jonas und ich allein waren, erkundeten wir uns. Im wahrsten Sinne des Wortes. Da wir beide nicht viel Erfahrung mitbrachten, ließen wir uns Zeit füreinander. Zum ersten Mal lernte ich mich selbst durch die Berührung eines anderen Menschen kennen. Ich spürte, wie sich meine Nackenhärchen aufstellten, wenn er meinen Hals küsste. Ich genoss die Gänsehaut, die meinen Körper überzog, wenn er sanft meinen Rücken streichelte. Mein Puls, der zu rasen begann, wenn er mir das Shirt über den Kopf zog und meinen BH öffnete. Das sehnsuchtsvolle Ziehen in meinem Unterleib, wenn seine Lippen meine Haut erforschten und seine Zunge meine Brustwarzen umspielte, bis ich vor Verlangen nach ihm fast zerfloss.

Im Gegenzug erforschte ich neugierig seinen durchtrainierten Körper, und schon bald waren wir einander so vertraut, wie es zwei Menschen nur sein können.

War das unser Fehler? *Mein* Fehler? Müssen Frauen immer ein kleines Stückchen geheimnisvoll bleiben? Sich entziehen, um für den Mann reizvoll zu sein?

Und wenn die Antwort ja lautet, wie zum Teufel soll ich das hinbekommen? Es ist doch fast zwangsläufig, dass der Reiz des Neuen nach einer gewissen Zeit der Vertrautheit Platz macht.

Jonas, so weiß ich jetzt, begann sich schon kurz, nachdem wir zusammengezogen waren, zu langweilen. Seine Zärtlichkeiten wurden sparsamer, der Sex hastiger. Während ich täglich mehr von seiner herben Männlichkeit, von jedem einzelnen Zentimeter seiner Haut berauscht war, suchte er längst nach Abwechslung außerhalb unseres kuschligen Zuhauses.

Ich hatte keine Ahnung!

Björn ist spät dran heute. Ich lege mir fröstelnd eine Decke um die Schultern, während ich mich im Strandkorb aale und in den rosa-lila Sonnenuntergang träume.

Sex mit Björn ist wie Fliegen.

Keine Ahnung, ob ich seufze, keuche oder schreie, wenn wir miteinander schlafen. Ich bin gar nicht da. Ich bin irgendwo bei den Sternen, aufgelöst, ohne Gedanken. Und wenn ich sanft zur Erde zurückkehre, liege ich in Björns Armen, und er sieht mich mit diesem undefinierbaren Ausdruck an, den ich liebe, aber nicht richtig deuten kann.

Es fühlt sich an, als wollte er mich beschenken, reich machen. Ich habe keine Ahnung, wo er selbst dabei bleibt und ob ihm genügt, was er von mir bekommt.

Ich könnte die glücklichste Frau der Welt sein. Und das wäre ich, wenn ich wüsste, was es zu bedeuten hat, dass Björn jeden Zipfel meines Körpers nimmt, um mir unfassbare Lust zu schenken, aber ablehnt, dass ich das Gleiche tue.

Ich weiß, wie ich ihn mit meinem Mund und meiner Zunge verwöhnen kann. Ich habe es bei Jonas oft genug getan. Doch verstörenderweise hält Björn mich auf, als ich es versuche.

Soll ich warten? Ihn fragen, was los ist?

Was ist, wenn ich die Antwort gar nicht wissen will?

♂

Schluss machen mit Linda ist grauenvoll.

Wir gehen nicht essen, der reservierte Platz im Hotelrestaurant bleibt leer, weil Linda keineswegs wie verabredet an der Bar auf mich wartet. Sie hat an der Rezeption meine Zimmernummer herausgekriegt und klopft leise an die Tür. Als ich ahnungslos öffne, huscht sie unter meinem Arm durch und schreit: »Überraschung!«

Ich bin nicht sicher, ob mein Zimmer für unser anstehendes Gespräch die perfekte Adresse ist, aber ich tröste mich damit, dass es im Hotelrestaurant genau so in die Hose gehen kann, na ja, nicht auf diese Weise in die Hose, aber immerhin. Die meisten Frauen heulen, wenn man ihnen sagt, dass es aus ist. Und es gibt nichts Schlimmeres als eine schluchzende Frau am Tisch, wenn der ganze Saal peinlich berührt herüberschaut und der Oberkellner einen mit tadelnden Blicken für die Störung des gedämpft murmelnden Friedens straft.

Okay. Das Zimmer ist definitiv die noch schlechtere Wahl.

Linda lässt direkt vor dem Bett ihr Kleid fallen, trägt mal wieder nichts darunter, breitet die Arme aus und sieht einfach wundervoll aus. Als ich mich nicht rege, springt sie auf mich zu und fällt mir um den Hals. Ich versuche, sie auf Abstand zu halten und gleichzeitig mit dem Fuß ihr Kleid zu angeln, was sich als hoffnungsloses Unterfangen erweist.

Im Zuge dieser Bemühungen geht auch meine hilflos zurechtgelegte Strategie, es einfühlsam und sanft zu machen, den Bach runter. Ich keuche ein wenig, als ich »Linda, hör auf, es ist aus« sage.

Sie erstarrt nackt vor meinem Bett, lässt die Arme hängen und heult so plötzlich los wie ein kleines Kind. Ich versuche, sie sanft in den Arm zu nehmen, aber sie ist halt nackt und drängt sich dann auch noch an mich. Dass ich dabei eine Latte kriege, finde ich überaus unangemessen, also schiebe ich sie wieder weg und fluche. »Verdammt, Linda, zieh doch was an, so können wir nicht reden.«

Einfühlsam und sanft. Herzlichen Glückwunsch, das hab ich prima hingekriegt. Linda flüchtet ins Badezimmer und kommt erst nach zehn Minuten wieder raus, immer noch nackt, aber wenigstens in ein Handtuch gewickelt. Sie zündet sich mit zitternden Fingern eine Zigarette an, lässt sich in den Sessel fallen und sagt: »Alles klar. Wir reden. Schieß los«, und ich bewundere sie für ihre Haltung.

»Ich habe mich in eine Frau verliebt«, sage ich.

Sie schweigt.

»Es ist etwas Ernstes.«

Sie schweigt.

»Wir können so nicht weitermachen.«

Sie schweigt.

Ich schweige auch.

Wir schweigen.

Das Zimmer schweigt.

Sogar auf der verdammten Straße ist es still.

Linda zündet sich noch eine Zigarette an, das Zirpen ihres Feuerzeuges lärmt in meinem Kopf.

Dann fragt sie: »Dass ich dich liebe, spielt dann vermutlich keine Rolle mehr?«

Ich bin völlig perplex.

»Du tust was?«

Linda schluchzt wieder.

»Ich liebe dich, du Blödmann. Warum gebe ich wohl sonst Woche für Woche mein letztes Geld für Flüge nach Hamburg aus?

Warum laufe ich dir in jeder freien Minute nach? Warum denke ich jeden beschissenen Tag an dich und warum ...«

Ich sage vorwurfsvoll: »Aber Linda, du hast nie einen Ton gesagt!«

»Weil du ein verdammter Vollidiot bist und weil du Bindungsängste hast, dass es kracht, und weil ich geglaubt hab, ich verliere dich, wenn ich das sage, und weil ich dachte, vielleicht hast du mich irgendwann auch ein bisschen lieb, und weil ...«

Ihre nackten Schultern zucken, und ich spüre nichts anderes als das Bedürfnis, sie zu trösten, und ich haue mir in Gedanken selbst eine runter, denn dass Linda ernsthafte Gefühle für mich hegen könnte, darauf wäre ich nie gekommen.

Ich lasse mich auf mein Bett fallen, flüstere »komm her« und verfluche mich, sobald die beiden Worte draußen sind, denn sie steht auf, immer noch in Pumps, das Handtuch segelt auf den Boden, sie kommt zu mir und setzt sich weinend auf meinen Schoß, und verdammt, wie tröstet man eine splitternackte Frau? Ich denke »Scheiße!«, aber ich kann sie nicht schon wieder wegschieben, also tätschele ich die ungefährlichste Stelle, ihren Rücken, während sie ihren Kopf in meiner Halsbeuge vergräbt und anfängt, meinen Hals zu küssen.

O Mann, denke ich. Und dann noch: Fuck! Und dann noch: Bloß nicht! Und da fängt sie schon an, mit ihrem Mund zu meinem zu wandern.

Ich sage: »Linda, hör auf, das ist furchtbar, wirklich.«

Sie steigt von mir runter, ganz langsam, ein Bein nach dem anderen, und sie ist die wahrscheinlich zweitschönste Frau der Welt, und ich bin ein Mann. Ich denke fest an Luisa und noch ein bisschen fester an Luisa, und ich senke die Augen zu Boden, damit ich die nackte Linda nicht mehr sehen muss.

Dann bückt sie sich, hebt ihr Kleid auf, schmiert ihr verlaufenes Make-up ins Handtuch und nimmt ihre Tasche. Sieht mich noch einmal an, während ihr die Tränen runterlaufen, steigt in ihr Kleid, so voller Anmut und Verzweiflung, dass es mir das Herz zerreißt. Und dann geht sie.

O shit, denke ich, während ich die hoffnungslos zu kleine Minibar begutachte und anfange, die harten Sachen herauszukramen. Wieso liebt die mich denn, die weiß doch, was ich für ein Arsch bin!

Als ich mich aufs Bett werfe, vermisse ich Luisa.

Aber den Anblick von Lindas dunklem, zu einem schmalen Strich rasierten Schamhaar, der dreißig Zentimeter vor meinen Augen in ihrem engen Kleid verschwindet, der will einfach nicht raus aus meinem Kopf.

Ich bin ein kleines bisschen stolz, dass ich standhaft geblieben bin. Aber ich habe das seltsame Gefühl, gerade etwas sehr Kostbares verloren zu haben.

♀

Sooft es geht, verbringen Björn und ich die Mittagspause auf unserer Bank im Hafen.

Ich habe das Gefühl, dass sich die Leute in der Redaktion langsam an den Anblick gewöhnen, wie der Chef und ich, wenn es Terminplan und Wetter erlauben, Hand in Hand das Verlagsgebäude verlassen und rüber zum Hafen schlendern.

Gestohlene Minuten.

Meist hat Björn keine Zeit. Er arbeitet 60 Stunden in der Woche. Ein Termin jagt den nächsten. Mindestens einmal in der Woche sitzt er im Flugzeug nach München, Frankfurt oder Berlin.

Trotzdem ist so etwas wie Ruhe in unsere Beziehung eingekehrt. Dass wir uns sehen, wann immer es möglich ist, ist ganz selbstverständlich geworden. Ich habe einen Großteil meiner Klamotten bei ihm deponiert. Oft sitzen wir nachts in seinem Strandkorb und gucken Sterne.

Wir reden gern und viel, wir streiten eigentlich nie und können wunderbar zusammen schweigen.

Wenn Björn auf Dienstreise ist, bin ich allerdings in meiner Wohnung. Ich verstehe jetzt, was er meinte. Das riesige Penthouse macht schrecklich einsam. Außerdem möchte ich ab und zu Sally und Julia sehen oder meine Eltern besuchen.

Björn ist gerade in München. Ich brüte im Büro über meinem Artikel »Ich bin Hamburger und muss hier raus!«.

Überall werden sozial schwache Mieter durch Sanierung verdrängt, besonders in der Schanze und auf St. Pauli tobt ein heftiger Kampf zwischen Investoren, Mietern und autonomen Hausbesetzern. Und es wird überall immer schlimmer. Sogar die Leute mit mittleren Einkommen werden von den Immobilienhaien aus der Stadt verdrängt, und niemand tut etwas dagegen. Je tiefer ich recherchiere, desto zorniger werde ich.

Es ist eine verdammte, zynische Ironie, dass Björn aus einer Familie kommt, die ihr Geld ausgerechnet mit Immobilien verdient. Und noch viel grotesker ist, dass ich abends in einem Gott weiß wie viele Millionen teuren Penthouse sitze, in dem gut und gerne vier Familien mit einem Dutzend Kindern Platz hätten. Ich frage mich, ob ich eines Tages selbst vor lauter Elbblick nicht mehr sehen kann, was die Menschen in meiner Stadt bewegt.

Ich blicke kaum von meinem Bildschirm auf, bis mein Magen knurrt.

Draußen scheint die Sonne. Noch ein paar Wochen, dann ist die Zeit für Pausen im Freien vorbei. Ob ich heute mal allein zum Hafen runtergehe?

Irene nickt mir freundlich zu, als ich ihr sage, dass ich kurz draußen bin.

Die Köpfe der anderen Mitarbeiter sind über ihre Arbeit gebeugt. Ich gehe an ihnen vorbei zur Toilette, um mir vor dem Essen die Hände zu waschen.

Ein Blick in den Spiegel sagt mir, dass ich frisch aussehe. Kein Wunder. Ich habe letzte Nacht zehn Stunden geschlafen. Wenn Björn da ist, sind es oft nicht einmal fünf, was ich allerdings nicht besonders schade finde.

In der Toilette höre ich zwei von den Mädels kichern. Süß! Sind die zusammen aufs Klo gegangen? Ich muss grinsen. Das haben Julia und ich früher auch immer gemacht.

»... lässt sie machen, was sie will«, sagt die eine. Wenn ich mich nicht täusche, dann ist das Ulrike. Ihre Stimme ist unverkennbar und ziemlich piepsig. Aber sie passt zu ihr, denn Rike ist klein, zart und sommersprossig. »Wenn *ich* ein Thema vorschlage, hört er nicht einmal richtig zu.«

»Das war bei Linda genauso«, wispert die zweite Stimme. »Allerdings war Linda besser als Luisa. Die hat doch eh bloß ihre bescheuerten Vegetarier-Storys im Kopf. Ätzend!«

Ruuummms, da ist es wieder, das wahre Leben! Hatte ich wirklich geglaubt, die Leute würden jemals aufhören, über Björn und mich zu tratschen?

Wie angewurzelt bleibe ich stehen und lausche. Obwohl ich weiß, dass ich mir das lieber nicht anhören sollte, selbst wenn alles an den Haaren herbeigezogen ist. Weil man sich ständig fragt, ob nicht doch ein Körnchen Wahrheit an dem Gerede ist und die anderen mehr wissen, als man selbst an sich heranlassen will.

Ich überlege, dem Spuk ein Ende zu bereiten und mich laut zu räuspern. Doch stattdessen höre ich wie gebannt weiter zu.

»Meinst du, er trifft sie noch?«

»Wen? Linda? Keine Ahnung. Bis vor kurzem ist sie regelmäßig hier aufgekreuzt. Seit der Chef Luisa vögelt, habe ich sie allerdings nicht mehr gesehen.«

»Becker ist übrigens gerade in München.«

»Du meinst …?« Sie kichern wieder.

Ich habe jetzt wirklich genug gehört. Leise verlasse ich den Waschraum und flüchte in Richtung Fahrstuhl.

Im Bioladen werde ich freundlich begrüßt.

»Wie immer?«, fragt die Frau an der Salattheke.

Ich nicke.

Wie immer? Nein, nichts ist wie immer.

Als ich mit meinem Essen auf der Bank sitze und mein Baguette den hungrigen Spatzen gebe, rast mein Puls, als wäre ich gesprintet.

Die letzte Woche war ruhig. Trügerisch ruhig, wie ich jetzt feststelle.

Björn und Linda.

Wer ist Linda? Offenbar hat sie Björn etwas bedeutet. Zumindest hat sie bei den Kollegen einen bleibenden Eindruck hinterlassen. Ob ich Irene ausfragen soll?

Besser nicht!

Ich weiß, dass Björn vor mir viele Frauen hatte. Wir sprechen nicht darüber. Wozu auch?

Mein Herzschlag beruhigt sich langsam. Während ich esse, wird mir klar, dass in den letzten Tagen etwas mit mir geschehen ist, vor dem es kein Zurück mehr gibt.

Ich liebe Björn. Und ich vertraue ihm.

Ein paar alberne Mädchen, die im Klo über uns lästern, können uns nicht gefährlich werden.

Linda? Wer immer sie ist. Was immer sie ihm bedeutet hat. Das ist jetzt vorbei. Es gibt eine neue Frau in Björns Leben. Und die heißt Luisa!

♂

Rechtsanwalt und Notar Dr. Magnus Stein empfängt uns stehend vor seiner Villa im feinen Hamburg-Othmarschen, die als Visitenkarte eine dreißig Meter lange, vor Kies knirschende Auffahrt hat, was in Hamburg den Unterschied zwischen Hütte und vorzeigbarem Anwesen markiert. Er mustert sowohl meinen Landrover als auch mich mit strenger Miene. Wenn ich das gewusst hätte, hätte ich zum Antrittsbesuch die Harley gewählt.

Von seiner Gattin ist bisher nichts zu sehen. Luisa fliegt ihrem Papa an den Hals, der tätschelt seine Tochter zärtlich, reicht mir dann die Hand und versucht ganz offenbar, meine zu brechen. Ungefähr so habe ich ihn mir nach Luisas Erzählungen vorgestellt. Das kann ja ein lustiger Abend werden!

Vorspeise und Hauptgang verlaufen in gedämpfter Atmosphäre, was vor allem daran liegt, dass Dr. Magnus Stein sich weigert, mich zu duzen, der alte Herr ist ganz offenbar auf Krawall gebürstet. Ich flüchte mich in höflichen Smalltalk mit Mama, die ein ganzes Stück jünger zu sein scheint, und ich merke, wie Luisa neben mir langsam in Harnisch gerät. Als Mama sich anschickt, den Hauptgang abzutragen, stehe ich auf, um ihr beim Geschirr zu helfen. Worauf Dr. Magnus Stein blafft: »Aber, Herr Becker, lassen Sie das doch bitte, das kann wirklich meine Frau machen.« Was ich ignoriere und hinter Mama in der Küche verschwinde. Von draußen höre ich hitzigen Streit, ich bin einigermaßen sicher, dass in diesem Hause nur Luisa keine Angst vor ihrem Vater hat, ich tätschele ihrer Mutter sanft den Unterarm und sage: »Machen Sie sich mal keine Sorgen, das kommt schon alles in Ordnung.«

Als ich wieder nach draußen komme, herrscht dicke Luft.

Luisa stürmt an mir vorbei in die Küche, ich fange an, ehrlich genervt zu sein, setze aber mein charmantestes Lächeln auf.

»Wissen Sie, Herr Dr. Stein«, sage ich, während ich die Inhalte der dunklen Eichenholzregale inspiziere, »ich glaube, in diese Schlacht sind schon Generationen von Vätern gezogen, aber wie es heißt, hat noch kein einziger gewonnen.«

»Pah«, knurrt er, und der Tonfall erinnert mich derartig an meinen Papa, dass ich lachen muss.

»Sie werden sich gut mit meinem Vater verstehen«, sage ich, »der ist auch nie damit klargekommen, dass seine Söhne erwachsen geworden sind.«

Dr. Magnus Stein stemmt sich aus dem Sessel und geht zur großen Schiebetür am Ende des Raumes. Dort dreht er sich um. »Na, komm schon, Junge«, knurrt er, »wir haben zu reden.«

In seiner Bibliothek schenkt er mir einen Cognac ein und bietet mir das Du und eine Zigarre an.

Schweigend mustern wir uns.

Endlich sagt er: »Ist nicht ganz leicht für mich, Björn. Hab ein bisschen nachgelesen, was du für ein Bursche bist. Hat mir nicht alles gefallen, was ich gefunden habe.«

Ich sehe ihn schweigend an.

Dann zählt er auf. »Schwarzes Schaf der Becker-Familie, schon mal geschieden, in Hamburgs Gesellschaft als Dandy bekannt. Und jetzt meine kleine Luisa, ja?«

Ich lege die Stirn in nachdenkliche Falten.

Dann erwidere ich: »Magnus, glaub einfach nicht alles, was in den Yellows steht. Stimmt so gut wie nie, ich kenn mich da aus.«

Magnus piekt grimmig mit der glimmenden Spitze seiner Zigarre in meine Richtung.

»Glaub mir, wenn du meine Luisa unglücklich machst, kriegst du es mit mir zu tun.«

Ich lächele ihn versonnen an.

»Gleichfalls!«, sage ich.

Er guckt verdutzt. Und plötzlich ist das Eis gebrochen.

Magnus Stein lacht dröhnend.

»Na, wenigstens bist du weder auf den Kopf noch auf den Mund gefallen. Hab gehört, du spielst ganz ordentlich Golf? Wir könnten bis zum Kaffee eine kleine Runde drehen. Hast du die Schläger im Kofferraum?«

♀

»Er ist unmöglich!« Ich setze das Tablett mit den Essensresten so heftig auf der Arbeitsplatte ab, dass es scheppert.

Mama zuckt ein bisschen zusammen.

»Entschuldige«, sage ich, aber in mir brodelt es.

Ich war so froh gewesen, als Björn nach seiner Rückkehr aus München einen gemeinsamen Besuch bei meinen Eltern vorschlug. Ein weiterer Schritt in unsere gemeinsame Zukunft.

Natürlich hatte mich das auf der Verlagstoilette belauschte Gespräch aus mehreren Gründen nicht kaltgelassen. Ich fragte mich im Stillen, ob Björn Linda wirklich getroffen hatte. Aber ganz tief drin war ich seltsamerweise sicher, dass diese Frau mir nicht gefährlich werden konnte, also verzichtete ich darauf, ihm Fragen nach ihr zu stellen. Björn sah glücklich aus. Glücklich mit mir. Und das war alles, worauf es ankam.

Und jetzt ist mein Vater drauf und dran, alles kaputt zu machen.

»Er benimmt sich wie ein Pascha, wie ein Holzklotz, wie einer, der mich besitzt und nicht hergeben will!« Mühsam reiße ich mich zusammen. Björn soll mich nicht keifen hören, obwohl ich denke, dass mein Vater ihn sowieso gleich in die Bibliothek zu seinen Cognacvorräten lotsen wird. »Hast du einen Eierlikör, Mama?«

Ich brauch jetzt irgendetwas zur Beruhigung meiner Nerven, und das darf ausnahmsweise gern einmal klebrig und süß sein.

Meine Mutter kramt Gläser aus dem Schrank und eine bauchige Flasche aus dem Kühlschrank. Während wir am Likör nippen, sehen wir schweigend aus dem Fenster in den gepflegten Garten. Ich merke, dass ich ruhiger werde. Björn wird mit meinem Vater schon fertig werden!

»Seltsam«, sage ich. »Bei Papa fühle ich mich immer noch, als wäre ich fünfzehn. Erinnerst du dich an Malte?«

Sie lächelt. Dann greift sie nach meiner Hand.

»Ich werde ihn verlassen.«

Mama hat so leise gesprochen, dass ich nicht sicher bin, ob ich sie richtig verstanden habe.

»Du willst ...«

»Ich habe gespart. Es ist genug Geld für den Anfang. Später kann ich Nachhilfe geben. Lucia hat gesagt, ich kann bei ihr im Kindergarten als Honorarkraft musikalische Früherziehung unterrichten. In Altona hab ich eine Zweizimmerwohnung.«

»Mama? Du hast ...«

Ich verschlucke mich am Eierlikör und muss einem quälenden Hustenreiz nachgeben, bevor ich endlich weitersprechen kann. »Du hast schon alles geplant?«

Sie nickt.

»Und Papa?«

Himmel! Was ist dieser Mann für ein sagenhafter Schauspieler! Die Ehe der beiden steht vor dem Aus, und er gibt das Familienoberhaupt wie eh und je.

»Er weiß nichts davon«, sagt Mama.

»Du willst ihn verlassen, und er hat keine Ahnung?«

Nur mit großer Mühe kann ich einen Schrei unterdrücken.

»Meinst du, es würde ihm irgendetwas ausmachen? Sei ehrlich!«

»Natürlich macht ihm das etwas aus! Dreißig Jahre, Mama. Ihr seid dreißig Jahre zusammen!«

»Und das sind einige zu viel. Ich weiß nicht genau, wann es angefangen hat. Aber irgendwann hat er aufgehört, mich zu sehen. Überhaupt von mir Notiz zu nehmen.«

Papa ohne Mama? Wie wird es sein, wenn ich zu Besuch komme, in das Haus meiner Kindheit, und meine Mutter ist nicht da?

»Mama!« Ich fühle Tränen aufsteigen.

»Ich habe gewartet, bis du alt genug bist. Auf eigenen Füßen stehst.«

»Das macht es nicht leichter«, gebe ich ein wenig trotzig zurück.

»Für mich schon!«

»Wann?«, frage ich.

»Kathrin?« Mein Vater steckt den Kopf durch den Türspalt. Jetzt wird er sehen, dass wir hier heftige Themen wälzen. Er wird besorgt auf seine Frau zugehen, ihre Hand nehmen und wissen wollen, was mit ihr los ist. Meine Augen schwimmen in Tränen. »Wann, sagtest du, willst du uns die Apfeltarte auf den Tisch stellen?«

»Um vier«, antwortet Mama. Ihre Stimme bebt.

»Ich bin mit Björn zwei Stunden in Falkenstein. Wir wollen neun Löcher gehen.«

Mama hat recht. Mein Vater hat längst aufgehört, sie zu sehen. Er hat längst aufgehört, irgendjemanden zu sehen außer sich selbst.

♂

Es ist einfach unfassbar, wie schön mein Leben geworden ist.

Morgens, wenn Luisa halbnackt durch meine Wohnung springt, betrachte ich sie voller Zärtlichkeit und Zuneigung, und meistens verspäten wir uns ein wenig, weil wir doch noch eine gemeinsame Dusche nötig haben.

In der Redaktion erobert sie die letzten Herzen im Sturm, wobei man vermutlich niemals herausfinden wird, ob ihr die Sympathien zufliegen, weil sie so eine wahnsinnig gute junge Redakteurin ist, oder ob die Leute einfach keine Lust haben, es sich mit der Frau des Chefredakteurs zu verderben.

Ganz nebenbei entwickelt Luisa sich unter der Aufsicht von Tom zu einer wirklich erstklassigen Reporterin mit untrüglichem Gespür für Themen, die etwas abseits des Mainstreams liegen. Abends, im Strandkorb, wenn wir über das Blatt diskutieren, wird sie immer selbstbewusster, und mehr als einmal erklärt sie mir, warum ich bei der Auswahl der Titelgeschichte völlig danebengehauen habe. Es ist nicht so, dass wir tatsächlich streiten, aber sie ist ein ziemlicher Dickschädel, und als Frau hat sie einfach eine andere Sicht der Dinge und wirft mir wiederholt vor, bloß ein alternder Macho zu sein.

Auch dass ich mich mit ihrem Papa seit der Golfrunde prächtig verstehe, scheint ihr nicht recht zu gefallen. Der alte Herr hat ein zwanzig Schläge höheres Handicap und mich nach dem ersten halben Dutzend 240-Meter-Drives offenbar in sein Herz geschlossen. Manchmal haut er mir auf die Schulter und sagt Sachen wie: »Junge, wer so einen Draw schlägt, der kann kein ganz schlechter Mensch sein.«

Ein bisschen schwierig ist für mich Luisas Freundeskreis. Sally, die platinblonde Friseurin, scheint mir ein seltsamer Umgang zu sein, außerdem erfüllen mich ihre gewaltigen Titten mit ein bisschen Wehmut, denn solche Jagdgründe sind in meinem Leben nun leider Sperrgebiet.

Das Herz von Julia, ihrer halbitalienischen besten Freundin, scheine ich ebenfalls nicht zu erreichen. Wir haben sie und ihren Freund Tim zur veganen Grillparty auf die Dachterrasse eingeladen. Tim wirkt überaus beeindruckt und fragt sich ganz offensichtlich, wo man so viel Geld herbekommt, Julia hingegen nehme ich die leise Bemerkung »wie viele Kindergärten man von dem Geld für so 'ne Protzbude wohl bauen kann?« ziemlich übel. Der Kontakt zu den beiden verebbt, was aber auch daran liegt, dass ich mit Tim keine gemeinsamen Themen finde, denn ich mag weder kiffen noch Independent hören noch darüber reden, wie unsozial die Semestergebühr für Dauerstudenten tatsächlich ist, und auch die Läden, in denen er sich herumtreibt, scheinen nicht auf mich als Zielgruppe zugeschnitten zu sein.

Ein bisschen schwierig sind auch die ersten zwei Mediengalas. Luisa fühlt sich auf dem roten Teppich einfach nicht wohl. Sobald mehr als eine Kamera auf sie gerichtet ist, sinkt sie in sich zusammen und sieht tatsächlich aus wie ein Mauerblümchen. Bald lasse ich sie lieber zu Hause und sehe zu, dass ich wiederkomme, bevor sie auf dem Sofa eingeschlafen ist, damit ich sie noch wach ins Bett tragen kann.

Im Sturm erobert sie dafür das Herz meines Vaters, und auch mit Bernhard und Marlene kommt sie prächtig klar.

Manchmal, wenn eine meiner vielen Nichten mit mir auf dem Rasen herumtobt, sehe ich, dass sie lächelt, und der Gedanke, vielleicht doch noch eigene Kinder zu haben, erscheint mir plötzlich weder absurd noch beängstigend.

Auf der Heimfahrt von Bernhards Geburtstagsparty frage ich Luisa: »Willst du eigentlich welche?«

Sie hat den Kopf an meine Schulter gelehnt.

»Welche was?«

»Na, diese tobenden kleinen Biester, die mit Schnullis werfen, Vorhänge mit Schokolade beschmieren und sich an den Haaren ziehen.«

Luisa sieht mich an, so schräg von unten und von der Seite.

»Und was wäre dann das Kinderzimmer? Oder müssen die im Fitnessraum schlafen?«

Ich sage verdutzt: »Das ist mal ein berechtigter Einwand!«

Dann denke ich eine Weile darüber nach, dass mein Penthouse tatsächlich ein beklagenswert ungeeigneter Ort für die Aufzucht von Kindern ist.

Abgesehen davon, dass die Hälfte der Kleinen bei Wind von der Dachterrasse geweht werden würde, erfüllen weder das 120 Quadratmeter große Wohnzimmer noch der gut 40 Quadratmeter große Bade- und Fitnesstempel und auch nicht die weitläufige Küchenlandschaft auch nur Mindestanforderungen für ein friedvolles familiäres Beieinander. Und ansonsten gehören zu meiner Bude nur noch das große Schlafzimmer mit angrenzendem Ankleidezimmer, in dem inzwischen auch Luisas Sachen hängen, der umlaufende Balkon sowie die vier Stellplätze in der Tiefgarage.

Ich grübele. »Hmmmm!«

Am Abend nehme ich mir den Immobilienteil des *Hamburger Abendblattes* vor.

Häuser und Gärten in Hamburger Vororten erschienen mir bisher relativ suspekt, aber schließlich will ich ja auch keine Schaukel zwischen meinem Sofa und dem Flatscreen stehen haben.

»Was guckst du denn da?«, fragt Luisa, als sie mit einem Obstteller aus der Küche kommt. Ich antworte: »Wusstest du, dass es Häuser gibt, die total viele kleine Zimmer und weder einen Kraftraum noch eine Sauna noch eine Dachterrasse haben?«

Sie kuschelt sich an mich.

»Langsam wird mir das immer klarer«, sagt sie. »Ich liebe dich, Björn Bengt Becker. Wann gucken wir uns solche Häuser an?«

♀

Ich lerne Björns ganze Sippe auf einen Schlag kennen, als sein Bruder Bernhard uns zu seiner Geburtstagsfeier einlädt. Zuerst bin ich ein bisschen nervös, aber das legt sich schon nach dem ersten Händeschütteln.

Marlene, Björns Schwägerin, ist großartig.

»Du bist die Erste nach Melanie, die er uns vorstellt«, wispert sie mir zu. »Jetzt weiß ich, dass der alte Rumtreiber es ernst meint.«

Sein Bruder Bernhard, der Björn äußerlich kein bisschen gleicht, drückt mich an seine breite Brust. »Du bist die Richtige«, lacht er dröhnend.

Mit einem derartig herzlichen Empfang hätte ich gar nicht gerechnet. Vielleicht liegt es daran, dass wir uns ein bisschen verspätet haben und der Gastgeber schon ein paar Gläschen intus hat.

Bernhard und Marlene haben vier Kinder miteinander. Ich bewundere, wie die Dame des Hauses die Bande im Griff hat, so ganz nebenbei ein riesiges Haus führt, in der Immobilienfirma der Familie hilft und dabei noch blendend aussieht. Was für eine Frau!

Björn beobachtet mich, als mich die anwesenden Kinder umringen und mich bitten, mit ihnen Verstecken zu spielen. Ausgelassen tobe ich mit der Rasselbande ums Haus.

Als Björns Vater eintrifft und Björn mich ihm vorstellt, habe ich einen roten Kopf, zerzauste Haare (was sonst?) und bin völlig aus der Puste.

»Ich bin Luisa«, japse ich und reiche dem alten Herrn, der die strahlendsten blauen Augen hat, die ich in meinem Leben gesehen habe, die Hand. »Ich freue mich, dass wir uns kennenlernen.«

»Du bist recht«, erwidert der Alte. »Wenn mein missratener Sohn dir ein Härchen krümmt, dann kriegt er es mit mir zu tun.«

Björn pflückt mir grinsend einen Grashalm vom Kopf.

»Finger weg, Papa!«, sagt er. »Das ist meine!«

Als wir ein paar Stunden später nach Hause fahren, fragt er mich, ob ich Kinder haben möchte, und sucht noch am gleichen Abend im Immobilienteil vom *Abendblatt* nach Häusern mit großem Garten.

Ich schmiege mich an ihn. Glücklich! Zu meiner eigenen Überraschung regt sich in mir nicht der allerkleinste Einwand gegen Pläne von solch gewaltiger Tragweite. Davon abgesehen, müssen wir ja nicht gleich morgen mit der Familiengründung loslegen. Zumal am nächsten Tag einer der Termine ansteht, die mir von Herzen zuwider sind.

Keine Ahnung ob, wann und wie ich mich daran gewöhnen werde, im Blitzlichtgewitter über rote Teppiche zu stolzieren. Bisher ist es einfach nicht mein Ding, und ich kann beim besten Willen nicht nachvollziehen, dass es Leute gibt, die sich um diese eitle Schaulaufen geradezu reißen.

»Da fallen gleich meine Brüste raus!«, maule ich, als ich mich vorm Spiegel drehe. »Und das, obwohl ich nicht mal welche habe.«

Das regenbogenfarbene Kleid, das eigentlich weniger ein Bekleidungsstück als ein Hauch von Nichts ist, soll ich, wenn es nach Björn geht, zur Hamburger Mediennacht tragen.

Abgesehen davon, dass ich mich beinahe nackt fühle, wird es nachts schon empfindlich kalt. Ich weiß nicht, ob das hauchzarte Designerkleid über einer Ganzkörpergänsehaut noch allzu viel hermacht.

Björn, der im Smoking derartig zum Anbeißen aussieht, scannt mich von Kopf bis zur Sohle meiner neu erstandenen 12-Zentimeter-Pumps. Wenn ich schon erfriere, so werde ich es würdevoll tun, denn glücklicherweise gehöre ich zu den zwei Prozent der weiblichen Weltbevölkerung, die auf solchen Folterinstrumenten laufen können.

Björn macht ein paar Schritte auf mich zu, schiebt grinsend den Stoff an der besagten Stelle zur Seite und streichelt meine nackte Haut.

»Siehst du!«, sage ich.

Er küsst mich.

»Können wir nicht hierbleiben?«, seufze ich leise, während seine Berührung heiße Schauer durch meinen Körper jagt. »Ich wüsste ungefähr tausend Sachen, die ich jetzt lieber tun würde.«

Die Veranstaltungen, auf die er laufend gehen muss, sind mir eine Qual. In einem Designerfummel über den roten Teppich zu stolzieren ist dabei noch das geringste Übel. Viel schlimmer fühlt sich an, wie die anwesenden Damen auf Björn reagieren. Wie sie mich mustern, falsch lächeln und mir signalisieren, dass ich beim nächsten Empfang sowieso Geschichte bin. Am schlimmsten sind jedoch die, die mir deutlich zu verstehen geben, dass ich eine Nachfolgerin von ihnen in Björns Bett bin. Wie sie ihm Küsschen auf die Wange hauchen, ihm irgendetwas ins Ohr flüstern und dann anzüglich lachen, während ich daneben stehe und gezwungen bin, gute Miene zum idiotischen Spiel zu machen.

Manchmal werde ich das Gefühl nicht los, dass sich Björn mit sämtlichen Damen der Hamburger Society in seinen Laken gewälzt hat. Ich wünschte, es wären ein paar weniger gewesen.

Björn, dessen Züge weich werden, als ich mich im verrutschten Regenbogenkleid an ihn schmiege, schüttelt bedauernd den Kopf. Er schiebt den dünnen Stoff wieder dahin, wo er hingehört.

»Du kannst hierbleiben«, sagt er. »Ich nicht.«

Ich bin versucht, sein Angebot anzunehmen, doch da meldet sich die kleine zweifelnde Stimme in meinem Kopf.

Lass ihn bloß nicht alleine da raus!

»Ist schon okay«, sage ich und greife nach dem Seidenschal, der zum Outfit gehört. »Ich begleite dich!«

Björns Vergangenheit stellt mein Vertrauen manchmal auf eine harte Probe.

♂

»Waaas?« Tom sieht aus, als hätte ihn jemand mit einem Gesetzbuch vor den Kopf gehauen. »Das ist jetzt nicht Ihr Ernst, oder?«

Vor uns sitzt Dr. Dr. Schulze-Hansen, der Verlags-Anwalt aus dem Bereich Arbeitsrecht, Studium in Oxford und Harvard, er analysiert gerade den Mist, den wir offenbar gebaut haben.

»Es tut mir wahnsinnig leid. Aber deshalb sagen wir ja immer: Bitte ziehen Sie das Arbeitsrecht hinzu, wenn Sie sich von einem Mitarbeiter trennen wollen, da kann man so unglaublich viele Fehler machen.«

Ich sage: »Okay, noch mal langsam, nur damit auch ich es kapiere: Die Hagen hat auf Wiedereinstellung geklagt, und Sie sagen, das wird sie gewinnen?«

Der Anwalt nickt. »So sicher, wie ich hier sitze.«

Ich setze nach: »Wir reden hier über Schlechtleistung während der Probezeit, Spesenbetrug und Mobbing.«

»Sehen Sie, Herr Becker«, sagt der Anwalt. »Spesenbetrug rechtfertigt definitiv eine fristlose Kündigung. Allerdings hätten wir sie innerhalb einer Frist von vierzehn Tagen aussprechen müssen, und wir hätten den Betriebsrat anhören müssen, das sieht der Gesetzgeber leider so vor. Da Sie, Herr Becker, mit Frau Hagen ein Gespräch über die betreffenden Spesen geführt haben, dies aber weder zum Thema einer Abmahnung noch einer Kündigung gemacht haben, ist dieser Kündigungsgrund inzwischen verwirkt. Ganz abgesehen von der fehlenden Betriebsratsanhörung.«

Ich lehne mich zurück.

Diesmal setzt Tom nach: »Aber sie war in der Probezeit. Und kein Mensch kann uns zwingen, sie zu übernehmen.«

»Ja, das ist so«, antwortet Dr. Dr. Schulze-Hansen. »Eine ordentliche, fristgemäße Kündigung zum Ende der Probezeit mit gleichzeitiger Freistellung der Mitarbeiterin wäre gar kein Problem gewesen. Aber Sie haben Frau Hagen fristlos entlassen, und wie ich Ihnen erklärt habe, wird das Gericht die Verwirkung des Kündigungsgrundes und das Fehlen der Betriebsratsanhörung rügen. Eine nachträgliche ordentliche Kündigung ist ausgeschlossen, da die Probezeit inzwischen abgelaufen ist.«

Ich sage: »Okay. Klartext: Was machen wir jetzt?«

»Noch mal die Abrechnungen durchsehen?«, schlägt der Anwalt vor. »Wenn Sie einen weiteren Fall von Spesenbetrug finden, läuft eine neue Zwei-Wochen-Frist, und den Betriebsrat würden wir dann auch anhören. Ansonsten können wir nur hoffen, dass sie vor Gericht vergleicht. Aber wenn ihr Anwalt gut ist, wird das teuer. Mindestens zwei Jahresgehälter.«

Ich brause auf: »Der Alten noch hunderttausend hinterherschmeißen? Auf keinen Fall!«

»Dann, Herr Becker, haben Sie Frau Hagen spätestens am Tag nach Rechtskraft des Urteils wieder hier sitzen. Wenn Ihnen das lieber ist.«

Als der Anwalt gegangen ist, sehe ich Tom an.

»Das ist doch nicht zu fassen, oder?«

Tom rauft sich die Haare.

»Hab gleich gewusst, dass die Alte uns noch Ärger machen wird. Ich horch noch mal in der Truppe rum. Und ich geh jetzt Abrechnungen prüfen, jede einzelne!«

Ich drehe mich um und sehe aus dem Fenster.

Verdammt.

Letzte Woche hab ich wieder eine E-Mail bekommen.

Anonym.

Das Foto zeigte Luisa beim Kaffeetrinken.

Ihr gegenüber sitzt der Bursche, mit dem sie vor Monaten erst im East getanzt hat und mit dem sie dann in ein Taxi gestiegen ist, und die beiden halten Händchen.

Vielleicht sollte ich sie erwürgen, die Hagen.

Aber vielleicht erklärt mir Luisa ja auch mal, was es mit diesem Typen auf sich hat?

♀

Auf dem Weg in Björns Büro rennt beinahe Tom in mich hinein, der sich jedoch nur knapp entschuldigt, bevor er weiterstürmt.

Björn selbst sitzt mit verkniffenem Gesicht an seinem Schreibtisch. Die tiefe Falte über seiner Nasenwurzel ist neu.

»Was ist?«, frage ich. »Ärger?«

Er schüttelt unwillig den Kopf. Sein Blick klebt am Bildschirm, und ich überlege, ob ich mich nicht einfach wieder hinausschleichen soll. Wenn die Luft im Büro richtig dick ist, wird Björn manchmal unleidlich. Zum Glück kommt das nur selten vor, aber wenn es so weit ist, gehen wir alle auf Tauchstation, sobald er sein Büro verlässt. Nur Irene wagt dann noch, ihm Kontra zu geben. Für den Fall, dass er zu jemandem ungerecht ist.

»Ich ... wollte ...«, stottere ich und bin schon dabei, mich umzudrehen.

»Bleib!«, befiehlt Björn. Nach einer Bitte klingt sein Tonfall jedenfalls nicht.

Ich habe nicht die geringste Ahnung, was los ist, doch in mir regt sich Widerspruch. Er muss es nicht an mir auslassen, wenn er Ärger hat.

»Du hast ein Wort vergessen«, sage ich schnippisch, bleibe aber stehen.

Er sieht mich an, und den Blick kenne ich noch nicht. Voller Zweifel, voller Zorn?

»Verdammt«, stößt er schließlich hervor. »Komm jetzt her!«

»Was ist denn?«, frage ich ängstlich.

Er dreht den Bildschirm seines Computers zu mir um. Ich

trete näher, habe keine Ahnung, was mich erwartet, aber was ich dann sehe, haut mir fast die Beine weg. Es ist ein Foto von Ben und mir, wie wir vorm »September« zusammensitzen. Zwischen uns stehen zwei Gläser, und wir halten uns über den Tisch hinweg an den Händen.

Ich brauche ein paar Schrecksekunden, bis ich realisiere, wo und wann die Aufnahme entstanden ist.

»Das ist ...« Mir fehlen die Worte. »Das ist Ben.«

»Ich weiß«, knurrt Björn.

Ich kann den Blick nicht vom Bildschirm wenden.

»Ich verstehe nicht. Woher hast du ...?«

»Franz«, stößt er hervor, und ich höre deutlich, dass er seine Wut nur mühsam unterdrückt. »Sie stalkt uns. Ich wollte den Dreck von dir fernhalten. Aber abgesehen davon glaube ich, dass du mir langsam eine Erklärung schuldig bist.«

»Bin ich das?« Vor meinem inneren Auge ziehen die Gesichter einer endlosen Schar von Frauen vorbei, mit denen Björn in den letzten Jahren zusammen war.

Aber halt! Das war vor unserer Zeit.

»Es gibt nichts zu erzählen«, sage ich fest. Schließlich habe ich nichts zu verbergen. »Jedenfalls nichts, was du nicht schon weißt oder wissen solltest. Er und ich haben uns zufällig getroffen, sind zusammen etwas trinken gegangen. Da hat er meine Hände genommen, weil ich traurig war. Und das ist alles.«

»Mm«, macht er. Zufrieden ist er noch nicht.

»Und wieso spioniert die Franz mir überhaupt nach?«

Ich merke, dass mir fast die Tränen kommen.

So viel Stress, jede Menge Gerede und schiefe Blicke halte ich schon aus, seit ich hier arbeite. Noch mehr geht nicht. Aller Mut fließt plötzlich aus mir heraus wie Wasser aus einer kaputten Flasche. »Das ist so gemein.«

Wortlos steht Björn auf und nimmt mich in die Arme. Ich bin froh, dass er mir und nicht diesem scheußlichen Stalker-Foto glaubt.

»Sie hat uns verklagt. Und offenbar wird sie vor Gericht bekommen, was sie will. Danach wird sie Ruhe geben.«

Ich bin mir da gar nicht sicher. Eine Frau wie Franziska Hagen auf dem Kriegspfad wird nicht ruhen, bis ihre Rache vollständig ist.

»Ich will weg«, sage ich leise. »Nur für ein paar Tage! Ich muss hier mal raus.«

♂

Wir sind in den Urlaub geflogen.

Ich habe an der Westküste Thailands einen Bungalow direkt am Meer gemietet. Er gehört zu einer Hotelanlage, die Holzveranda mit Pool geht raus aufs Wasser, weder rechts noch links ist andere Bebauung zu erahnen. Unser Frühstück bekommen wir auf die Veranda serviert, und wenn wir unter die Leute wollen, müssen wir mit dem Golfcart ins Hotel fahren. Vormittags, während ich meist schnelle neun Löcher über den hoteleigenen Golfplatz drehe, macht auch Luisa einen Golfkurs. Ich bin nicht sicher, ob sie nur mir zuliebe auf den Vorschlag eingegangen ist, aber ich weiß von Bekannten, dass Beziehungen, in denen nur einer regelmäßig zwischen Abschlägen und Greens herumstreunt, irgendwann Probleme bekommen, weil der eine sich langweilt, während der andere sich jedes Wochenende im Golfclub amüsiert.

Am ersten Tag ist Luisas Golflehrer ein prächtig gebauter Schotte von knapp zwei Metern, der ihr die Griffhaltung und den Schwung demonstriert, indem er sich hinter sie stellt, einen Arm links, einen rechts um sie legt, was für meinen Geschmack entschieden zu viel Körperkontakt ist. Am Ende der Stunde gucke ich noch mal im Pro-Shop rein und buche für den Rest des Urlaubs die einzige Golflehrerin, die sich im Angebot findet.

»Eifersüchtig?«, fragt Luisa keck.

»Und wie!«, entgegne ich. »Wärst du auch, wenn du mit der allergeilsten Frau der Welt zusammen wärst.«

Das quittiert Luisa, indem sie wenig später über mich herfällt, was zu einer wunderschönen Nummer im Whirlpool führt. »Wenn hier jemand eifersüchtig sein darf, dann bin ich das«, sagt sie danach. »Wer ist eigentlich Linda?«

Ach du Scheiße!

Ich tauche vorsichtshalber für eine halbe Minute unter, um mir entweder eine Strategie zu überlegen oder lieber gleich sofort zu ertrinken.

Dann entscheide ich mich für die Wahrheit. Oder zumindest für einige Facetten davon.

»Linda ist die Frau, mit der ich deinetwegen Schluss gemacht habe«, sage ich zu Luisa.

»War es was Ernstes?«

»Ja und nein. Obwohl, für Linda war es das schon.«

Luisa denkt nach.

»Wann hast du sie das letzte Mal gesehen?«, fragt sie, und mir wird ein bisschen unbehaglich.

»Als ich in München war. Ich hab sie getroffen und ihr gesagt, dass ich mich in dich verliebt habe.«

Doch Luisa ist eine gute Journalistin, und sie bohrt auf einer anderen Fährte nach.

»Mit wie vielen Frauen hast du seit deiner Scheidung eigentlich geschlafen?«

»Mit zu vielen«, sage ich, was sie mit neuerlichem Nachdenken quittiert.

»Was war mit Linda anders als mit den anderen Frauen?«

Jetzt grübele auch ich.

»Sie war auch meine Vertraute. Und sie war wichtig für mich. Sie war besonders wichtig, weil sie die vorletzte Frau meines Lebens gewesen ist.«

Es dauert ein bisschen, bis die Botschaft bei ihr ankommt.

Luisa reißt die Augen auf.

»Oh«, macht sie.

Dann fängt sie an zu strahlen und schwimmt mir in die Arme.

»Das war ja schön«, sagt sie, als wir uns zum zweiten Mal geliebt haben. Und ich weiß, dass sie nicht den Sex meint.

Nach fünf Minuten fragt Luisa: »Hat sie größere Brüste als ich?«

Ich seufze und gehe wieder auf Tauchstation.

Was soll man machen?

Luisa ist wundervoll. Aber sie ist eben auch bloß eine Frau!

♀

»Iiiiiihhhh, das ist doch nicht dein Ernst!«

Björn ist auf dem Markt fasziniert vor einem Stand mit gerösteten Insekten stehen geblieben. Der Verkäufer lädt ihn mit einem freundlichen Lächeln und einer Handbewegung zum Kauf ein.

Ich liebe Björns verschmitztes Grinsen, als er mir zuzwinkert. Natürlich wird er irgendeins dieser Krabbeltiere probieren. Bisher ist er vor keinerlei Absonderlichkeit der Thai-Küche zurückgeschreckt.

Allerdings komme ich beim Essen ebenfalls nicht zu kurz. Thailand ist ein Paradies für Vegetarier.

Während Björn sich ein paar Heuschrecken in eine Tüte füllen lässt, wende ich mich appetitlicheren Ständen zu. Ich entscheide mich für einen kunterbunt gefärbten Kuchenwürfel, der nach allerlei Undefinierbarem und ein bisschen nach Kokos schmeckt.

Wir sind jetzt seit drei Tagen hier. Der Verlag, die Redaktion, die Arbeit und vor allem Franz sind 10 000 Kilometer von uns entfernt. Nichts und niemand stört unsere Zweisamkeit. Wir verlassen unser Liebesnest nur, um essen zu gehen oder uns eine Stunde lang bei einer kräftigen Massage zu entspannen.

Jedenfalls so lange, bis Björn beschließt, dass Golf auch eine schöne Freizeitbeschäftigung für *mich* sein könnte. Ich versuche es seinetwegen. Nur seinetwegen. Und manchmal lasse ich ihn alleine losziehen.

Dann lese ich oder liege in der Sonne. Aber am liebsten bummele ich am endlosen Strand entlang und sehe zu, wie sich Kinder im badewannenwarmen Wasser vergnügen oder

Sandburgen bauen. Verkäufer gehen auf und ab und preisen frisch aufgeschnittene Ananas und Mangos an. Ein paar Leute spielen Beachvolleyball. Bleiche Touristinnen liegen wie angeklebt am Strand und holen sich einen Sonnenbrand, während die dazugehörigen Typen eisgekühltes Bier aus Dosen schlürfen und so tun, als würden sie nicht auf die Hintern der vorbeiflanierenden Damen gucken.

Die Luft ist angefüllt von Meeresrauschen und Urlaubslaune.

Ich versuche gerade, einen herumstreunenden Hund anzulocken, als mich etwas unsanft am Kopf trifft. Neben mir auf dem Boden landet eine Frisbeescheibe.

»Auweia, tut's sehr weh? Sorry! Do you speak English? Where are you from?« Der blonde Typ, braungebrannt und in Badeshorts, der nach seinem Wurfgeschoss greift, sieht ehrlich zerknirscht aus.

»Ist schon okay«, gebe ich zurück und taste vorsichtig über die schmerzende Stelle am Hinterkopf.

»Tut mir leid«, sagt er und mustert mich. »Ich ... wir haben nicht aufgepasst. Darf ich dich zur Entschädigung auf eine Cola einladen? Ich bin Stefan.«

»Luisa«, antworte ich. Ein paar Meter weiter stehen drei weitere Kerle und sehen mich grinsend an. Mir schießt die Frage durch den Kopf, ob der Frisbee wirklich rein zufällig in meine Richtung geflogen ist.

»Du bist allein hier?«

»Ja«, sage ich und frage mich im gleichen Augenblick, was mich reitet. Na ja, vielleicht fühle ich mich angesichts des quirligen Strandlebens gerade ein bisschen einsam.

Einer der vier saust zu einem der kleinen Strandrestaurants und besorgt mir eine Dose Cola. Ich greife zu.

»Spielst du mit?«, fragen sie, nachdem ich einen Schluck getrunken habe.

»Warum nicht?«

Björn wird erst in ein paar Stunden vom Golfplatz zurück sein, und eigentlich spricht nichts dagegen, zusammen mit ein paar Leuten in meinem Alter ein bisschen am Strand herumzutollen. Nachdem wir uns bekannt gemacht haben – die vier sind Studenten aus Düsseldorf –, verbringen wir zusammen zwei vergnügliche Stunden beim Ball- und Frisbeespielen.

»Wir essen abends immer im ›Red Chili‹«, sagt Stefan, als wir uns einen Augenblick ausruhen. »Kommst du dazu? Heute um acht?« Er zwinkert mir zu. »Die haben auch super Cocktails.«

Jetzt wird es langsam Zeit, mit der Wahrheit rauszurücken.

Ich schüttele den Kopf. »Mein Freund hätte was dagegen«, antworte ich und komme mir ziemlich blöd vor.

»Dein Freund?«, fragt Stefan überrascht. »Ich denke, du bist allein hier?«

»Er ist gerade Golf spielen. Ich ... ich wollte heute nicht mit, aber jetzt ...«

»Du spielst *Golf?*« Er sieht mich an, als käme ich vom Mond. »Wie alt bist du? 45 oder was?« Die anderen lachen.

»Ich geh dann mal«, sage ich rasch und wende mich ab. Meine Wangen glühen, und ich weiß, das rührt nicht allein daher, dass ich zwei Stunden einem Frisbee nachgelaufen bin.

Als Björn zurückkommt, stehe ich gerade unter der Dusche.

Er gesellt sich zu mir unter den Wasserstrahl, küsst mich und legt seine Hände auf meinen Hintern. »Wie war's bei dir?«, fragt er.

»Ich hab gelesen«, schwindele ich und frage mich zum ersten Mal, seit ich mich in Björn verliebt habe, ob der Altersunterschied von sechzehn Jahren eigentlich ein Problem zwischen uns werden könnte.

Oder bereits ist?

»Ich hab mich vorhin ein bisschen umgehört«, sagt er, als er mir nach dem Duschen den Rücken mit einem Handtuch abrubbelt. »Wenn wir den Strand zwei oder drei Kilometer nach links hinunterlaufen, kommen wir zu einem kleinen Nationalpark. Willst du da hin? Ich schätze, da krabbeln ein paar Tierchen herum, die dich interessieren könnten. Und auf dem Rückweg können wir essen gehen. Das ›Red Chili‹ soll hervorragend sein.«

Ich bin froh, dass ich ihm gerade nicht in die Augen schauen muss. Er ist so liebevoll. Ich komme mir plötzlich wie eine Verräterin vor.

»Können wir nicht auf die Similans?«, frage ich. »Da kann man schnorcheln und tauchen. Das soll irre schön sein. Gleich morgen?«

Ich habe keine Ahnung, ob mir so ein Unterwasservergnügen Spaß machen wird. Ich will nur dringend ein paar Seemeilen zwischen mich, diesen Strand und das »Red Chili« legen.

Und ganz in Ruhe ein bisschen nachdenken.

♂

In der zweiten Woche habe ich eine Segelyacht gechartert.

Nichts Großes, 36 Fuß, gerade so, dass ich sie noch einhand segeln kann, während sich Luisa beim An- und Ablegen in den Seilen der Fender verheddert.

Den Bungalow haben wir behalten, wir machen nur Tagestörns in die Inselwelt hinein, denn wenn ich etwas hasse, dann sind das Bordküchen, Bordtoiletten und das beengte Leben auf Langfahrt.

Aber auch so finden sich im Umkreis von fünfzig Meilen genügend Strände, Inseln und Buchten, vor denen wir ankern können.

Wir schwimmen, wir schnorcheln, doch hauptsächlich lieben wir uns, mal im Sand, mal im flachen Wasser, mal auf Deck, und von Tag zu Tag wird mir klarer: Gerade jetzt, in diesen Tagen, in diesen Momenten, ist die schönste Zeit meines Lebens!

Ich bekomme einfach nie genug Luisa – nie genug auf mir, unter mir, neben mir, über mir.

Zu diesem Umstand trägt ganz entscheidend bei, dass sie – anders als viele andere Frauen – auch mal schweigend glücklich sein kann. Als wir abends nach dem Anlegen noch auf dem Vordeck stehen und die Sterne über der Andamanensee aufziehen sehen, wird mir schlagartig klar: Ich will diese Frau, ich will sie für immer.

Eigentlich will ich es ihr sagen. Jetzt, in diesem Moment. Sie fragen, ob sie mich heiraten will. Aber dann dreht mein Verstand noch eine Ehrenrunde, und ich beschließe, das doch noch einmal genau zu überdenken.

Außerdem weiß ich nicht, ob nur ich das gerade wahnsinnig romantisch finde oder ob die Frau in Luisa nicht lieber eine größere Inszenierung dieses hoffentlich einmaligen Momentes hätte.

Als wir nach den zwei schönsten Wochen meines Lebens in Hamburg aus dem Flieger steigen, weiß ich, dass ich endlich angekommen bin.

Zu Hause.

Bei Luisa.

♀

»Du siehst fantastisch aus!«

Julia, die ich einen Tag nach unserer Rückkehr im »Tassajara« treffe, zieht mich ganz fest an sich. Ich drücke ihr mein Geschenk, zwei mit bunten Steinen besetzte Haarklammern, in die Hand. »Erzähl, wie war's?«

»Lass uns erst einmal etwas zu trinken bestellen«, sage ich ausweichend. Während wir auf den Tee warten, mache ich genau das, was ich in den letzten Tagen ziemlich oft getan habe.

Ich schweige.

Julia mustert mich. »Was ist los, Süße?«, fragt sie schließlich. »Ich kenn dich. Wenn du so still bist, dann ist was nicht in Ordnung.«

»Er ist zu alt für mich, oder?«

Julia setzt ihr Teeglas ab. »Oho«, sagt sie grinsend. »Dieses Problem ist eines der wenigen, die wir noch gar nicht gewälzt haben. Ich hab schon drauf gewartet. Was ist passiert?«

Ich erzähle ihr von der Begegnung am Strand.

»Mal ehrlich? Du lässt dich von so ein paar dahergelaufenen Bürschchen verunsichern? So weit kann es dann ja mit der Liebe nicht her sein.«

»Ich liebe Björn, das kannst du mir glauben«, widerspreche ich. »Es ist nicht wirklich sein Alter, ehrlich nicht. Es ist ... Mist, ich weiß nicht, wie ich das erklären soll.«

»Versuch's einfach!«

»Er ist fertig, und ich, ich bin eine Baustelle, verstehst du, was ich meine?«

»Ich denke schon«, erwidert Julia, während sie mich prüfend

ansieht. »Er ist Chefredakteur. Kommt aus dieser stinkreichen Familie. Ist schon mal verheiratet gewesen. Hat mit jeder zweiten Frau in Hamburg eine Affäre gehabt. Natürlich spielt er Golf und segelt. Was man eben so tut in den besseren Kreisen. Er hat einen Haufen Geld und eine Wohnung, in der sich eine zehnköpfige Familie verlaufen kann.«

Ich nicke. »So ist es. Und jetzt hat er mich. Ich bin schon fast bei ihm eingezogen, Irene reserviert uns Theaterkarten und Plätze im Restaurant, ohne mich zu fragen. Sie geht davon aus, dass ich sowieso mitgehe, weißt du? Es ist, als ob wir Herr und Frau Becker wären. Und ich gar nicht mehr Luisa bin.«

Die Kellnerin bringt uns Kichererbsensuppe und Fladenbrot. Ich habe plötzlich keinen Hunger mehr.

Julia nimmt einen Löffel Suppe. »Kennst du die Redensart, dass Frauen gerne ihre Väter heiraten?«, fragt sie dann.

»Hör bloß auf«, stöhne ich. »So schlimm ist es nun auch wieder nicht.«

»Ich hätte dir das nie von alleine gesagt, aber jetzt fängst du selbst davon an.« Sie zögert.

»Ja?«

»Als wir bei euch zum Grillen waren und ich gesehen habe, wie er lebt, da hab ich mich zum ersten Mal gefragt, ob ihr wirklich, ich meine so richtig und für immer zusammenpasst oder ...«

»Oder?«

»Oder ob eure gegenseitige Anziehung allein darauf beruht, dass ihr so unterschiedlich seid.«

»Und dann gehen wir uns bald auf den Keks, nicht wahr? Und das, was wir heute am anderen spannend finden, nervt uns dann nur noch.«

»Könnte passieren.«

»Ach, Mensch, Julia! Das ist doch alles ein Riesenmist, findest du nicht?«

Sie zuckt die Schultern. »Jetzt schmeiß nicht die Flinte ins Korn. Björn liebt dich, so viel steht fest. Das konnte ich genauso klar sehen wie die Tatsache, dass er eine völlig kranke Protzbude bewohnt. Du wirst ihn dir schon hinbiegen!«

Ich schüttele den Kopf. In diesem Punkt irrt sich Julia. Da wäre ich nicht die Erste, die das versucht. Und bestimmt nicht die Letzte, die genau an diesem Punkt scheitert.

Letztlich ist es Sally, die mir mit ihrer unkomplizierten Art den Kopf zurechtrückt.

»Schien in Thailand den ganzen Tag die Sonne?«, fragt sie, während sie sich freudig mit dem bunten Kleid, das ich ihr geschenkt habe, vor dem Spiegel dreht.

»O ja!«

»Habt ihr euch gestritten?«

»Nein!«

»Wie oft hattet ihr Sex? Pro Tag, meine ich.«

»Zwei Mal. Mindestens.«

»Hat er dir sein Herz zu Füßen gelegt?«

Ich muss an unseren letzten Abend auf der Yacht denken.

Ich hatte mich zum ersten Mal beim Anlegen nicht in irgendwelchen Leinen verheddert. Während ich zufrieden über die Planken hüpfte, spürte ich, dass Björn mich beobachtete. Ich hob den Kopf, und als sich unsere Blicke trafen, da war es, als würde mir das Schicksal einen Ausblick in meine Zukunft gewähren. Einen Sekundenbruchteil konnte ich sehen, dass Björn und ich zusammengehören. Ohne Wenn und Aber.

Ich lief zu ihm und schmiegte mich an seine Brust.

Während ich seinem ruhigen Herzschlag lauschte und mich so unendlich geborgen fühlte wie noch nie zuvor, fragte er: »Willst du mich heiraten, Luisa?« Natürlich hatte er das nicht laut gesagt. Dennoch konnte ich es hören. Und genauso unhörbar antwortete ich: »Ja!« Es gibt Momente, da braucht man keine Worte, um sich zu verstehen.

Sally sieht mich lauernd an. »Also?«

»Ja, das hat er. Er hat mir sein Herz, er hat mir die ganze Welt zu Füßen gelegt.«

Sie zuckt die Schultern.

»Dann hör doch einfach auf, Probleme zu suchen! Wenn du ihn nicht willst, nehm ich ihn. Und von mir aus könnte der Typ 65 sein.«

In der Redaktion gelingt es mir neuerdings, alles auszublenden, was mich von der Arbeit ablenkt.

Unter der Online-Version meines Gentrifizierungs-Artikels haben sich 174 Kommentare angesammelt. Ich habe einen Nerv getroffen. Den Nerv der Hamburger, die fühlen, dass sie aus der eigenen Stadt gedrängt werden.

Björn wird ziemlich still, als ich abends beim Essen auf den Artikel zu sprechen komme.

»Weißt du, was ich toll finde? Die meisten Leser sagen, man muss den Spekulanten das Handwerk legen, und ich finde, sie ...«

»Luisa, jetzt ist es genug«, sagt er plötzlich.

Eigentlich hatte ich bisher das Gefühl, er genießt es, wenn wir uns einen kleinen Schlagabtausch liefern. Er hat mir noch nie so brüsk das Wort abgeschnitten. Allerdings muss ich zugeben, dass in den letzten zehn Minuten eigentlich nur ich gesprochen habe.

»Was ist denn los?«

»Mein Name ist Becker. Schon vergessen?«

Erst da wird mir klar, was ihn ärgert.

»Ich meine doch nicht deine Familie«, sage ich errötend und

höre selbst, wie lahm das klingt. »Meine Nachbarin musste ausziehen, nachdem unser Haus saniert wurde. Sie ist alleinerziehend mit drei kleinen Kindern. Wir Mieter wollten keine hellgelbe Fassade und kein Marmortreppenhaus. Björn, bitte! So etwas kannst du doch nicht richtig finden!«

»Du kannst nicht aufhören, oder?«

Kann ich manchmal wirklich nicht. Und manchmal will ich auch nicht. Ich weiß, dass ich privilegiert aufgewachsen bin, lebe und arbeite. Umso mehr halte ich es für meine Pflicht, mich für diejenigen einzusetzen, die es längst nicht so gut getroffen haben.

»Doch!«, sage ich, rutsche rüber auf Björns Schoß und beginne, langsam sein Hemd aufzuknöpfen.

Ich kenne ihn schon ziemlich gut. Weiterreden und diskutieren hat im Moment keinen Sinn. Verschieben wir das auf ein anderes Mal, denke ich, während ich die Augen schließe und unsere Lippen sich zärtlich finden.

♂

Wir haben vorm Arbeitsgericht tatsächlich eins in die Fresse gekriegt. Der Richter hat uns signalisiert, dass er eine hohe Abfindung für Franziska Hagen erwartet, andernfalls würde er ihrer Klage auf Wiedereinstellung stattgeben. Und weil natürlich auch die Hagen keine Lust hat, noch einmal beim *Monday* aufzulaufen, wo sie wiederum meinen Rachegelüsten ausgesetzt wäre, haben wir uns geeinigt. Diese dumme, hinterlistige Schlampe! Sechs Monate haarsträubender Pfuscherei, dafür zweieinhalb Jahre Gehalt. Ich könnte tagelang kotzen. Aber wenigstens hört die Stalkerei jetzt auf. Seit wir die Abfindung überwiesen haben, gibt sie Ruhe.

Das Leben beim *Monday* läuft wieder in geordneten Bahnen.

Dafür muss ich mich mit dem Gedanken vertraut machen, Abschied von Papa zu nehmen. Er hat es mir vor zwei Stunden am Telefon gesagt. Prostatakrebs im Endstadium. Die Operation im vergangenen Jahr hat er uns Jungs verheimlicht, jetzt hat das Geschwür gestreut. Die Ärzte geben ihm noch ein Jahr.

Als ich an die Tür seines häuslichen Arbeitszimmers klopfe, habe ich das Gefühl, durch eine Zeitmaschine zu fliegen. Er steht am Fenster, dort, wo er jeden Tag stundenlang reglos auf die Elbe sah, damals, als Mama starb.

Papa sieht blass aus, alt und ein bisschen mager ist er geworden. Er kommt auf mich zu und nimmt mich bei den Schultern.

»Halt dich gerade, Junge.«

Das hat er früher auch immer gesagt. Ein Hanseat darf im Leben alles verlieren, nur nicht die Haltung.

Es macht ihm sichtlich Mühe, sich in seinen alten englischen Ledersessel zu setzen. Maria, unsere Haushälterin, die fast so alt ist wie er, rollt den Servierwagen mit Kaffee herein. Erika, meine ungeliebte Stiefmutter, ist nicht zu sehen.

»Gar nicht so einfach«, sagt er, »Abschied zu nehmen, wenn man noch nicht alles geordnet hat.«

Ich sehe ihn schweigend an.

Ich will nicht sprechen, weil ich weiß, dass meine Stimme zittern würde.

»Für Erika ist gesorgt«, sagt er. »Der Testamentsverwalter wird ihr eine monatliche Pension auszahlen. Sie will zurück in die Stadt ziehen, zu ihrer Schwester.«

Dann schweigen wir beide, bis der Kaffee kalt ist.

»Das Haus ist so groß und so leer geworden ohne euch Kinder. Es wäre ein schönes Gefühl zu wissen, dass hier die nächste Generation heranwächst.«

Ich senke den Blick, ich will nicht, dass er sieht, dass ich gleich heulen muss.

»Ich will dir eine Geschichte erzählen«, sagt Papa aus der Dunkelheit seines Sessels heraus. »Du weißt, dass Großvater ein ziemlicher Tyrann war«, sagt er. »Ich hab immer versucht, nicht so streng mit euch zu sein, wie er es war. Er kam aus dem Krieg zurück. Major der Artillerie, Sohn eines angesehenen Kaufmannes, Erbe einer langen, aufrechten Tradition, in Frankreich fast von den Partisanen erschossen, danach ein Jahr Kriegsgefangener bei den Amerikanern. Er war hart und er war verbittert. Hier bei uns lag alles in Trümmern, und aus denen hat er die Firma wieder aufgebaut. Ich habe mein Leben lang Angst vor ihm gehabt, nur ganz am Ende nicht, als er schwach wurde und ich alt genug war, um ihn zu verstehen und zu lieben.«

Großvater, ja. Meine letzten Erinnerungen an ihn bestehen aus einem Strohhut und einem Rollstuhl, der am Ende unseres Gartens stand, in Richtung Elbe gedreht. Um uns Kinder hat er sich nie geschert.

Papa erzählt weiter, seine Worte fließen so langsam durch den Raum wie der Gezeitenstrom durch die Elbe.

»Großvater hat sein Leben lang für die Familie gekämpft. Aber dann kam ich und war seine größte Enttäuschung. Ich bin ausgerissen, so wie du, mein Sohn, ich habe auf einem Frachter angeheuert und bin sechs Jahre zur See gefahren. Ich habe dir das nie erzählt, du warst mir so schon rebellisch genug. Ich wollte Großvaters Firma nicht und nicht sein Leben. Ich bin um die Welt gefahren, habe angeheuert, wieder abgeheuert, ich hatte in jedem Hafen ein Mädchen, aber ich hab mich hochgearbeitet, von der Pike bis zum Ersten Offizier. Erst als ich mein Offizierspatent hatte, konnte ich nach Hause kommen und Großvater von Mann zu Mann in die Augen sehen.«

Der Alte verfällt in Schweigen, und ich merke, wie mir die Tränen die Wangen herunterlaufen. Wie kann er sterben, wie kann mein großer, starker Papa mich verlassen, und was wird sein, wenn er tot ist?

»Dann habe ich Mama kennengelernt«, fährt er fort. »Ich hatte meine erste Bestallung zum Kapitän in der Tasche. Ich habe sie dem Reeder zurückgeschickt und bin in die Firma eingetreten.«

Ich schließe die Augen und denke an Mama. An ihre Liebe, ihre Wärme, an die Leere, die in meinem Leben Einzug hielt, als sie starb.

»Weißt du, Junge, erst Mama hat aus meinem wilden Dasein ein lebenswertes Leben gemacht. Ich denke, im Leben jedes Mannes gibt es nur eine einzige Frau, die seiner Existenz einen Sinn geben kann. Mama war so eine Frau. Ich habe vorher nie eine wie sie getroffen und danach erst recht nicht. Ich habe später Erika geheiratet, weil ich gehofft habe, sie könnte euch Jungs eine Mutter werden, aber sie ist es nie geworden. Und sie hat es auch nie vermocht, diese Lücke in meinem Leben zu füllen. Ich bin nie wieder glücklich geworden ohne Mama, und doch bin ich dankbar, dass ich sie in meinem Leben hatte und dass sie mir zwei Söhne geschenkt hat, auf die ich stolzer nicht sein könnte.«

Es ist dunkel geworden. Ich bin froh darüber, dass er mich nicht heulen sieht.

»Weißt du, Bernhard ist wie Mama. Er ist fleißig und er ist sanft, er ist treu, er ist alles, was ein Vater von seinem Erstgeborenen erwarten kann. Du bist anders. Du bist, wie ich gewesen bin. Du bist wild und trotzig, und du hast deinen Weg gemacht, ganz ohne mich. Ich war nie stolzer auf dich als in dem Moment, als du mir alles vor die Füße geworfen hast, um in die Welt zu ziehen. In dem Moment habe ich gewusst, dass wenigstens einer meiner Söhne mein Erbe weiterträgt. Und jetzt, wo mein Weg bald zu Ende ist, gibt es nichts, was ich mir mehr wünsche, als dass auch du sie findest, die eine Frau, die das Leben dir schenkt und die dir zeigt, wie es ist, glücklich zu sein.«

Ich denke an Luisa.

»Du hast sehr glücklich gewirkt in den letzten Monaten. Und ich mag sie sehr, deine Luisa. Ein bisschen erinnert sie mich an Mama.«

»Ich werde sie heiraten«, sage ich.

Papa steht mühsam auf, er geht langsam zum Regal, kommt mit der Cognacflasche und den kubanischen Zigarren wieder. »Ich weiß«, sagt er, »ich hab es in deinen Augen gesehen und in deinem Lächeln, wenn du sie ansiehst.«

Ich stehe auf und nehme ihm die Flasche ab. »Keine gute Idee«, sage ich. »Ich glaub, dein Körper braucht jetzt alles, aber keinen Cognac.«

Er stöhnt leise. »Verflucht sei die Krankheit«, sagt er, »und zur Hölle mit allen Ärzten, die einem Mann sagen, was er tun soll. Damals hat der Schiffsarzt uns eine halbe Flasche Schnaps gegeben, wenn er einen gebrochenen Arm richten musste, und umgebracht hat er trotzdem keinen.«

Wir trinken, und wir rauchen, und wir sind uns näher, als wir uns jemals waren.

»Das Haus wird mein Hochzeitsgeschenk an dich«, sagt er, »das ganze Finanzielle kann Dr. Brinkmann euch Jungs auseinandersetzen. Die Aktien, die Immobilien, er wird das aufteilen, und keiner von euch wird jemals Not leiden müssen. Aber die Firma kriegt ihr nur zusammen. Bernhard ist ein guter Verwalter. Aber ihm fehlt der Biss, die Vision und die nötige Portion Rücksichtslosigkeit. Du würdest mich glücklich machen, wenn du das Erbe deines Großvaters antreten würdest. Ich hab dich lange laufen lassen. Jetzt ist die Zeit gekommen, in der ich dich brauche.«

Ich denke an Luisa. Und an den *Monday*. Und an die Becker & Becker Company, die hinter mir stand, mein ganzes Leben, und deren Schutz und deren Mittel mich dorthin getragen haben, wo ich jetzt bin.

»Ich denke darüber nach, Papa«, sage ich ihm.

Draußen tönt das Horn eines Containerschiffes.

Ich sehne mich nach Luisa. Ich stehe auf und sehe in den Garten unserer alten Villa und den Elbhang hinunter. Ich frage mich, ob ich dort bald den blonden Schopf eines Jungen erblicken werde, der vielleicht ein Rebell wird, so wie sein Vater und wie sein Großvater es vor ihm waren.

Als ich mich nach endlos langer Zeit zu Papa umdrehe, hat er die Augen geschlossen. Er ist eingeschlafen.

Ich hebe ihn hoch und trage ihn ins Bett.

Als ich das Licht auf seinem Nachttisch ausknipse, sagt er leise: »Es wird gut sein, Mama wiederzusehen.«

Ich küsse ihn auf die Stirn.

»Ich liebe dich, Papa. Und sag ihr, dass sie mir fehlt.«

♀

»Nein«, sage ich, als der Pfarrer am Strand mich fragt, ob ich Björn Bengt Becker heiraten will. »Nein, ich will lieber Frisbee spielen.« Stefan und die anderen Jungs haben mich gerufen und stehen nur ein paar Meter hinter der versammelten Hochzeitsgesellschaft. Dann lache ich laut, raffe meinen weißen Reifrock, in dem ich aussehe wie ein Sahnebaiser, und laufe barfuß über den weißen Sand davon. Als ich mich zu Björn umdrehe, sehe ich, dass er weint. Er schluchzt hemmungslos, und der ganze Strand fängt plötzlich an zu beben, als würde die Erde sich auftun und mich verschlingen wollen.

»Björn«, rufe ich und strecke die Arme nach ihm aus. »Björn!«

Doch er schüttelt den Kopf, dreht sich um und verschwindet.

Mühsam reiße ich mich aus meinem wirren Traum. Ich liege in Björns Bett, so viel ist mir schon klar, aber das leise Beben hört nicht auf. Träume ich noch immer?

»Björn?«, flüstere ich. Ich bekomme keine Antwort, aber ich spüre, dass er hinter mir liegt. Und ich höre, dass er wirklich weint. Das war kein Traum. »Björn, um Gottes willen, was ist passiert?« Ich bin schlagartig hellwach und drehe mich zu ihm um.

Statt einer Antwort legt er seinen Kopf an meine Schulter. Ich spüre seine Tränen an meiner Haut, lege meinen Arm um ihn, halte ihn und streichele sanft über sein Haar.

Wir liegen still beieinander, bis er eingeschlafen ist.

Ich küsse ihn auf die Stirn, diesen wunderbaren Mann, der in manchen Momenten mein Herz mehr berührt, als ich mit meinen Worten ausdrücken kann.

Am nächsten Morgen koche ich uns Kaffee, um ihn Björn ans Bett zu bringen. Wir haben beide frei, und das ist gut so. Was immer Björn belastet, ich möchte für ihn da sein.

Er durchkreuzt meinen Plan, noch einmal zu ihm unter die Decke zu schlüpfen, indem er schon kurze Zeit später hinter mir steht. Er sieht müde und traurig aus, als wir uns mit unserem Kaffee auf die Couch im Wohnzimmer setzen. Lange sagt er nichts. Wir sitzen einfach nur da, rühren in unseren Tassen und schauen auf den Hafen, bis Björn plötzlich anfängt zu reden.

Es bricht mir das Herz, ihn so leiden zu sehen.

»Dein wunderbarer Papa«, sage ich leise und greife nach seiner Hand. »Das tut mir so unendlich leid. Kann ich ... kann ich etwas für dich tun?«

Er überlegt eine Weile, dann nickt er.

»Bei mir bleiben, egal was kommt«, erwidert Björn.

Und dann erzählt er mir, dass er beschlossen hat, nach seines Vaters Tod in die Immobilienfirma der Familie einzutreten.

♂

Luisas Reaktion erschüttert mich.

Ja, sie hat mich getröstet.

Eine Nacht und einen halben Morgen lang.

Und dann bricht sie unseren ersten großen Streit vom Zaun.

»Du willst was?«, schreit sie mich an. Dann heult sie. »Du willst die Firma übernehmen? Wie kannst du das wollen? Du bist beim *Monday*, du bist bei der besten Zeitung, die es gibt. Du kannst die Welt verändern, jeden Tag, du bist Journalist. Du ... du kannst das Leben der Menschen besser machen. Und jetzt wirst du Immobilienhai und willst Mieten eintreiben und mit Häusern spekulieren und wirst bloß noch Geld verdienen und noch mehr Geld und immer mehr Geld? Und dann, dann wirst du irgendwann wie mein Vater!«

Luisa stürmt aus der Wohnung und lässt mich zurück.

Verdammt noch mal, natürlich bin ich Journalist, aber an der Firma hängen 70 Jobs und mein ganzes Erbe.

Dieser verfluchte missionarische Eifer in ihr, dieser ständige Drang, allen Menschen vorzuschreiben, was sie essen sollen, was sie denken sollen, was sie fühlen sollen und dass sie bessere Menschen werden müssen.

Wie kann eine Frau so engstirnig sein?

Und wie kann sie mich so verletzen?

Ich gehe auf die Dachterrasse und weiß nicht, was ich tun soll.

Nach zwei Gläsern Cognac rufe ich Linda an.

Seit wir Schluss gemacht haben, schreibt sie mir einmal in der Woche. Mal eine Mail, mal eine SMS. Sie hat kein einziges Mal gefordert oder gebettelt, sie hat mir nur ihre Hand gereicht und mir gesagt, dass sie da sein wird, wenn ich sie brauche.

Linda sagt: »Um Gottes willen, Björn, mein Liebster, du Ärmster!« Ich höre, wie sie auf den Tasten ihres Computers klackert. »In vier Stunden bin ich da.«

Ich will es nicht. Nicht wirklich.

Aber ich will es doch. Ich brauche jetzt einen Menschen, der mich versteht.

Soll doch das Schicksal entscheiden.

Wenn Luisa in vier Stunden wieder da ist, werde ich Linda absagen. Wenn sie dann immer noch schmollt, hole ich Linda vom Flughafen ab.

♀

Meine Gefühle schlagen wie eine riesige Welle über mir zusammen.

Nur einen Moment lang gelingt es mir, Abstand zu bekommen und die Szenerie von außen anzusehen: Björn, der mich zuerst verwundert, dann enttäuscht ansieht und keinen Ton mehr sagt, seit ich mich in Rage geredet habe.

Reiß dich zusammen!, versuche ich mir selbst zu befehlen.

Doch es gelingt mir nicht. Ich bin so erschüttert wie schon lange nicht mehr.

Ich raffe mein Handy und etwas Geld vom Küchenschrank und flüchte.

Schon in dem Moment, als die Tür hinter mir ins Schloss fällt, weiß ich, dass ich dabei bin, einen Riesenfehler zu begehen. Doch ich kann nicht zurück. Noch nicht. Meine Beine laufen wie von selbst die Treppen hinunter.

An der Haustür bleibe ich einen Augenblick stehen. Jetzt sollte ich umkehren, die Stufen wieder hochhetzen, an die Tür pochen, mich in Björns Arme werfen und ihn um Verzeihung bitten. Nur eins hat er sich von mir gewünscht. Dass ich zu ihm halte, egal, was passiert.

Verdammt, was tue ich hier bloß?

Ein Windstoß zerzaust meine Haare, als ich atemlos auf die Straße trete. Ich schaue auf mein Handy, weiß nicht, was ich tun soll. Wenn er jetzt anruft, entschuldige ich mich und gehe sofort zurück.

Nur einen Augenblick frische Luft schnappen. Den Kopf klar kriegen.

Vielleicht schreibt er mir gleich eine SMS, dann rufe ich ihn an und frage ihn, ob wir spazieren gehen wollen. Den ganzen Tag. Hand in Hand. Und ich werde schweigen und ihm zuhören und dort sein, wo ich hingehöre. Zu ihm.

Ich habe total überreagiert. In Björns schwerster Stunde habe ich gegen ihn gekämpft, anstatt mich an seine Seite zu stellen.

Ich renne in Richtung Landungsbrücken. In einem kleinen Café kaufe ich frische Brötchen und Croissants. Ich drücke meine Nase an die duftende Tüte. Björn liebt warme Brötchen zum Frühstück. Ich bring sie ihm jetzt. Wahrscheinlich meldet er sich sowieso nicht, sondern muss erst einmal damit fertig werden, dass ich ihn angeschrien und geheult habe.

Neben der Tür des Cafés steht ein Regal mit Zeitschriften und Tageszeitungen. Da liegt der *Monday*, und plötzlich weiß ich wieder, warum ich davongelaufen bin.

Vielleicht sollte ich, bevor ich zu ihm gehe, einen Augenblick darüber nachdenken, was Björns Neuigkeit mit mir gemacht hat. Warum es mir die Tränen in die Augen treibt, dass er nicht mehr Chefredakteur sein will. Warum ich starr werde vor Schreck bei dem Gedanken daran, dass er bald zu einem Vertreter der Berufsgruppe gehören wird, die ich für gewissenlose Halsabschneider halte.

Ich hole mein Fahrrad aus der Tiefgarage, wo es auf einem von Björns vier Stellplätzen einen wahren Luxusplatz innehat, und trete in die Pedale. Es ist besser, wenn ich meine Gedanken ein wenig ordne, bevor ich zu Björn zurückkehre. Ich will keinesfalls riskieren, wieder von meinen Gefühlen überrannt zu werden.

»Dein Geschrei ist keine Basis für Verhandlungen zwischen uns«, hat Papa oft zu mir gesagt, wenn ich Türen knallend durch unser Haus gelaufen bin. »Solange du dich nicht beruhigst, werde ich unser Problem nicht weiterverfolgen.« Meist hat mich diese Ansage noch viel wütender gemacht, aber

Papa blieb hart, bis ich mich ausgetobt hatte. Fast immer haben wir danach eine Lösung gefunden, mit der wir beide leben konnten.

Ich seufze leise. Das wird im Fall von Björn und mir nicht funktionieren. Es gibt keine Lösung, die mir gefällt, außer er bleibt Chefredakteur. Seinen Worten zufolge ist genau das ausgeschlossen. Ich werde also die Freundin eines Immobilienspekulanten sein.

Ich seufze noch einmal. Dieses Mal viel lauter.

Wenigstens besitzt die Familie Becker keine Wurstfabrik. Da kann ich echt froh sein. Galgenhumor hilft mir leider nicht weiter. Im Gegenteil. Mein Herz tut richtig weh.

Liebst du Björn oder liebst du die Position, die er bekleidet?

Während ich versuche, eine ehrliche Antwort auf die Frage zu finden, wird mir plötzlich übel.

Ich bin auf dem Weg in die Schanze, mitten auf dem Heiligengeistfeld, als ich realisiere, dass ich meine Migränemedikamente nicht dabeihabe. Mit zitternden Händen hole ich mein Handy aus der Hosentasche.

Blitzschnell setzt bereits die Aura ein. Meine Umgebung verschwimmt im Nebel. Ich lasse mich auf den Asphalt fallen und scrolle panisch nach Björns Nummer. Tränen laufen über mein Gesicht. Ich weiß, dass ich in ein paar Minuten vor Schmerzen nicht mehr denken kann. Wenn ich Björn jetzt anrufe und schon wieder weine, wird er annehmen, dass ich noch immer hysterisch bin, und wahrscheinlich gleich wieder auflegen. Also tippe ich eine SMS, so gut das mit meiner eingeschränkten Sehfähigkeit noch möglich ist:

»Bitte hol mich ab. Migräne. Bin am Millerntor!«

Björn hat bereits einen meiner Anfälle mitbekommen. Er weiß, wie schlimm sie sind, selbst mit starken Schmerzmitteln.

Ich drücke auf »Senden« und lege dann den Kopf auf meine

Knie. Bevor mich der Schmerz verschlingt, erlebe ich einen Moment völliger Klarheit.

Meine Zeit mit Björn läuft wie ein Film vor mir ab. Szene für Szene. Ich sehe einen ausgeglichenen, liebevollen Björn und eine stets und ständig aufgelöste Luisa. Plötzlich schäme ich mich dafür, dass ich so oft an seiner Liebe gezweifelt habe, seit wir zusammen sind. Björn verhält sich großherzig und gutmütig. Er verwöhnt, beschenkt und fördert mich. Und ich? Ich bin oft launisch, kompliziert, und zu allem Überfluss bin ich auch noch weggelaufen, als er mich ein einziges Mal gebeten hat, für ihn da zu sein.

Dann sind die Schmerzen da.

»Junge Frau? Hallo? Was ist denn los mit Ihnen? Sind Sie betrunken?«

Mühsam hebe ich meinen Blick. Wie viel Zeit ist vergangen, seit ich die SMS an Björn abgeschickt habe?

Während unerträgliche Schmerzen durch meinen Schädel toben, sehne ich mich danach, dass er kommt und mich hochhebt und ich in völliger Geborgenheit an seiner Schulter versinken kann.

Vor mir steht eine alte Dame und klopft mit ihrem Gehstock gegen mein Bein.

»Ich bin nicht betrunken«, hauche ich. »Ich habe Migräne.«

»Dann müssen Sie doch nach Hause gehen«, beharrt die Frau. »Sie holen sich den Tod hier auf dem Boden. Stehen Sie schon auf!«

»Ich kann nicht. Mein ... mein Mann kommt gleich.«

»Hören Sie mal, Kindchen. Ich beobachte Sie schon eine halbe Stunde, und bisher ist niemand gekommen. Wenn Sie jetzt nicht aufstehen, hole ich einen Krankenwagen!«

»Nein«, sage ich kraftlos. »Er kommt gleich.«

Wo ist Björn? Er müsste längst hier sein.

»Wenn er in fünf Minuten nicht da ist ...«

Eine neue Schmerzwelle rollt gerade über mich hinweg. Ich stöhne laut auf.

»Es reicht. Die fünf Minuten sind um«, sagt die alte Lady und zückt ihr Handy. Selbst wenn ich protestieren wollte, ich könnte es nicht. Die Schmerzen rufen erneut heftige Übelkeit hervor. Ich schaffe es gerade noch, mich auf die Knie zu kauern, dann erbreche ich.

Chaos, Schmerzen, Übelkeit fegen über mich hinweg, bis ich nicht mehr da bin.

»Geht's Ihnen besser?«

Die junge Ärztin, die mich in der Notaufnahme in Empfang genommen hat, beugt sich über mich.

»Es geht«, sage ich mit trockenen Lippen. »Ich möchte etwas trinken.«

Auf einem Tischchen neben mir steht eine Flasche Wasser. Ich strecke den Arm aus.

»Vorsicht!«, mahnt die Frau Doktor. »Ihre Infusion.«

Erst da sehe ich die Kanüle in meiner rechten Hand und den Tropf, der am Bett über mir hängt. »Was ist das?«

Ich kann mich nur bruchstückhaft erinnern.

»Das sind Schmerzmittel und etwas gegen die Übelkeit. Sie haben einen außergewöhnlich heftigen Migräneanfall. Wenn der Tropf durch ist und Sie so weit in Ordnung sind, dürfen Sie nach Hause gehen. Sollen wir jemanden verständigen, der Sie abholt?«

Dieser Jemand sollte längst an meiner Seite sein, geht es mir durch den Kopf. Um Kummer zu empfinden, bin ich viel zu benebelt.

In diesem Moment klingelt mein Handy, das ebenfalls neben dem Bett liegt. Die Ärztin reicht es mir. Ich nehme ab, während sie mir signalisiert, dass sie in einer Stunde noch einmal wiederkommt.

»Luisa, was ist mit dir los?«

»Ben?«

»Ich bin gleich losgeradelt, als ich deine SMS bekommen habe, aber du warst nicht mehr da. Nur dein Fahrrad lag da rum. Geht's dir gut?«

»*Du* hast meine SMS bekommen?«

»Was macht dein Kopf? Kann ich was für dich tun?«

»Warte kurz«, sage ich leise. »Ich rufe dich gleich zurück.«

Nachdem ich aufgelegt habe, checke ich mein Telefon. Halb blind, wie ich war, bin ich in der Adressliste tatsächlich von Björn auf Ben gerutscht. Björn hat also keine Ahnung, wo ich bin und was mit mir los ist.

Ich schaue auf die Uhr. Seit ich die Wohnung im Streit verlassen habe, sind sieben Stunden vergangen. In dieser Zeit hat Julia eine SMS geschickt, eine kam von Sally, vier Mal hat Ben versucht mich zu erreichen.

Von Björn NICHTS.

Jetzt kapiere ich, wie heftig ich ihn getroffen habe.

Ich trinke ein paar Schluck Wasser, versuche nachzudenken. Was mir noch immer schwerfällt, auch wenn die reißenden Schmerzen nachgelassen haben und einem dumpfen Brummen gewichen sind.

Dann wähle ich. Die aufwallende Panik, als nur seine Mailbox rangeht, unterdrücke ich.

»Björn, ich bin's«, sage ich so fest wie möglich. »Ich bin im Hafenkrankenhaus. Es tut mir leid, dass ich weggelaufen bin. Ich habe Migräne. In einer Stunde darf ich nach Hause gehen. Ich möchte zu dir. Bitte! Kannst du ... würdest du mich abholen?«

In diesem Moment beginnt die längste Stunde meines Lebens.

♂

Linda und ich sind an die Elbe gefahren. Schweigend wandern wir den Hang hinunter, dort, wo ich als Junge meine ersten halsbrecherischen Fahrten mit dem Mountainbike gemacht habe. Wir rasten auf der Bank meiner Kindheit und sehen den Schiffen zu. Ich fühle mich müde, endlos müde und ein wenig verzagt. Linda zieht mich zu sich heran, und ich lege mich neben sie und bette den Kopf in ihrem Schoß. Linda betrachtet nachdenklich meine Tränen, dann wischt sie sie vorsichtig ab und streichelt mein Haar. »Wenn dein Herz das sagt, dann musst du das machen. Guck mal, die Firma, dein Großvater, dein Vater, die vielen Jahrzehnte der Arbeit und des Aufbaus. Die ganzen Leute, die dort arbeiten und dich brauchen. Das ist doch auch eine Frage der Ehre, findest du nicht?«

Ja, das finde ich auch.

Es ist ein bisschen seltsam. In Lindas Schoß fühle ich mich geborgen, viel geborgener als im Schoß von Luisa, bei der ich niemals ganz sicher weiß, ob sie mich im nächsten Moment noch lieben oder ob sie gleich wieder einen Anfall aufgeregter Weiblichkeit bekommen wird.

Ich rechne Linda hoch an, dass sie zwei Stunden auf der Bank sitzt und meinen Kopf streichelt. Und dass sie nicht versucht, mich zu küssen oder mich ins Bett zu bekommen.

Dann fahre ich sie schweigend zum Flughafen. Das Geld für ihr Ticket muss ich Linda mit sanfter Gewalt aufdrängen. Ich gehe auf die Aussichtsterrasse und sehe zu, wie ihr Flieger abhebt.

Fliegt da gerade die falsche Frau von mir weg?

Ich schüttele den Kopf und vertreibe diesen grimmigen Gedanken.

Als ich ins Auto steige, weiß ich wieder, wer ich bin.

Denn ich bin Björn Bengt Becker, der Sohn von Seeoffizier Lars Becker, der der Sohn von Erik Becker war, Major der Artillerie, der der Sohn von Kaufmann Gustav Becker war, der eine Ahnenreihe hat, die sich in Hamburg und in Stockholm bis weit ins 18. Jahrhundert zurückverfolgen lässt.

Ich bin kein verdammter Missionar, ich muss nicht barfuß durch die Welt pilgern und sie retten und dabei auch noch Grünzeug fressen, auch wenn die Frau, die ich liebe, das möchte.

Ich weiß jetzt wieder, wo ich stehe.

Luisa kann neben mir stehen, wenn sie will.

Wenn nicht, soll sie sich zum Teufel scheren.

In dem Moment, als Björn das Zimmer im Krankenhaus betritt, bin ich so erleichtert, dass mir direkt wieder die Tränen kommen.

»Es tut mir leid!«, hauche ich.

Björn sieht mich an und schweigt. Ich hoffe, es liegt allein daran, dass gerade meine behandelnde Ärztin ins Zimmer kommt. Sie und Björn begrüßen sich. Ich sehe, dass sie ihn erkennt.

»Geht es besser?«, fragt sie mich.

Ich nicke. »Kann ich jetzt nach Hause?« Ich möchte mich in Björns Arme schmiegen. So schnell es geht.

»Ich gebe Ihnen ein Rezept für stärkere Medikamente und die Kontaktdaten von unserer Schmerzambulanz mit«, sagt sie, während sie sich am Tropf zu schaffen macht, dann vorsichtig die Kanüle aus meiner Hand zieht und ein Pflaster auf die kleine Wunde klebt. »Wenn Sie häufiger mit so heftigen Anfällen zu tun haben, empfehle ich Ihnen, die Sprechstunde dort aufzusuchen.«

»Danke«, sage ich mechanisch. Ich will einfach nur raus hier.

Die Ärztin lässt mich noch ein Papier unterzeichnen, dann geht sie.

Ich strecke meine Hand nach Björn aus.

»Verzeihst du mir?«, frage ich und versuche gar nicht erst, die ständig tropfenden Tränen zurückzuhalten.

Er reicht mir ein Taschentuch. Ich greife nach seiner Hand, als wir die Klinik verlassen.

Nur ein paar Minuten später bin ich da, wo ich sein will –

auf unserer Insel, der großen Couch in seinem Wohnzimmer. Meinen Kopf habe ich an seine Brust gelehnt. Er legt einen Arm um mich. Wir sehen schweigend aus dem Fenster.

»Ich hab alles falsch gemacht, nicht wahr?«, frage ich leise.

»Du sollst dich noch ausruhen«, weicht er mir aus.

Die Angst greift nach mir. Er ist so schrecklich schweigsam. Was, wenn ich alles zerstört habe? In diesem Moment bereue ich jede Sekunde, in der ich ihn angezickt habe. Ich verfluche es, dass ich immer wieder einfach abgehauen bin, wenn mir etwas nicht passte. Ich schäme mich, dass ich ihn angeschwindelt habe und dass ich nicht glücklich war, als er im Verlag unsere Liebe öffentlich gemacht hat.

Ich will ihm das alles sagen. Ich will ihm sagen, dass es nicht an meiner mangelnden Liebe liegt, dass ich so schwierig bin. Doch ich spüre, dass meine Worte jetzt nichts nützen würden.

Björns Blick ist aus dem Fenster gerichtet, doch ich bin sicher, dass er gar nichts sieht. Nicht die Schiffe, auf denen bunte Lichterketten flimmern; nicht die Wolken, die über den Himmel ziehen, und die Sonne, die sich in dramatisch leuchtenden Farben vom Tag verabschiedet. Und schon gar nicht sieht er mich – seine Freundin Luisa, die sich zitternd und voller Angst in seine Arme verkrochen hat.

»Wollen wir schlafen gehen?«, frage ich.

»Bist du müde?«

Ich nicke. »Kommst du mit?«

»Später«, antwortet er. »Ich hol dir noch deine neuen Medikamente aus der Apotheke.« Dann schaut er schon wieder aus dem Fenster.

♂

Luisa ist wieder da.

Die ersten Tage sind schwierig und schweigsam.

Zum ersten Mal verbringen wir eine gemeinsame Nacht, ohne miteinander zu schlafen.

Sie hat eingelenkt. Aber der Streit steht noch zwischen uns.

Zum ersten Mal frage ich mich, ob sie wirklich die Frau ist, die mein Leben lebenswert machen wird, oder ob das immer so weitergehen wird, ob sie mich bekehren wird, ummodeln, verbiegen, bis ich nicht mehr der Mann bin, der ich sein will.

Ich rede mit Bernhard darüber.

Er hat keine Antworten für mich.

Er versteht nicht einmal die Fragen.

Marlene ist nicht so. Marlene stand zu ihm, steht zu ihm und wird immer zu ihm stehen. In Bernhards Welt herrscht Frieden, so lange wie ich denken kann.

Ich betrinke mich mit Tom, der zweifelnd den Kopf schüttelt und meint, vielleicht müsste ich einfach mal wieder mit einer anderen Frau ins Bett, und fragt, wie es Linda eigentlich geht.

Am meisten kann ich mit den Antworten von Magnus anfangen, der vielleicht mein Schwiegervater werden wird.

»Natürlich musst du das machen, Junge!«, sagt er zu mir. »Guck dir eure Auflage an. Und alle anderen Auflagen auch. Guck nach Amerika, da kauft ein verdammter Emporkömmling das ganze Wallstreet-Journal, als wäre es ein Fußballclub. Journalismus ist ein sterbendes Geschäft, Immobilien nicht. Lesen, das können die Leute im Internet. Aber wohnen können sie nicht in ihren verdammten Computern. Immobilien waren die Vergangenheit, sie sind die Gegenwart und sie sind die Zukunft. Und wenn Luisa jetzt querschießt, dann ist das bloß ihr Temperament. Hab ich dir erzählt, dass ich sie mal zwei Monate im Haus einschließen musste, weil sie rebelliert hat? Hat sie von ihrer Mutter. Frauen mit Temperament sind wundervoll, aber auch ein bisschen anstrengend. Aber das Anstrengende legt sich mit den Jahren, glaub es mir. Mit Kathrin war es genauso. Und sie ist mir eine gute Frau geworden und Luisa eine gute Mutter. Guck sie dir doch an, die beiden.«

Wir sitzen auf der Terrasse der Steins und sehen in den blühenden Garten.

Luisa schreitet mit ihrer Mutter die Rosenbüsche ab, die Schere klackt bis hierher, wenn sie welke Blüten abschneiden.

Die beiden reden, sie gestikulieren, sie bleiben stehen, sie laufen weiter.

Ich sehe Luisa vor mir, im großen Garten am Elbhang, der bald unser Garten sein wird, ich sehe unsere blonden Kinder, und ich bin ganz sicher, dass sie ihnen eine gute Mutter sein wird.

Und zum ersten Mal seit langer Zeit wogt wieder die alte Zärtlichkeit durch mein Herz.

Ja, ich will Luisa.

Auch wenn sie so ist, wie sie ist.

Vielleicht definiert sich so ja Liebe.

Einen Menschen zu wollen, wie er ist, obwohl er alles andere als perfekt ist.

♀

Mamas Wohnung ist winzig. 60 Quadratmeter, halb so groß wie Björns Wohnzimmer.

»Jetzt hast du es gemacht«, sage ich, als ich ihr kleines Reich in Augenschein nehme.

»Hab ich.«

»Und?«

»Es fühlt sich seltsam an. Als hätte ich mir für die Freiheit einen Arm oder ein Bein abhacken müssen.«

»Als ich euch neulich zusammen gesehen habe, da dachte ich, es könnte noch alles gut werden. Als du mit dem Rosenstrauß aus dem Garten gekommen bist, da hat er dich so angesehen. So besonders.« Ich schlucke. »Mama, meinst du nicht, dass Papa dich noch liebt?«

Sie streicht mir übers Haar, so wie sie es früher immer getan hat.

»Es ist alles gut, Luisa!«

»So wie es jetzt ist? Mit nur einem Bein?«

Sie nickt. »Mit nur einem Bein.«

»Mir ist so zum Heulen.«

Meine Mutter gießt uns Tee ein und schiebt mir eine große Dose Kekse über den Tisch. »Papa hat Björn gerade Fotos gezeigt, als wir aus dem Garten kamen, weißt du noch?«

»Ja, klar«, antworte ich. »Und ihm voller Stolz Anekdoten aus meinem Leben erzählt, die ich eigentlich lieber verschwiegen hätte.«

»Das ist Magnus, wie er leibt und lebt«, sagt Mama ohne jede Bitterkeit in der Stimme. Mir läuft es kalt den Rücken runter, als ich begreife, dass genau diese Emotionslosigkeit ein

Indiz dafür ist, wie ernst sie es meint. Sie wird nie mehr zu Papa zurückgehen. Sie hat alle Gefühlsstürme hinter sich. Umso endgültiger ist ihre Entscheidung. »Er meint es gut. Er weiß immer, was zu tun ist, wie etwas geht und was das Beste ist.«

»Das kannst du laut sagen.«

»Weißt du noch, vor ein paar Jahren? Wir waren am Roten Meer. Papa wollte uns unbedingt einen Tauchkurs spendieren, damit wir uns nicht langweilen, während er Golf spielt.«

»Wir hatten keine Lust«, erinnere ich mich. »Ich wollte faul in der Sonne liegen und ungefähr dreihundert Bücher lesen, und du wolltest zeichnen.«

Sie rührt langsam einen Löffel Zucker in ihren Tee.

»Und wie ging's weiter? Weißt du das noch?«, fragt sie.

»Na klar! Ich hab mich in meinem Zimmer verbarrikadiert. Du hast den Tauchkurs gemacht.«

»Er hat nicht lockergelassen, bis ich nachgegeben habe. Die Unterwasserwelt war wirklich atemberaubend schön. So still und friedvoll, dass ich am liebsten nicht wieder aufgetaucht wäre. Aber ich vermute, auch da hätte Papa mir einen Strich durch die Rechnung gemacht. Weißt du, dein Vater ist wie ein Regisseur. Er besitzt ein Drehbuch für unser Leben, und so, wie es da steht, so inszeniert er es. Er ist ein Meister seines Fachs, aber ich ...« Sie hält einen Moment inne. »Ich will nicht länger eine Schauspielerin sein.«

»Ach, Mama.«

»Pass auf dich auf, ja?«, sagt sie, als wir uns eine Stunde später verabschieden.

»Versprochen«, antworte ich und drücke sie ganz fest an mich.

Als ich gerade aufs Fahrrad steigen will, klingelt mein Handy.

Es ist Ben. Mir fällt siedend heiß ein, dass ich mich nicht bei ihm bedankt habe, nachdem wir im Krankenhaus miteinander telefoniert hatten. Ben hat mein verwaistes Fahrrad mit zu sich genommen und mir ein paar Tage später vor den Verlag gestellt.

»Ben!«, sage ich ein wenig atemlos. »Entschuldige, dass ich mich nicht gemeldet habe!«

»Kein Thema. Ist dein Fahrrad angekommen?«

»Ja, ich sitz gerade drauf. Der Pförtner hat mich angerufen und mir den Schlüssel gegeben. Warum hast du nicht Bescheid gesagt? Ich wär doch runtergekommen!«

»Nee, lass mal, du musstest doch arbeiten.«

»Ich bring dir dein Schloss demnächst zurück, ja?«

»Wenn du Zeit hast.« Er räuspert sich. »Ich feiere heute Geburtstag. Nicht auf der Reeperbahn, keine Angst, nur ein paar Freunde hier bei mir zu Hause. Magst du vorbeikommen?«

Ich werfe einen Blick auf die Uhr. Björn wird erst in ein paar Stunden aus Berlin zurückkommen. Wenn ich Bens Einladung nach allem, was er für mich getan hat, ablehne, wird er mich für undankbar halten. Außerdem war ich lange nicht auf einer Party, bei der ich in Jeans erscheinen, auf dem Fußboden hocken und reden konnte, wie mir der Schnabel gewachsen ist.

»Okay!«

»Du kommst? Echt jetzt?«

Ich muss über sein Erstaunen lachen. »Aber nur eine Stunde.«

»Ich geh auf eine Geburtstagsfeier«, spreche ich auf Björns Mailbox. »Wenn du zurückkommst, bin ich zu Hause. Ich küss dich!«

In Bens kleiner Wohnung liegt ein angenehm würziger Duft in der Luft.

Er umarmt mich stürmisch. Ich küsse ihn auf die Wange und reiche ihm zwei Flaschen Rotwein, die ich unterwegs gekauft habe. »Happy birthday«, sage ich. »Und danke noch mal, dass du mein Fahrrad gerettet hast!«

»Nichts zu danken«, erwidert er. »Viel lieber hätte ich *dich* gerettet! Jetzt komm rein! Es gibt Käsefondue. Wir wollen gerade anfangen.«

In seinem Wohnzimmer hocken an die zwanzig Leute auf dem Boden und begrüßen mich freundlich.

»Das ist Luisa«, ruft Ben in die Runde. »Meine Traumfrau übrigens.«

Ich knuffe ihn in die Seite. »Hey, lass das!« Ich spüre, dass ich rot anlaufe, aber viel Gelegenheit für peinliche Gefühle bleibt mir nicht, denn im Nu werde ich gebeten, Platz zu nehmen, und von mehreren Leuten in ein Gespräch verwickelt. Wir quatschen und lachen den ganzen Abend. Bens Freunde sind allesamt sehr nett.

»Mein Vater ist Schweizer«, erzählt er, als wir die leergegessenen Fonduetöpfe abräumen. »Als er meine Mutter heiraten wollte, hat er sie zum Fondue eingeladen und ihren Ring im Käse versteckt.«

Alle lachen.

»Und hat sie ihn verschluckt?«

»Beinahe. Dann hat sie ihn ausgespuckt, abgewischt und ja gesagt.«

»Boah, romantisch«, sagt eines der Mädchen.

Kurze Zeit später verabschiede ich mich. Als ich nach Hause fahre, denke ich über den Ring im Käse nach. Was für eine süße Aktion! Wie hat Papa eigentlich Mama gefragt? Auch wenn das jetzt keine Rolle mehr spielt, ich werde demnächst einmal nachhaken.

Und Björn? Wird er mich eines Tages fragen?

Vielleicht, wenn wir wieder zusammen im Urlaub sind?

Irgendwo unter dem Sternenhimmel – der Mond ist unser

Zeuge, die Sterne unsere Ringe und der Himmel die Decke, unter die wir uns legen, um uns stundenlang zu lieben.

Nachdem ich »JA« gesagt habe.

Das wäre wunderschön.

Als Björn kurz vor Mitternacht nach Hause kommt, erwarte ich ihn im Bett.

»Ich liebe dich so!«, sage ich. »Und ich will nie wieder ohne dich sein!«

♂

Ich habe Luisa nicht gesagt, was wir vorhaben. Ich hab ihr gesagt, sie soll warme Klamotten einpacken. Dann habe ich sie in aller Herrgottsfrühe in den Käfer gezerrt und bin losgefahren. Unser Ziel liegt nördlich von Hamburg, der Flugplatz Hartenholm. Sie hat mindestens acht Mal gefragt, was das werden soll, aber ich habe eisern geschwiegen. Jetzt laufe ich mit ihr Hand in Hand über die Wiese und auf den Ballon zu, der startbereit auf uns wartet und nur noch von Pflöcken am Boden gehalten wird. Unser Ballonführer heißt Heinz, und er grient mich an, schließlich haben wir vorgestern alle Details ausführlich besprochen. Doch Luisa bockt wie ein Pferd. »Da kriegst du mich niemals rein, NIEMALS!«

Ich greife sie mir, nehme sie auf den Arm. Und dann küsse ich sie. »Wenn du hierbleibst, wirst du etwas sehr Wichtiges verpassen«, sage ich. Sie schließt die Augen, klammert sich an mich, und ich hebe sie in den Korb. Luisa ist ziemlich blass um die Nase, als Heinz den Brenner aufdreht und sein Gehilfe die Seile loswirft. Ich halte sie ganz, ganz fest und flüstere ihr ins Ohr: »Vertrau mir, bitte!«

Der Brenner faucht wie ein Gepard, der Ballon steigt, ich hab keine Ahnung, wie hoch wir sind, als Heinz ihn abstellt und die ganze Szenerie in Stille versinkt.

Wir schweben über die Autobahn, über das Städtchen Bad Bramstedt hinweg, unter uns breiten sich Felder und Wiesen aus, ich merke, wie Luisa sich langsam entspannt und sich an mich schmiegt. Ich flüstere ihr ins Ohr: »Ich liebe dich, Baby«, und es ist so schön, wie es vor ein paar Monaten war, auf dem Vordeck unseres Seglers.

Doch dann wird die Stille durch ein leises Knattern gestört.

Ein Sportflieger hält auf uns zu. Ein komisches kleines Ding mit seltsamen Paketen am Fahrgestell. Er umkreist uns einmal, zweimal, dann knattert er an uns vorbei und in Flugrichtung voraus. Plötzlich steigt das Ding nach oben, und aus dem einen Bein des Fahrgestells quillt weißer Rauch. Luisa zuckt zusammen und haucht: »O Gott, da ist der Motor kaputt!« Doch die Maschine steigt und steigt, setzt zum Looping an und vollendet den Kreis exakt dort, wo sie angefangen hat, und der Rauch hört auf.

Etwa fünfhundert Meter vor uns hängt ein riesiger Ring in der Luft. Die Maschine wendet, jetzt fliegt sie durch den Ring hindurch, erneut quillt Rauch aus dem Fahrgestell, diesmal zieht der Flieger eine weite, waagerechte Kurve, bis er wieder am Ausgangspunkt ist.

Vor uns hängen zwei weiße, ineinander verflochtene Ringe in der Luft, einer senkrecht, einer waagerecht, auf die unser Ballon langsam zuschwebt. Der Flieger wackelt mit den Tragflächen und verschwindet unter uns, er hat seinen Job getan. Heinz verzieht sich auf die Rückseite des Korbes und grient. Er weiß schließlich, was kommt.

Ich küsse Luisa auf den Hals. Dann sage ich: »Liebling, größere Ringe habe ich nicht auftreiben können.«

Sie sieht mich fassungslos an. Und ich frage: »Luisa Stein, willst du mich heiraten? Du bist die Frau meines Lebens, und du würdest mich zum glücklichsten Mann dieses Universums machen, wenn du ja sagst.«

Dann lasse ich sie los, halte ihre Hände, trete einen Schritt zurück und grinse sie an.

»Liebling, jetzt kommt dein Part«, sage ich aufmunternd.

Luisa sieht mich an.

Sie sieht zu Boden.

Dann sieht sie wieder mich an.

Hinter mir zappelt Heinz, der endlich den Champagner aus dem Rucksack holen will.

Aber Luisa sagt nichts, und ich merke, wie mir plötzlich ganz flau wird im Magen.

♀

»Der Heiratsantrag.«

Drehbuch und Regie: Björn Bengt Becker

Szene 1 – im Schlafzimmer, Björn und Luisa

»Aufwachen, Schlafmütze!«

»Björn? Was ist los? Es ist total finster draußen.«

Er schmiegt sich an sie. »Komm schon«, fordert er.

»Wir haben doch die ganze Nacht ...«, sagt sie gähnend und schiebt ihn weg. »Ich bin noch müde.«

»Du sollst *aufstehen*, Baby!«

»Ich will nicht. Wir müssen doch gar nicht zur Arbeit.«

Björn nimmt Luisa die Decke weg. Sie tappt unwillig ins Bad.

Szene 2 – im Käfer, eine Landstraße außerhalb von Hamburg, Morgendämmerung, Björn und Luisa

Luisa gähnt. Sie friert sichtlich. Dann guckt sie Björn von der Seite an.

»Sag jetzt, was hast du vor?«

»Wirst du schon sehen.«

»Kannst du an der Tankstelle halten? Ich brauch einen Kaffee.«

Wortlos fährt Björn an der Tankstelle vorbei. Luisa sieht aus dem Fenster.

»Jetzt sag doch ...«

Er grinst nur.

Szene 3 – Flugplatz Hartenholm, Sonnenaufgang

Björn, Luisa, Heinz

Björn nimmt Luisa an die Hand und führt sie zu einem Heißluftballon. Luisa starrt mit weit aufgerissenen Augen den Ballon an. »Das ist nicht dein Ernst!«, stöhnt sie.

Sie fällt ein paar Schritte hinter Björn zurück. Man sieht, dass er sie ziehen muss.

»Moin«, sagt Heinz mit knarziger Stimme.

Björn und er schütteln sich die Hände und sehen sehr komplizenhaft aus. Luisa verschränkt die Arme vor der Brust.

»Bitte, die Dame!«, lacht Heinz.

Luisa schaut Björn völlig überrumpelt an.

»Da kriegst du mich nicht rein. NIEMALS!«

Luisa erweckt den Anschein, als würde sie gleich über die Wiese davonlaufen wollen. Heinz steigt in den Korb und macht eine einladende Handbewegung.

Björn hebt Luisa hoch. Er wirkt vollkommen unbeirrt von Luisas Trotz und küsst sie zärtlich.

»Wenn du hierbleibst, wirst du etwas sehr Wichtiges verpassen«, sagt er liebevoll.

Luisa ist nicht wohl bei der Sache, doch sie gibt nach und lässt sich von Björn in den Korb heben. Er setzt ihr mit einem sportlichen Satz nach.

Heinz, gemütlich und rotgesichtig, nimmt einen Schluck aus dem Flachmann und bietet die kleine Flasche zwinkernd Luisa an. Die schüttelt entsetzt den Kopf und klammert sich an Björn, als der Ballon zu steigen beginnt. Björn sieht glücklich aus, als er Luisa mit seinen Armen umfängt und sie festhält.

»Vertrau mir bitte!«, sagt er leise.

Szene 4 – Heißluftballon

Björn, Luisa, Heinz

Luisa sieht ein wenig gelassener aus. Sie schaut neugierig nach unten, hält jedoch engen Körperkontakt zu Björn.

»Ich liebe dich, Baby«, sagt er leise.

Der Ballon gleitet leise über die Landschaft. Heinz trinkt einen weiteren Schluck aus seinem Flachmann.

Luisa öffnet den Mund, um zu antworten, da stört ein knatterndes Geräusch die Stille. Alle drei Personen im Ballon schauen nach oben.

»O Gott, da ist der Motor kaputt«, sagt Luisa und schlägt sich entsetzt die Hand vor den Mund, als sie sieht, dass dicker weißer Rauch aus der Maschine quillt.

Gebannt verfolgen sie, wie das kleine Flugzeug eine Schleife fliegt und dann noch eine, so dass am Himmel zwei ineinanderfließende Ringe zu sehen sind.

»Liebling, größere Ringe habe ich leider nicht auftreiben können.«

Heinz zieht sich so weit zurück, wie der Korb es zulässt, während er beobachtet, wie Björn Luisa zärtlich auf den Hals küsst und sie dann fragt: »Luisa Stein, möchtest du mich heiraten?«

Luisa macht sich ganz steif. Björn hält ihre Hände. Sie stehen einander gegenüber und sehen sich an.

»Liebling, jetzt kommt dein Part«, muntert Björn sie auf.

Luisa schaut auf den Boden des Korbes.

»Mann, Mann, Mann«, knurrt Heinz fast unhörbar.

Als sie wieder aufschaut, schweigt Luisa noch immer ...

»Cut! Cut!« Der Regisseur schaut Luisa wütend an. »Verdammt, wo ist dein Text, Mädchen?«

...

Während Björn und ich schweigend zurück in die Stadt fahren, laufen die vergangenen zwei Stunden wie ein Film vor mir ab. Immer und immer wieder.

Natürlich wusste ich, wie mein Text in Björns Drehbuch gelautet hätte.

Zwei Buchstaben. Ein kleines, verdammt großes Wort aus zwei Buchstaben.

Ich kannte das Wort und ich hatte meine Rolle in dem Drehbuch durchaus verstanden, doch ich konnte sie nicht spielen.

Nicht so. Ich wollte noch niemals im Leben Schauspielerin sein. Ich wäre lausig in dem Job. Keinerlei Begabung! Warum sollte ich ausgerechnet zu schauspielern anfangen, wenn es um die Liebe meines Lebens geht?

Natürlich will ich Björn heiraten. Ich werde bei nächster Gelegenheit seinen Antrag annehmen, aber den Zeitpunkt dafür möchte ich selbst bestimmen.

»Mama ist nicht mehr bei Papa«, sage ich, kurz bevor Björn den Käfer in die Tiefgarage lenkt. »Sie hat ihn vor zwei Tagen verlassen.«

Das ist keine Erklärung für mein Verhalten, ich weiß. Ich hoffe, Björn versteht mich trotzdem.

♂

Mein Abschied vom *Monday* wird unkomplizierter, als ich gedacht habe.

Mein Vertrag läuft noch eineinhalb Jahre, aber als ich dem Vorstand erkläre, dass ich die Firma meines sterbenden Vaters übernehmen muss, erklären sie sich murrend bereit, ihn vorzeitig aufzulösen. Bis Mai werde ich noch bleiben und Tom als meinen Nachfolger einarbeiten. Einen besseren Mann hätten sie nicht finden können.

Für Luisa ist das auch gut. Jetzt kann sie ihren Weg machen, ohne dass alle heimlich über die bald anstehenden Beförderungen meckern.

Bernhard empfängt mich mit offenen Armen. »Ich weiß 'ne Menge über Verwaltung und Immobilien«, sagt er. »Aber gelebt haben wir von Papas Beziehungen in alle Ecken der Hamburger Wirtschaft hinein. Und von seinem Instinkt. Du hast jede Menge Kontakte in die Politik. Wenn du auch seinen Riecher geerbt hast, werden wir ein Dreamteam.«

Ich gewöhne mir an, vorm Dienstantritt beim *Monday* eine Stunde in der Firma reinzuschauen und mich mit den Projekten vertraut zu machen. Die Firma ist grundsolide. Neben den etwa 500 Wohnungen, die Bernhard und ich erben werden, verwaltet sie 20000 Mietwohnungen überall in der Stadt, plant Einkaufszentren, Neubaugebiete und Bürohäuser.

Nicht ganz schlau werde ich aus einem großen schwarzen Ordner, den Papa in seinem Schreibtisch hat. Grundstückskaufverträge, Optionen auf Grundstückserwerb, das ganze Ding wiegt schlappe sechs Millionen, und kein Cent davon ist über eine Bank finanziert.

Die Flächen sind überall im Westen von Hamburg verstreut, einige liegen mitten in der Pampa, die meisten konzentrieren sich auf gänzlich menschenleeres Gebiet zwischen Hamburg und Glückstadt, sogar eine Option auf mehrere Hektar stillgelegte Hafenflächen auf der Südseite der Elbe finde ich, alles derart weitab vom Schuss, dass es geradezu lächerlich und im Prinzip völlig wertlos ist.

Selbst Bernhard weiß nicht, worauf der Alte damit hinauswill, denn bis das alles mal als Bauland ausgewiesen wird, werden noch Jahrzehnte vergehen. »Papa hat sich nie in die Karten gucken lassen«, sagt Bernhard. »Aber das macht er schon seit Jahren so. Irgendwann kommt er, wirft seinen Hut pfeifend auf den Garderobenständer und schmeißt ein paar Pläne auf den Tisch, und die sind dann pures Gold wert.«

Ich komme mir vor wie ein Lehrling in seiner ersten Ausbildungswoche.

Ich fahre jeden Abend noch auf zwei Stunden zu Papa hinaus und höre ihm zu, wenn er mir das kleine Abc des Immobilienhandels erläutert.

»Was zum Teufel willst du mit Hafenflächen?«, frage ich ihn.

Er guckt mich an wie einen Grundschüler. »Hätte gedacht, du strengst mal deinen Kopf an.«

Dann lacht er. »Davon ist kein Euro finanziert. Alles mit pechschwarzem Geld bezahlt und abgeschrieben. Risikokapital, aber ohne Risiko.«

Ich hake nach. »Aber was zum Teufel willst du mit dem Zeug?«

»Schon mal gehört, dass der Elbtunnel keine zehn Jahre mehr ausreichen wird? Spätestens dann brauchen sie die Elbquerung westlich von Blankenese.«

Er kramt eine große, mit Reißzwecken und Fäden gespickte Karte von Schleswig-Holstein und Niedersachsen hervor, entrollt sie am Wandständer, und ich beginne zu ahnen, worauf das hinausläuft, denn es gibt eine Menge Fäden, die über unsere schwarz markierten Flächen laufen.

»Da«, sagt er. »Die neue Autobahn. Rostock, Lübeck, von dort runter nach Itzehoe und dann den ganzen Verkehr wieder zurück nach Hamburg und mitten durch die verstopfte City? Völliger Blödsinn. Die Elbquerung wird kommen, das ist so sicher wie das Amen in der Kirche. Nicht heute, nicht morgen, vielleicht in zehn oder fünfzehn Jahren. Und ich habe eine Menge geologischer Gutachten gesehen. Gibt drei Orte, wo sie unter der Elbe durch können. Für alle drei müssen sie durch unser Land.«

»Und was, wenn nicht?«, frage ich.

»Dann schlägst du das Zeug mit Verlusten wieder los. Wenn überhaupt. Die Sachen im Norden haben Anschluss an die benachbarten Gemeinden. Können irgendwann Bauland werden, wenn man sich ein bisschen hinter die Lokalpolitik klemmt. Das Gebiet südlich der Elbe kannst du dann natürlich vergessen. Deshalb hab ich's nicht gekauft, sondern nur eine Kaufoption gesichert.«

»Wie viele solcher Deals sind dir schon geplatzt, und wie viel Geld hast du damit versenkt?«

Der Alte sieht zur Elbe rüber.

»In den letzten zwanzig Jahren? Gut zwei Dutzend. Kostet dann ein paar Millionen. Aber neun von den Projekten hab ich durchgebracht. Sie haben die Firma groß gemacht. Weißt du, wo ich das gelernt habe? Im Kongo. So ein Krokodil liegt den ganzen Tag reglos im Schlamm und wartet. Wenn es an der richtigen Stelle liegt und nur geduldig genug ist, kommt irgendwann eine Antilope vorbei. Und glaub mir, wir liegen genau an der richtigen Stelle.«

Manchmal nehme ich Luisa mit zu Papa, und allein ihre Gegenwart scheint aus dem alten Gemäuer ein lebendes Haus zu machen. Manchmal glaube ich, Papa ist genauso verliebt in sie wie ich. Und einmal raunt er mir zu: »Hast du ihr schon einen Antrag gemacht?«

Ich schüttele den Kopf.

Dass sie ihn nicht angenommen hat, diese Nachricht erspare ich ihm lieber.

»Wie bitte? Verstehe ich das richtig? Björn Bengt Becker hat dir einen Heiratsantrag gemacht, und du hast nein gesagt?«

»Psst«, mache ich und lege den Finger an die Lippen. Ich bin in Sallys Friseursalon. Sie frottiert mir gerade die frisch gewaschenen Haare und schaut mich im Spiegel völlig fassungslos an.

»Schrei nicht so!«

Die Frau auf dem Platz neben mir starrt unverhohlen zu uns rüber.

»Ich habe gar nicht nein gesagt!«, flüstere ich.

»Hä?«

»Aber ich habe auch nicht ja gesagt, jedenfalls noch nicht gleich.«

»Wieso denn nicht?« Sally legt das Handtuch weg und zerrt einen Kamm durch mein Haar, als wollte sie es ausreißen.

»Verstehst du nicht? Ich konnte das nicht. Dieser ganze Morgen, aufstehen, anziehen, Ballon fliegen ... das war in meinen Augen so dermaßen aufgesetzt, so übertrieben.«

»Ich finde so eine Ballonfahrt total romantisch!«

»Und ich hatte einfach nur Angst«, sage ich. »Und war total überfordert mit der Situation. Manchmal ist mir das, was Björn macht, einfach eine Nummer zu groß.«

Sally ist nicht umzustimmen. »Das zeigt doch nur, wie sehr er dich liebt.«

»Mag sein, mir war's zu viel.«

»Was hattest *du* dir denn vorgestellt?«

»Weiß nicht. Vielleicht einfach einen Blumenstrauß. Oder wenn wir mal wieder verreisen, irgendwo unterm Sternenhimmel. Er hätte ... er hätte den Ring auch vorm Abendessen in einem Käse verstecken können, das alles wäre viel schöner gewesen.«

»In einem ... Käse?« Sally schaut mich an, als hätte ich sie alle nicht ganz beisammen. »Du hast einen Knall, Süße!«

Im Salon ist es verdächtig ruhig.

»Ein Ballonflug mit Heiratsantrag über den Wolken ist doch Wahnsinn!«, fährt Sally unbeirrt fort. Dann schüttelt sie den Kopf. »Ein *Käse?* Echt jetzt ...«

»Versteh doch endlich, das war kein bisschen romantisch«, widerspreche ich. »Romantik ist, wenn zwei gemeinsam in diese Stimmung kommen, wenn sich so ein Moment ergibt. Das geht doch nicht auf Knopfdruck und schon gar nicht, wenn sich die zukünftige Braut vor Angst fast in die Hosen pinkelt.«

»Du, Süße, hast immer was zu mäkeln, weißt du das? Und Björn? Hast du mal an den gedacht? Der hängt doch jetzt total durch.«

Ich schüttele den Kopf. »Nein, das tut er nicht. Der arbeitet rund um die Uhr, steht schon um fünf Uhr morgens auf, um in die Firma seines Vaters zu fahren, dann in die Redaktion, Termine außerhalb von Hamburg. Wir sehen uns kaum, und wenn, dann ist er ganz normal zu mir.«

»Meine Oma hat immer gesagt, ein Krug geht so lange zum Brunnen, bis er bricht.«

»Und?«

»Wie oft willst du ihn eigentlich noch vor den Kopf stoßen?«

»Gar nicht«, sage ich leise. »Gar nicht mehr. Aber er soll's mit mir auch nicht machen!«

»Papa Becker, möchtest du noch einen Tee?«

Ich habe mich mit Björn bei seinem Vater zum Abendessen verabredet.

Björns Flugzeug aus Frankfurt hat Verspätung, so dass ich dem alten Herrn erst einmal alleine Gesellschaft leisten muss. Erika, seine Frau, ist verreist, und die alte Haushälterin hat sich, nachdem sie das Abendessen vorbereitet hat, in den Feierabend verabschiedet.

»Fang du nicht auch noch an«, knarzt der Angesprochene. »Tee, nichts als Tee den ganzen Tag. Einen Cognac kannst du mir bringen, Kindchen.«

»Aber ...«

»Komm schon, meinst du, der bringt mich um? Und selbst wenn, das macht doch jetzt auch keinen großen Unterschied mehr.«

Ich bewundere, wie tapfer der alte Herr seinem nahenden Ende entgegensieht. »Ich hole eine Flasche.«

»Na, siehst du«, sagt er grinsend. »Für dich auch ein Glas, Kleines!«

Normalerweise mag ich Schnäpse nicht, aber heute kann ich einen vertragen und mache deshalb eine Ausnahme.

Fast zwei Monate sind seit Björns Heiratsantrag vergangen, und ich lasse ihn noch immer auf meine Antwort warten. Ich will Björn heiraten, natürlich. Schon seit jenem Abend in Thailand bin ich mir sicher, dass ich das will. Doch unterdessen ist so viel Zeit vergangen, dass ich nicht mehr weiß, wie ich es anstellen soll.

Bezug nehmend auf deine Frage von vor acht Wochen ... Großer Gott!

Ich stürze ein Glas von dem Cognac herunter und schüttele mich. Björns Vater sieht mich von der Seite an und lacht.

»Dieser Camus hat eine besonders weiche Zedernholznote, findest du nicht?«

»Entschuldige!«, sage ich und schenke mir nach. »Ich probier ihn gleich noch mal langsamer.«

»Du hast was auf dem Herzen! Musst dir erst Mut antrinken, was?«

Ich nicke. »Wegen Björn.«

»Hat er dir mal von Frau Becker erzählt?«

»Nein. Wer ist das?«

»Frau Becker war seine Katze. Die war uns zugelaufen – ein altes struppiges Ding, kratzbürstig zu allen, aber bei Björn verwandelte sie sich in ein schnurriges Tierchen. Er hat sie geliebt. Sieben war er damals, hatte kurz vorher seine Mutter verloren.« Der Alte schweigt einen Moment, lässt den Cognac im Glas kreisen, schnuppert daran. »Wenn er aus der Schule kam, hat das Viech schon auf ihn gewartet. Den Rest des Tages waren sie unzertrennlich. Das alte Biest durfte sogar in seinem Bett schlafen.«

»Björn und eine Katze?« Ich versuche mir den kleinen Jungen vorzustellen, der er einmal gewesen ist.

»Eines Tages kam sie nicht wie üblich nach Hause. Er hat gewartet und gewartet und uns alle verrückt gemacht. Die kommt schon, haben wir gesagt. Dann ist er allein losgezogen und hat sie gesucht.«

»Ich hoffe, er hat sie gefunden.«

»Hat er. Vier verdammte Kerle hatten sie in die Mangel genommen. Sie festgebunden und mit Steinen beworfen. Die waren ein paar Jahre älter als er, aber mein Junge hat sich dazwischengeschmissen. Sie haben ihn verprügelt. Blau geschlagen und blutend kam er nach Hause gehumpelt, die alte Kratzbürste auf dem Arm. Sie lebte noch, aber am nächsten Tag mussten wir sie einschläfern lassen. Er hat sich zwei Tage in seinem Zimmer eingeschlossen und geweint, aber als er wieder herauskam, da war er kein Kind mehr. Verstehst du?«

»Das hat er mir nie erzählt.«

»Nein, das erzählt er nicht. Deshalb tu ich's. Darfst nicht

vergessen, Kleine, mein Björn würde sich totschlagen lassen für die, die er liebt.«

»Ich verstehe«, gebe ich leise zurück.

»Ein Wort noch, Luisa!«

»Ja?«

»Da draußen kommt kein besserer Kerl, ich hoffe, du weißt das.«

Den Kloß in meinem Hals spüle ich mit dem zweiten Glas Cognac herunter.

♂

Nach gut zwei Monaten nimmt Luisa meinen Antrag doch noch an.

Es ist sehr, sehr unromantisch.

Wir stehen in der Küche, ich schneide Brot, sie bereitet Salatsoße zu.

Plötzlich dreht sie sich um, hat ein paar Tränen in den Augen und fragt: »Gilt das von neulich noch? Das im Ballon?«

Ich denke eine Weile nach. Vermutlich viel zu lange.

Ich nicke und sage: »Vermutlich ja.«

Dann wendet sie sich wieder ihrer Soße zu.

Ich nehme also an, dass wir heiraten werden.

Das Leben ist ein bisschen merkwürdig geworden.

Ja, ich liebe Luisa. Aber ich bin mir gar nicht mehr so sicher, ob sie das Gleiche für mich empfindet.

Außerordentlich unromantisch ist auch das Gespräch mit Magnus, in dem ich um Luisas Hand anhalte.

Wir rauchen Zigarre.

Er sagt: »Ihr werdet natürlich einen Ehevertrag machen.«

Ich runzele die Stirn.

Magnus piekt mal wieder mit der glimmenden Spitze in Richtung meines Herzens, dann knurrt er: »Du bist ein feiner Kerl, aber ein verdammter Herumtreiber. Ich will, dass sie abgesichert ist.«

Ich sage: »Magnus, sorry, aber ich denke nicht, dass dich das was angeht.«

»Und ob«, erwidert er. »Sie ist meine einzige Tochter. Was wird denn passieren, wenn ihr heiratet? Ihr werdet Kinder machen, sie wird aufhören zu arbeiten, sie wird nach ein paar Jahren nicht wieder in den Job zurückkönnen, weil sie immer noch Berufsanfängerin ist. Und wenn du dann wieder Sperenzchen machst, sitzt sie da.«

So ganz unrecht hat er nicht.

Ich frage widerwillig: »Und was stellst du dir vor, Magnus?«

Er steht auf, zieht seinen mächtigen Schreibtisch auf und kommt mit einem Vertrag zurück.

»Faire Angelegenheit«, sagt er. »Wenn ihr euch scheiden lasst, steht ihr ohne Wenn und Aber eine Million in bar zu, sofort fällig und vollstreckbar. Du verzichtest unwiderruflich auf das Recht der Einrede oder Gegenklage. Eine Million wird dich nicht umbringen. Aber sie wird dir weh tun. Sie wird so weh tun, dass du keine Dummheiten machst. Oder dass du sie heimlich machst, was auch in Ordnung ist. Wir sind alle nur Männer. Ich sag immer, ein Mann kann gern mal für eine Nacht über die Stränge schlagen. Oder für ein paar Wochen. Aber er muss seine Schnauze halten und wissen, für wen er die Verantwortung trägt.«

Ich bin sauer. Sehr, sehr sauer.

Und ich lasse mich, was eigentlich gar nicht meine Art ist, zu einer Antwort hinreißen, die nur darauf zielt, ihm eine in die Fresse zu hauen.

»Magnus, alter Junge. Hätte gerade nach den letzten Wochen nie damit gerechnet, dass ausgerechnet du das Zeug zum Eheberater hast.«

Dann blättere ich den Vertrag durch. Außer der Eins mit den sechs Nullen verstehe ich kein Wort. Ich stecke ihn ein. »Mein Anwalt wird sich das ansehen«, sage ich.

Dann hüllen wir uns wieder schweigend in Tabakwolken.

♀

Die Nachricht über unsere nahende Hochzeit rast durch den Verlag wie ein Lauffeuer. Ich habe alle Mühe, mich zwischen Händeschütteln, Schulterklopfen und Umarmungen auf meine Arbeit zu konzentrieren.

»Schluss jetzt«, sagt Irene lachend, nachdem mich zwei Volontärinnen auf dem Weg zur Kantine abgefangen haben, um mir zu gratulieren und mich ganz nebenbei ein bisschen auszufragen.

»Ich hab eine Idee, wie wir wieder Ruhe in den Hühnerhaufen kriegen. Du gibst in den nächsten Tagen eine Runde für die Mädels aus, danach können sich alle wieder beruhigen.«

Ich nicke nachdenklich. Irene ist ein bisschen wie ihr Chef. Sie vergisst gerne mal das Fragezeichen, wenn sie etwas vorschlägt.

Die Idee ist trotzdem gut. Also schicke ich noch am gleichen Tag eine Rundmail an die weibliche Besatzung der Redaktion und lade sie auf einen Hugo und ein paar Häppchen beim Portugiesen neben dem Verlag ein.

Wir werden ziemlich schnell locker und lustig, was bei mir weniger daran liegt, dass ich viel Alkohol trinke – tatsächlich halte ich mich den ganzen Abend an nur einem Glas fest –, sondern daran, dass ich mich so unendlich erleichtert fühle. Ein paar turbulente Monate liegen hinter mir. Die glichen einer Achterbahnfahrt – von Angst und Zweifel über Bauchkribbeln und Nervosität bis zu unglaublich intensiven Glücksgefühlen habe ich so ziemlich alles durchgemacht. Aber jetzt ist die Fahrt zu Ende. Björn und ich haben das alles überstanden und sind nun auf dem Weg in unser gemeinsames Leben. Ich habe endlich das Gefühl, dass alles richtig ist, was wir tun.

Wir werden heiraten! Ich bin glücklich!

»Hast du schon ein Hochzeitskleid?«

»Wie sieht es aus?«

»Postest du alles bei Facebook?«

Die Fragen nehmen kein Ende, aber es macht mir nichts aus, Rede und Antwort zu stehen.

Ich sehe ein, dass unsere Heirat im Verlag einer kleinen Sensation gleichkommt. Zumal wir noch nicht einmal ein Jahr zusammen sind.

»Weißt du, Luisa, ich habe vor zwei Jahren zusammen mit Linda eine Hochzeitsreportage gemacht«, sagt die kleine Rike. »Das war ein ...« Ein Knuff von einer anderen Kollegin in Ulrikes Seite beendet ihren Satz vorzeitig.

»Ja?«, frage ich. Schon wieder Linda! »Erzähl mal!«, fordere ich sie scheinheilig auf.

»Ist nicht so wichtig«, sagt Rike grinsend. »Sorry! Ich hätte beinahe vergessen, dass Irene uns verboten hat, ihren Namen zu erwähnen.«

»Dann eben nicht«, gebe ich so lässig wie möglich zurück und lasse Ulrike stehen. So eine kleine Schlange!

Ein paar Stunden später – Irene hat darauf bestanden, mich in ihrem Auto nach Hause zu fahren – fällt mir diese kurze Szene wieder ein.

»Erzähl mir von dieser Linda!«, fordere ich sie auf.

»Da gibt's nicht viel zu erzählen«, sagt Irene ausweichend. »Mensch, fahr, grüner wird's nicht«, beschimpft sie den vor uns stehenden Autofahrer.

»Dann will ich eben das bisschen, was es zu erzählen gibt, hören!«, verlange ich.

Sie seufzt.

»Linda war Volontärin bei uns. Sie war gut. Richtig gut, aber eine ganz andere Type als du.«

»Wie anders?«

Irene seufzt viel lauter. »Meinetwegen«, murrt sie dann. »Bildhübsch, tolle Figur, bisschen wie Marilyn Monroe mit schwarzen Haaren. Womit ich jetzt nicht gesagt haben will, dass du nicht bildhübsch bist, ja?«

Ich nicke. »Ist klar!«

»Lief eine ganze Weile mit den beiden. Der Buschfunk war der Meinung, da könnte mehr draus werden, und das ist alles, was ich weiß.«

»Ist aber nicht mehr geworden«, sage ich leise. »Meinst du, er trifft sie noch?«

»Keine Ahnung! Und wennschon, er heiratet *dich,* Schätzchen!«

»Ich will nicht, dass er sie trifft. Nicht Linda!«

»Dann sag ihm das.«

Björn brütet über irgendeinem Papier, als ich nach Hause komme.

»Wie war's?«, fragt er und küsst mich.

»Okay«, antworte ich und lasse mich auf meinen Lieblingsplatz fallen. »Es war okay. Was liest du da?«

»Einen Ehevertrag«, knurrt er.

»Einen ... was?«

»Einen Gruß von deinem Vater, wenn man so will.«

»Was steht da drin?«

»Dass du reich bist, wenn du dich jemals von mir trennst.« Björn reicht mir ein Glas Weißwein und setzt sich zu mir.

»Das ist so typisch Papa!«, ärgere ich mich. »Er kann einfach nicht aufhören, in alles, was mich betrifft, seine Nase hineinzustecken.«

»Er will dich eben beschützen.«

»Vor dir oder wie?«

Björn zuckt die Schultern. »Scheint ganz so.«

»Ach, verdammt, ich kann doch alleine auf mich aufpassen. Ein Ehevertrag, was soll das sein? Bist du jetzt dazu verpflichtet, mich zu lieben? Das ist ja schrecklich!«

Björn schüttelt den Kopf.

»Er sichert dich ab. Du bekommst einen Haufen Geld, falls wir uns trennen.«

»Geld! Was sonst?« Ich schüttele ärgerlich den Kopf. »Ehrlich, ich will das gar nicht hören!«

Er lacht und legt den Arm um mich. »Gut so!«

»Du, Björn?«

»Mmh?«

»Ich finde, wir brauchen diesen blöden Vertrag nicht. Von mir aus kannst du ihn wegschmeißen. Nur eines, das hätte ich gern von dir.«

»Das wäre?« Er sieht mich von der Seite an. Ich wende den Kopf und schaue ihm direkt in die Augen.

»Eine Bitte.«

»Raus damit!«

»Triff diese Linda nicht mehr, ja?«

»Wie ...«

»Ich weiß, das klingt komisch, und es ist irgendwie auch nicht in Ordnung, so was zu verlangen. Aber ... bitte!«

Björn sieht mich prüfend an. »Mach dir keine Sorgen!«, sagt er dann.

Ich schmiege mich an ihn. »Mach ich nicht. Jetzt nicht mehr!«

♂

Wir werden im Michel heiraten und danach im Atlantik feiern.

Es wird ein großes Fest mit 300 Gästen aus Wirtschaft, Politik und Medien.

Die Yellows haben uns entdeckt und überschlagen sich. Der Chefredakteur, der seine Karriere aufgibt, um die Firma seines todgeweihten Vaters zu retten, die blonde, wunderschöne Journalistin, die ihren Chef verliert, aber die Liebe ihres Lebens gewinnt, die Berichte werden immer absurder, und Holger, mein Golfkumpel und Anwalt, fängt an, einen Schutzzaun zu errichten. Er verschickt Unterlassungserklärungen, erwirkt einstweilige Verfügungen und versucht, uns vor der Meute abzuschirmen.

Papa sitzt inzwischen im Rollstuhl, aber er ist glücklich wie ein Schwein im Schlamm.

Ich habe ihm den Ehevertrag gezeigt, er hat die Achseln gezuckt. »Junge, das ist nicht mal ein Viertel deines Aktienportfolios und nicht mal ein Bruchteil deines Erbes. Es ist in Ordnung. Wenn ihr 20 Jahre verheiratet seid und sie sich scheiden lässt, wird das viel teurer. Und für sie ist es auch okay. Sie ist abgesichert, von Anfang an, und wenn ihr euch liebt, ist das auch gut so. Hätte ich auch gemacht, wenn ich Luisas Vater wäre. Wir wollen doch alle nur, dass unsere Kinder heil durchs Leben kommen.«

Holger sieht das weniger locker. »Nur dass du klar siehst: Wenn Luisa eine Stunde nach der standesamtlichen Hochzeit die Scheidung einreicht, weil sie mit einem Zirkusclown durchbrennen will, bist du eine Million los. Der Verzicht auf Einrede ist Wahnsinn. Ihr Anwalt schreibt dir einen einzigen Brief, du zahlst. Und wenn nicht, kann er dich pfänden. Ich bin dein Anwalt, und ich muss dir das sagen. Dieser Vertrag ist ein Arschloch. So wie der alte Stein.«

Einen Tag später beurkunden wir.

Luisa sieht mich fragend an.

»Müssen wir das wirklich machen?«, fragt sie. »Das klingt ja so, als ob wir uns kein bisschen lieben.«

»Glaub's mir«, sage ich. »Wenn ich dich nicht lieben würde, Luisa, dann würde *ich* das nicht unterschreiben.«

Magnus sitzt hinten im Konferenzraum und knurrt: »Nun macht schon, Kinder! Wir haben nicht den ganzen Tag Zeit.«

♀

»Du heiratest also?«

Ben sieht mich über sein Bierglas hinweg ziemlich traurig an. Wir sitzen im September. Seit seiner Geburtstagsfeier haben wir uns angewöhnt, einmal in der Woche eine Stunde lang irgendwo gemütlich zu klönen.

»Woher ...«

»Gibt nicht viele Zeitungen, die dich und Becker gerade nicht in der Mache haben.«

Irgendwo tief im Innern verspüre ich den Wunsch, Ben an mich zu drücken und durch seine Locken zu streicheln. Nur damit ich sein trauriges Gesicht nicht mehr sehen muss. Er ist mir in den letzten Monaten ein lieber Freund geworden. Plötzlich habe ich das Gefühl, ich sollte ihn nicht mehr treffen.

»Hör mal«, sage ich leise. »Ich denke ...«

Er schüttelt heftig den Kopf. »Sag nichts! Keine Abschiedsrede, hörst du? Ich werd für dich da sein, wenn du mich brauchst. Okay?«

»Danke«, antworte ich. Mehr oder weniger schweigsam teilen wir uns eine Pizza.

Eine Stunde später umarmen wir uns zum Abschied. Kurz darauf lösche ich seine Nummer aus meinem Adressbuch.

Das Kleid ist weiß und sehr schmal geschnitten. Das Oberteil sieht wie eine Corsage aus, schulterfrei mit einem kleinen Spitzeneinsatz am Dekolleté. Der bodenlange Rock ist zum Saum hin weit schwingend ausgestellt und läuft in eine kleine Schleppe aus. Über der Hüfte liegt eine leuchtend rote Verzierung, die wie ein Gürtel aussieht und von glitzernden Ornamenten getragen wird.

»Wunderschön!«, haucht die Verkäuferin und hält mir einen hauchdünnen, bodenlangen Schleier an den Kopf. »Den würde ich an Ihrer Stelle dazu tragen.«

Ich bin eine Braut!

Julia fängt an zu heulen, als ich aus der Umkleidekabine komme.

»Du siehst zauberhaft aus!«, schnieft sie.

Wir umarmen uns lange und fest. »Alles, alles Liebe, mein Schatz!«, sagt sie.

Sally kommt wie ein Wirbelwind in den Laden gestürmt. Als sie mich im Brautkleid sieht, bremst sie und schaut mich mit weit aufgerissenen Augen an.

»Nicht heulen!«, sage ich lachend. »Du nicht auch noch!«

Keine zwei Minuten später schluchzen wir alle drei.

»Was soll das erst bei der Trauung werden?«, frage ich.

»Ich mach dir ein wasserfestes Make-up«, verspricht Sally.

»Jetzt ihr!«, lache ich. Meine besten Freundinnen werden hinter mir gehen, wenn Papa mich zum Altar bringt. Sie entscheiden sich kichernd für einen Zwillingslook – schlichte knielange Kleider aus hellgrünem Seidentaft. Eine Farbe, die sowohl der platinblonden Sally als auch der dunkellockigen Julia hervorragend steht.

Wir albern zu dritt vor dem Spiegel herum. Die Verkäuferin schießt mit meinem Handy ein paar Fotos.

»Soll's das Kleid sein?«, fragt sie. Ich nicke.

Dann nimmt sie Björns Kreditkarte entgegen. Er hat sich gewünscht, unsere Outfits zu bezahlen, aber ganz altmodisch darauf bestanden, mich nicht eher als vor dem Traualtar in meinem Kleid zu sehen.

»Er wird sich nicht mehr einkriegen«, sagt Sally, als wir unsere Beute nach draußen tragen und noch zusammen im East eine Runde Prosecco trinken und ein bisschen tanzen.

Die vorletzte Nacht als Junggesellin verbringe ich zusammen mit Sally und Julia in meiner Wohnung. Wir liegen alle drei in meinem großen Bett, schwatzen und kichern, bis uns die Augen zufallen.

»Weißt du noch, vor ein paar Monaten?«, fragt Sally beim Frühstück am nächsten Morgen. »Da habe ich dich vor Björn gewarnt. Ich habe gesagt, der ist nur scharf auf deinen Arsch.«

Sie stellt ein Blech mit frisch gebackenen Brezeln auf den Tisch.

»Das hast du gesagt?«, fragt Julia kopfschüttelnd.

»Na ja«, Sally zuckt die Schultern. »Ganz ehrlich? Was ging dir denn durch den Kopf, als Luisa mit BBB was angefangen hat?«

»Ich hatte Angst, dass er ihr das Herz bricht.«

Ich knabbere an einer Brezel und höre den beiden bei ihren Überlegungen zu.

»Das kann er immer noch«, meint Sally, während sie uns Kaffee einschenkt. »Oder? Kann er das? Süße, du sagst ja gar nichts.«

»Ich denke nach«, gebe ich zurück, »und frage mich, was euch bewogen hat, eure Meinung über Björn zu ändern.«

»Was schon?«, fragt Julia. »Er wird dich morgen heiraten!«

»Eine Garantie hast du natürlich nicht«, ergänzt Sally. »Sagen wir mal so, es besteht eine winzige Möglichkeit, dass du einen Arsch heiratest und er deinen!« Sie kichert. »Aber du hast das im Griff, oder?«

»Ich bin total nervös«, sage ich. »Aber irgendwie auch ganz schön sicher. Sonst wär's doch vollkommen verrückt, dass ich ihn heirate.«

»Ihr liebt euch und seid glücklich miteinander«, ergänzt Julia. »Das ist alles, was zählt!«

Nach dem Frühstück schwinge ich mich auf mein Fahrrad.

Zum Abschied umarmen wir drei uns ganz fest.

»Bis morgen, Frau Becker!«, verabschieden mich die beiden fröhlich gackernd und winken mir nach.

Ich radele in den Verlag, wo ich noch einige Sachen abarbeiten möchte, denn einen Tag nach der Trauung fliegen Björn und ich in die Flitterwochen, in denen wir drei Wochen lang durch die Inselwelt der Bahamas kreuzen werden.

Björn hat sich heute mit ein paar Freunden verabredet, um auf dem Golfplatz seinen Junggesellenabschied zu feiern.

An seine Lieblingsfreizeitbeschäftigung werde ich ihn wohl so manche Stunde verlieren, aber das macht mir nichts aus.

Ich freu mich wie verrückt auf das Leben mit meinem Björn!

♂

Ich habe keine Lust auf einen rauschenden Junggesellenabschied. Ich bin einfach zu alt für ausufernde Saufgelage, die unweigerlich irgendwo auf der Reeperbahn enden. Außer Holger, der einen Prozess in Frankfurt führt und morgen direkt in die Kirche kommt, habe ich meine sieben besten Freunde zu einer Golfrunde eingeladen, danach sitzen wir auf der Terrasse des Clubhauses, essen Filetsteak und Fisch, trinken Wein und rauchen unterm Sternenhimmel. Nach drei Stunden ist die Stimmung äußerst ausgelassen, und auch ich habe ordentlich einen in der Kiste und werde wohl ein Taxi nehmen müssen.

Die Gespräche fangen an, sich um Frauen zu drehen. Ich sehe nachdenklich in die Runde. Alle Anfang bis Ende 40, alle gesettelt, gutsituiert, verheiratet und chronisch untervögelt. »Du bist so ein Glückspilz mit dem jungen Ding«, höre ich. Oder: »Mann, Mann, Mann, ich könnte auch mal wieder 'ne Nacht lang ficken.«

Es ist Schröder, der Speed in die Sache bringt. »Mal gucken, was sich da machen lässt«, raunt er, bevor er sein Handy nimmt, geheimnisvolle Sachen ins Telefon murmelt und anschließend verkündet: »Austrinken, Männer! Die schicksten acht Nutten Hamburgs warten im feinsten Puff der Stadt auf uns. Und denkt dran, heute Abend zahlt der Becker alles!«

Himmel, ist die Truppe breit! Aber wer bin ich, dass ich ihnen den Spaß versaue?

Ich werfe meine Kreditkarte auf den Tisch. »Meine Herren«, sage ich, »selbstverständlich zahlt der Becker alles, das ist ja wohl Ehrensache. Aber er wird nicht mitkommen, weil er Angst um seine zarte Seele hat und um seine lange bewahrte Unschuld. Schröder – du haftest für meine Karte, und nicht, dass da 'ne Abrechnung unter zehntausend Euro kommt!«

Dann ordere ich noch eine Runde Cognac und verabschiede mich unter Hochrufen auf den edlen Spender.

Was keiner weiß, ich habe gerade eine SMS bekommen. Ich brauche kein Taxi. Linda wartet vor dem Clubhaus.

Sie sagt, sie habe ein Hochzeitsgeschenk für mich und es wäre äußerst wichtig, es heute Abend noch zu übergeben.

Irgendwie habe ich das Gefühl, ich schulde Linda eine letzte Aussprache, wenn ich endgültig frei sein will.

Frei für Luisa.

♀

»Mein liebster Björn!

Wir zwei gebrauchen Worte. Jeden Tag. Wir benutzen sie, spielen und jonglieren mit ihnen. Worte sind unser Beruf.

Kann es also sein, dass mir ausgerechnet an unserem wichtigsten Tag die Worte fehlen?

Worte, die treffsicher beschreiben, was ich für Dich fühle, wie sehr ich Dich brauche, wie tief ich Dir vertraue und wie gern ich mit Dir leben möchte?

Sie fehlen mir, aber das macht nichts. Denn ich will Dir heute keine Worte schenken, sondern mein Herz und meine Seele.

Bitte, nimm den Ring als Zeichen meiner Liebe zu Dir und als mein Versprechen, dass ich für immer an Deiner Seite sein und bleiben will!«

»Kann ich hier sauber machen?«

Die Stimme der Putzfrau reißt mich aus meinen Gedanken. Ich werfe einen Blick auf die Uhr. Es ist fast Mitternacht. Bis auf die Reinigungskolonne ist die Redaktion leer.

»Ja! Ja natürlich«, antworte ich lächelnd und stecke das handgeschriebene Blatt in meine Tasche. Mein Eheversprechen. Ein paar Tränen sind darauf getropft. In etwa zwölf Stunden werde ich mit Björn verheiratet sein.

Großer Gott! Wie sehr ich diesen Mann liebe!

Linda sieht fantastisch aus, aber auch sehr züchtig, was ich begrüße. Sie hat einen langen Mantel an, und auch mit Chanel No. 5 war sie sparsamer als sonst.

Sie fährt mit mir zum Hamburger Hafen und parkt zweihundert Meter neben dem Strandclub St. Pauli, wo nachts nur wenige Autos stehen, in aller Regel Liebespaare ohne gemeinsamen Wohnsitz. Auch wir waren hier schon mehr als einmal ungestört zugange.

Wir sehen schweigend aufs Wasser, während alle fünf Minuten irgendwo auf dem Parkplatz ein Auto mit Pärchen rangiert, die gerade gekommen sind, in welchem Wortsinn auch immer.

Dann sagt sie: »Es ist wichtig, dass du es weißt. Du heiratest die falsche Frau, aber es ist okay. Jeder muss seine Fehler machen, wie sie ihm passieren. Aber ich will, dass du eines weißt: Ich werde auf dich warten. Wenn du mich brauchst, werde ich da sein. Immer! Und bis dahin wünsche ich dir ganz viel Glück und Liebe.«

Ich bin sehr gerührt und streichele ihre Wange.

»Und?«, frage ich, um das Gespräch etwas fröhlicher zu machen. »Wo ist mein Geschenk?«

Linda steigt aus, geht um den Wagen herum und öffnet meine Tür.

»Hier draußen«, sagt sie, »komm und sieh es dir an.«

Ich bin ernsthaft neugierig. Aber ich bin auch ein bisschen besorgt.

Es ist ihr Tonfall. Den kenne ich. Sehr tief und sehr sexy, und bisher bin ich noch jedes Mal auf der Matte gelandet, wenn Linda sich so anhörte.

Linda nimmt mich an die Hand, zieht mich erst aus dem Auto und dann davor, wo sie sich mit dem Hintern gegen die Motorhaube lehnt.

Dann schließt sie ihre Arme um meinen Hals, lässt sich rückwärts sinken und zieht mich mit sich. Ihr Mantel öffnet sich dabei. Und darunter ist Linda nackt.

Ich denke: Verfluchte Scheiße! Doch Linda hat schon die Hand in meinem Schritt, sie ist eine verdammt noch mal geile Frau, und ich bin sehr betrunken und leider auch ziemlich geil. Sie bedeckt mein Gesicht mit Küssen, ich spüre ihre Hand in meiner Hose und schaffe es nicht, sie abzuwehren, und sie keucht: »Los, du Bastard, hol dir dein Geschenk, ich will, dass du nie vergisst, wie das hier ist und wo du es bekommst!«

Fast bin ich froh, als neben uns ein Motor anspringt, ein Wagen wendet, von dem ich annehme, dass darin ein einvernehmlicheres Liebespaar seinen Nahkampf beendet hat. Kurz blendet uns das Licht, Linda lässt von mir ab, ich rappele mich hoch und nestele an meinem Reißverschluss, der sich verklemmt hat, weil ein Zipfel meines T-Shirts genau dort aus der Hose hängt, wo eben noch Lindas Hand war. Linda sieht noch weit unglaublicher aus, nackt, nur im offenen Mantel, der schwarze Strich ihres Schamhaares von den Scheinwerfern angeleuchtet. Der Wagen rollt nach ein paar Sekunden an, die Scheinwerfer verschwinden, und es wird wieder dunkel.

Linda heult.

Ich nehme sie zärtlich in den Arm. Es wird das letzte Mal in diesem Leben sein.

»Süße«, sage ich. »Es ist ein wundervolles Geschenk, aber ich kann es nicht annehmen. Bewahre es für mich auf, vielleicht brauche ich es wirklich eines Tages.«

Dann stolpere ich rauf zur Hafenstraße und winke mir ein Taxi heran.

Zum Glück ist Luisa noch nicht wieder zu Hause. Sie kommt, als ich bereits unter der Dusche stehe und mir Lindas Parfüm abspüle.

Luisa lässt ihr Kleid fallen, schlüpft zu mir unter die Dusche, und wir lieben uns wie beim ersten Mal.

Morgen werde ich sie heiraten, ich bin ein glücklicher Mann, und ich bin sehr stolz auf mich. Und darauf, dass ich meine Unschuld bewahrt habe.

Björn schläft noch, als mein Wecker klingelt und ich mich zu meiner Mutter aufmache, um mich dort für die Hochzeit anzukleiden.

»Ich liebe dich«, sage ich leise und küsse ihn auf die Nase. »Und verschlaf den schönsten Tag deines Lebens nicht, hörst du?«

Ich schleiche mich leise aus dem Schlafzimmer.

Wenn ich die nächste Nacht hier verbringe, werde ich Frau Luisa Becker sein.

Den riesigen Karton mit meinem Brautkleid befestige ich mit viel Mühe auf meinem Gepäckträger. Dann radele ich los nach Altona zu Mamas neuer Wohnung. In ein paar Stunden wird mich Papa dort abholen, um mit mir zusammen zur Trauung zu fahren.

Mit etwas Wehmut denke ich daran, dass die Ehe meiner Eltern in ein paar Monaten geschieden werden wird, während ich gerade meinem Liebesglück entgegenfahre.

»Mach dir darüber keine Gedanken«, sagt Mama. »Wir hatten unsere Chance, jetzt hast du deine.«

»Ist das nicht schwer, wenn die Liebe kaputt ist? Bereust du nicht jeden Tag, dass du dich an den falschen Mann gebunden hast?«

»Papa war nicht der falsche Mann, und wir beide bereuen gar nichts. Wie könnten wir das? Wir haben doch dich! Du verbindest uns, auch wenn wir jetzt getrennt sind.«

Dann hilft sie mir, in mein Kleid zu schlüpfen.

»Luisa, auf ein Wort!«

»Rike, was ist los?«

Meine Kollegin kommt vorm Michel auf mich zugerannt, als ich gerade aus der Limousine steige. Papa hält mir die Tür auf und schaut Rike unwillig an.

»Junge Frau?«

»Lass mal, Papa«, sage ich. Rike sieht aus, als wäre der Teufel hinter ihr her, und obwohl ich sie nicht mehr mag, frage ich mich, was passiert ist. Die Kirchenglocken fangen an zu läuten. »Was ist los? Geht's dir nicht gut?«

»Linda!«, haucht Rike, und der Name lässt mir das Blut in den Adern gefrieren. »Sie ist in der Kirche.«

»Alle Gäste sind bereits drin«, bellt Papa ungeduldig.

»Moment!«, fauche ich meinen Vater an und wende mich dann wieder Ulrike zu. »Los jetzt! Was hast du mir zu sagen?«

»Ulrike, was soll das?« Irene, in ein hübsches cremefarbenes Kostüm gekleidet, kommt wie ein Wirbelwind auf uns zugeschossen. »Was willst du von Luisa, das keinen Aufschub duldet?«

Meine Kollegin schüttelt den Kopf. »Nichts«, sagt sie leise und schaut mich und Irene mit einem Ausdruck an, den ich einfach nur als heimtückisch empfinde.

Ich verachte sie und will sie in der Kirche nicht dabeihaben.

»Tut mir leid, dass dir schlecht geworden ist«, sage ich zu Rike und klopfe ihr auf die Schulter. »Natürlich bin ich dir nicht böse, wenn du die Trauung sausen lässt und jetzt nach Hause gehst und dich ausruhst.«

Ich kann nicht fassen, dass sie versucht, mir und Björn noch eine Minute vor unserer Hochzeit eins auszuwischen. Wahrscheinlich steckt sogar Franz dahinter. Mir wird heiß vor Entsetzen.

»Na, dann los!«, unterbricht Irene meine Überlegungen.

Rike zuckt die Schultern und trollt sich davon. Irene bringt mich zu meinem unruhig auf und ab gehenden Vater.

Papa lächelt stolz und nimmt meinen Arm.

»Alles okay?«, flüstert Julia, die mit Sally zusammen hinter uns Aufstellung nimmt.

»Na klar«, sage ich, und gemeinsam betreten wir die Kirche, wo dreihundert Menschen ihre Köpfe in meine Richtung wenden, als die Orgel zu spielen beginnt.

Ein Kopf davon gehört also Linda.

Was will sie hier? Und seit wann ist sie in der Stadt?

♂

Unsere Hochzeitsreise ist ein Traum.

Wir haben einen großen, trägen Katamaran gechartert, kreuzen durch die Karibik von einem Fünf-Sterne-Ressort zum nächsten, lieben uns im Netz zwischen den gewaltigen Kufen und beobachten Delfine dabei, wir tauchen mit Rochen, wir sind eins mit uns und dem Universum.

Wir verlieren jedes Gefühl für Zeit und Raum.

»Was für ein Tag ist heute, Montag, oder?«, fragt Luisa verschreckt aus dem Bad.

Ich muss kurz in meinem Handy nachgucken. »Mittwoch, warum?«

Luisa hat zwei Tage die Pille vergessen.

Ich nehme sie lachend in die Arme und rufe: »Mir doch egal!« und werfe sie auf unsere Koje.

Später stehen wir Hand in Hand an der Reling und schmeißen ihre Pillenpackungen ins Meer. Es wird noch viel aufregender, miteinander zu schlafen, denn jetzt wissen wir beide, dass wir vielleicht gerade das Kind unserer Liebe zeugen.

Doch jeder Traum geht einmal vorbei.

Nach drei Wochen sind wir zurück in Hamburg.

Wir landen an einem trüben Sonntagmittag, haben nur einen halben Tag und eine Nacht Zeit, bis ich wieder los muss. Es nieselt ein bisschen, aber wir genießen trotzdem das Leben, laufen Hand in Hand zusammen durch den Hafen, kuscheln uns dann auf dem Sofa ein.

Ich lasse den riesigen Stapel Post ungeöffnet liegen. Sie interessiert mich nicht, sie ist aus meinem alten Leben, und das ist in fünf Tagen vorbei.

Meine letzte Dienstreise steht an. Der Vorstand hat die Chefredaktion des *Monday* auf die Insel Usedom eingeladen. Golf spielen, Internet-Strategien erarbeiten, Staffelübergabe zwischen mir und Tom. Nette Geste, aber ich wäre lieber in Hamburg geblieben.

♀

Nach drei Wochen an Bord und unter karibischem Himmel kommt mir das Penthouse so ungemütlich vor wie eine Turnhalle.

Ich stehe früh auf, um Björn Frühstück zu machen.

»Wenn du zurück bist, gucken wir Häuser an, ja?«, frage ich.

Björn küsst mich auf die Nasenspitze. »Machen wir!«

An der Tür dreht er sich noch einmal um und winkt mir zu. Ich sehe den Ehering an seiner rechten Hand blitzen.

»Ich liebe dich, Kleines!«, sagt er. Dann ist er weg.

Ein seltsam dumpfes Verlustgefühl erfasst mich. Ich verdränge es rasch, muss sogar ein bisschen über mich selbst schmunzeln. Wahrscheinlich habe ich einen Kater, weil die rauschhaft schöne Hochzeitsreise nun unwiderruflich zu Ende ist.

Um mich abzulenken, hänge ich mich ans Handy und telefoniere meine Freundinnen, meine Eltern und Irene durch. Sie freuen sich, dass wir gesund zurück sind, und erwarten ausführliche Erlebnisberichte.

Ich werde erst morgen wieder arbeiten gehen. Vorher habe ich Zeit, in Ruhe unsere Koffer auszupacken, ein paar Lebensmittel einzukaufen und noch ein kleines bisschen der glückseligen Verschmelzung von Björn und mir nachzuträumen.

Ich koche mir Kaffee, lümmele ein wenig auf der Couch und drehe den Ehering an meinem Finger.

Björn ist jetzt »mein Mann«! Ein bisschen fremd noch der Gedanke, aber wunderschön. Das Kribbeln in meinem Körper will gar nicht mehr aufhören.

In der Küche liegt ein riesiger Haufen Post. Magda, die Putzfrau, hat die Briefe fein säuberlich gestapelt. Ein Umschlag ist an mich adressiert.

An Frau Luisa Becker. Ich muss ein bisschen kichern. Mein neuer Name ist noch ziemlich ungewohnt.

Kein Absender.

Ich brühe mir einen Kaffee auf und ziehe mit dem ganzen Poststapel ins Wohnzimmer um. Björns Haufen lege ich auf dem Tisch ab, meinen Umschlag reiße ich neugierig auf.

Mein Kaffeeglas zerspringt mit einem hässlichen Klirren auf den Fliesen. Ich lege eine Hand an meinen Hals, weil ich hoffe, dass ich das Würgen, das in meiner Kehle aufsteigt, damit unterdrücken kann.

Ich habe drei Fotos aus dem Briefumschlag gezogen.

Was ich darauf sehe, fühlt sich wie ein Dolchstoß an, mitten hinein in mein Herz.

Es klingelt an der Haustür. Ich stehe auf und laufe durch die Scherben, aber ich kann keinen Schmerz fühlen. Meine Füße hinterlassen blutige Tapser auf dem Boden.

»Luisa, ich war gerade in der ... Mein Gott, wie siehst du denn aus?«

»Mama!«

Ich weiß nicht, wie ich dahin gekommen bin, aber irgendwann liege ich auf dem Bett. Meine Mutter sitzt neben mir. Sie kühlt mir die Stirn mit einem feuchten Tuch.

»Luisa, was ist denn los?«, fragt sie, und der Anblick ihres lieben, besorgten Gesichts treibt mir erneut die Tränen in die Augen.

»Mama«, schreie ich verzweifelt. »Björn, es ist Björn. Er ... er ...« Ich kann kaum sprechen, so sehr schüttelt mich ein Weinkrampf. Sie nimmt mich in ihre Arme und wiegt mich, wie sie es getan hat, als ich ein Kind war. »Psst, psst«, macht sie, und ich versinke für ein paar Sekunden in einer Welle aus Trost und Mitgefühl.

»Hast du die ... die Fotos gese...hen?«, schluchze ich.

Sie schüttelt den Kopf. Dann steht sie auf, kommt nach zwei Minuten zurück, und der Ausdruck in ihren Augen spricht Bände.

»Wir müssen zum Arzt«, sagt sie leise. »Deine Füße. Ich bin mit dem Auto da. Ich fahr dich hin und bring dich wieder her.«

»Hierher? Nein, Mama. Ich geh nicht mehr hierher zurück. Nie wieder!«

»Frau Becker, bitte!«

Meine Mutter hat mich ins Hafenkrankenhaus gebracht.

»Frau Becker, bitte! Luisa Becker.« Die Stimme der Schwester klingt ungeduldig. Erst jetzt realisiere ich, dass ich gemeint bin.

»Stein«, sage ich leise und stehe mühsam auf. »Mein Name ist Luisa Stein.«

Während sich ein Arzt kopfschüttelnd meine zerschnittenen Füße ansieht, Glassplitter entfernt und die schlimmsten Stellen näht, desinfiziert und verbindet, liege ich eingehüllt in einen Kokon aus Schmerzen auf der Liege und versuche zu begreifen, was soeben mit meinem Leben geschehen ist.

Es gelingt mir nicht.

♂

Schon nach ein paar Stunden auf Usedom vermisse ich Luisa. Und werde ein bisschen zappelig. Luisa reagiert nicht auf meine verliebten SMS oder E-Mails, sie geht zu Hause nicht ans Telefon, und auf ihrem Handy läuft die Mailbox. Ich spiele eine lausige Golfrunde und verbringe eine unruhige Nacht.

Am nächsten Morgen kriege ich sie wieder nicht zu fassen.

Ich rufe Sally an, die drückt mich weg. Ich versuche es erst bei Luisas Mama, dann bei Julia.

Ich rufe Irene an, die mir sagt, dass sich Luisa krankgemeldet, aber keine Gründe dafür angegeben hat.

Am Abend immer noch nichts. Mein Körper schaltet von »zappelig« auf »unter Vollstrom«.

♀

Mama hat uns Frühstück hingestellt.

Die vergangene Nacht war der reinste Horror. Ich konnte nicht schlafen, meine Füße schmerzten höllisch.

Irgendwann hat mich meine Mutter dazu überredet, schließlich eine Schmerz- und eine Schlaftablette zu schlucken, so dass ich endlich in einen gnädigen, traumlosen Schlummer versank.

Jetzt sind die Schmerzen zurückgekehrt.

Es klingelt an der Tür. Mama öffnet, während ich lustlos in meiner Kaffeetasse rühre.

Sally stürmt wie ein Wirbelwind in die Küche.

»Mensch, Süße, du hast mir vielleicht einen Schrecken eingejagt!«, schreit sie und stürmt auf mich zu. »Warum siehst du so fertig aus? Was ist mit deinen Füßen? Hat dich etwa ein Hai angefallen? Und überhaupt ...«

Ich stehe auf und sinke ihr weinend in die Arme.

»Gott, Luisa, was ist los?«

Mama berichtet in Kurzform, was ich gestern in der Post gefunden habe.

»Was?«, schreit Sally, dann lässt sie sich auf einen Stuhl plumpsen. »Wartet mal, wartet mal! Ich muss nachdenken!«

Beinahe fünf Minuten sitzt sie nur da, trinkt zwei Tassen Kaffee, schüttelt den Kopf, knabbert an ihrem Daumennagel und schweigt.

»Also ganz langsam«, sagt sie endlich. »Da waren also Fotos von Björn beim Sex?«

Ich nicke.

»Aber die können total alt sein.«

Ich schüttele den Kopf, und Mama sagt: »Da war ein Titelbild vom *Monday* dabei. Das war direkt vor der Hochzeit.«

Sally guckt zweifelnd.

»Luisa, ehrlich jetzt, ich glaube das nicht.«

»Ach nein?«, gebe ich matt zurück.

»Zeig die Fotos her«, fordert Sally.

»Die hab ich im Penthouse gelassen.«

»Dann fahren wir jetzt dahin, und ich sehe mir diese verdammten Bilder an.«

»Was soll das bringen?«, frage ich zweifelnd.

»Abwarten. Los, komm mit!«

Unten an Björns Haustür treffen wir Magda.

»Habe ich alles sauber«, sagt sie in ihrem gebrochenen Deutsch. »Und die Hemden für die Reinigung genommen. Die viele Blut auf die Fußboden ...«

»Danke, Magda!«, unterbreche ich sie rasch. Ich sehe, dass sie mich besorgt mustert. Sie kommt schon mehr als zehn Jahre zu Björn. Selbst wenn sie die Fotos gesehen hat, wird sie niemals ein indiskretes Wort darüber verlieren.

»Ich habe mich an den Glasscherben geschnitten.«

»Ich weiß. Kann passieren das.«

Wir schütteln uns die Hände, dann geht sie.

Sally schiebt mich in den Fahrstuhl.

Dass sie sich meiner angenommen hat, tut mir gut. Der scharfe Schmerz von gestern ist ein wenig verebbt. Zwar kann ich weder ahnen noch entscheiden, wie es weitergehen wird, aber ich weiß, dass es nichts bringt, wenn ich mich verstecke.

Nur mein Handy habe ich ausgeschaltet. Mir ist klar, dass Björn versuchen wird, mich zu erreichen. Aber ich kann jetzt nicht mit ihm sprechen. Erst muss ich kapieren, was gerade mit uns geschieht.

Sally nimmt die Fotos und pfeift durch die Zähne.

Ich fange an zu zittern, als ich die Aufnahmen sehe. Der Schmerz jedoch bleibt dumpf.

»Was sagst du nun?«, frage ich.

»Mach seine Post auf!«

»Wie bitte?«

»Du sollst seinen Poststapel durchgucken und nachschauen«, fordert Sally.

»Das sind *seine* Sachen.«

»Na und?«

»Ich weiß nicht ...« Mir ist mulmig.

»Such Rechnungen! Wenn er irgendwo Schmuck, Klamotten, Schneider bezahlt hat, von denen du nichts weißt, dann hat er eine Geliebte. Wenn nicht, sind diese Fotos vielleicht gefälscht.«

Mir wird schon wieder schlecht. »*Das* glaubst du?«

»Ich glaube gar nichts. Ich suche Beweise!«

Ganz oben auf seinem Stapel liegt ein Brief von Björns Bank.

Ich drehe und wende ihn. »Soll ich den ...?«, frage ich.

Sally nickt.

Björns Kreditkartenabrechnung. Und gleich ein Volltreffer.

»Da«, sage ich tonlos und reiche das Papier an Sally weiter.

Sie pfeift schon wieder durch die Zähne. Dann googelt sie etwas.

»Das ist ein Puff! Ganz oben im Norden, fast schon Schleswig-Holstein. Und da hat er beinahe zehntausend Euro gelassen. An einem Abend. Alle Achtung. So viel verdiene ich im halben Jahr.«

»So ein Arsch!«

»Hey«, sagt Sally. »Lass mich nachdenken.«

Dann schnappt sie sich erneut die Rechnung. Dann wieder ihr Handy.

»Guck mal, das war ein Freitag. Da machen die erst um 22 Uhr auf. Wann war er zu Hause?«

»Vor mir«, antworte ich. »Kurz vor Mitternacht oder so.«

»Was ist denn das für ein Blödsinn? Das passt alles gar nicht zusammen!«

Dann nimmt sie sich die Fotos.

»Das ist am Hafen. Kurz vorm Fischmarkt. Die Stelle kenn ich, da war ich auch schon. Es ist stockfinster. Wir haben Sommer, das heißt, die sind nicht vor 22 oder 23 Uhr entstanden.«

Ich verstehe gar nichts mehr.

»Das haut hinten und vorne nicht hin«, sagt Sally. »Er kann nicht um zehn im Puff gewesen sein und danach noch am Hafen und dann vor dir zu Hause. Der kann ja nicht fliegen ...«

Es tut weh wie Sau, aber ich greife mir die Rechnung und die Fotos.

»Die sieht aus wie Marilyn Monroe«, sagt Sally und tippt auf eines der Bilder. »Nur mit schwarzen Haaren.«

Und plötzlich wird mir alles klar. Marilyn mit schwarzen Haaren? So hat Irene mir Linda beschrieben.

Und plötzlich ist dieser hässliche Satz wieder da. »Sie ist in der Kirche«, hat Ulrike gesagt.

Und das Bild von Björn, der mitten in der Nacht – in jener Nacht – unter der Dusche steht und sich einseift. Bevor er mit *mir* schläft.

Mein Herz gefriert zu Eis.

»Vielleicht sind die Fotos gefälscht.«

»Das ist keine Fälschung«, sage ich leise.

»Ach verdammt«, flucht Sally. Sie schaut auf die Uhr. »Süße, ich muss jetzt arbeiten. Wir lösen das Rätsel noch. Warte mal ab! Ich bring dich solange zurück zu deiner Mama!«

Ich schüttele den Kopf. »Ich bleibe noch.«

»Sicher?«

»Ganz sicher.«

Ich brauch ein bisschen Zeit. Zeit zum Abschiednehmen.

Sally drückt mich ganz fest. »Das kommt wieder in Ordnung«, sagt sie. »Glaub mir.«

Ja, das kommt in Ordnung.

Als sie weg ist, suche ich im Telefonbuch die Nummer eines Anwalts für Familienrecht heraus.

♂

Ich bringe das festliche Dinner mehr schlecht als recht hinter mich, umarme Tom, der jetzt auch ganz offiziell der neue Chefredakteur ist, und entschuldige mich beim Vorstand. Sollen sie morgen alleine über Internet-Strategie diskutieren, ich muss zu meiner Frau.

Um zwei Uhr morgens sitze ich im Benz, ignoriere sämtliche Tempolimits, werde mit 180 in einer Baustelle geblitzt und rase weiter.

Ich kontrolliere etwa 300-mal mein Handy, erst um sechs Uhr morgens stürze ich in unsere Wohnung. Als ich die Tür aufschließe, rufe ich: »Luisa! Luisa!«

Doch die Wohnung ist leer.

Dafür liegt ein Haufen Papierkram auf dem Wohnzimmertisch. Ein großer brauner aufgerissener Umschlag. Daneben liegen Fotos. Auf dem Tisch ein verschmierter Zettel. »Warum, warum, warum?«, hat Luisa etwa hundertmal darauf geschrieben. Ich hebe eines der Fotos auf und glaube zu spüren, wie mir das Blut in den Adern gefriert.

♀

Ich schrecke auf. Björn hat mich gerufen!

Neben mir höre ich ruhige Atemzüge.

Ich denke: Es war bloß ein Traum, ein schlimmer, abscheulicher Traum.

Ich will mich umdrehen, mich an Björn kuscheln, aber da liegt Ben.

Und plötzlich ist alles wieder da.

Die Fotos.

Die Rechnung.

Der Anruf beim Anwalt.

Mein Besuch in der Kanzlei, das erstaunte Gesicht des Anwalts, als er unsere drei Wochen alte Hochzeitsurkunde überflog.

Sein nur mühsam unterdrücktes Grinsen, als er den Ehevertrag las.

Und der Nebel, in dem ich versank, als ich den Scheidungsantrag unterzeichnete.

Danach bin ich zu Ben gefahren.

Er ist Informatikstudent und kennt sich aus. Ich hab ihn gefragt, ob und wie man Fotos fälschen und ob man Zeitungen hineinmontieren kann.

Er hat gelacht und es mir gezeigt. In weniger als zehn Minuten hat er ein Foto von mir gemacht und es auf eines dieser Schmuddelbilder aus dem Internet montiert. Es sah täuschend echt aus.

»Siehst du, das ist ein Kinderspiel. Für die Zeitung brauche ich noch weniger, vielleicht fünf Minuten. Aber sag mal, was ist denn eigentlich los mit dir?«

Ich erzählte ihm, was los ist. Er sah mich mit großen Augen an.

»Also, wenn du sagst, das haut zeitlich sowieso nicht hin, dann würde ich nicht viel auf die Fotos geben. Will euch jemand schaden, eins auswischen oder so?«

Ich nickte. »Ja, eine! Die versucht das schon die ganze Zeit.«

»Dann ist eigentlich alles klar«, antwortete er.

»Und die Rechnung aus dem Puff?«, erwiderte ich leise.

»Dafür fällt mir, ehrlich gesagt, auch keine Erklärung ein«, gab Ben ebenso leise zurück.

»Ich kann das nicht gut aushalten, das alles.«

»Was willst du tun?«, fragte er.

»Ich habe die Scheidung eingereicht.«

Danach sind Ben und ich ins Bett gegangen.

Er hat links geschlafen, ich rechts.

Beim Einschlafen hat er mir die Wange gestreichelt, und es hat mir gutgetan.

♂

Ich betrachte die Fotos mit zitternden Händen.

Ein Bild zeigt mich auf der Motorhaube, Lindas nackte Beine sind samt Stiefeln um meine Hüften geschlungen.

Das nächste zeigt Linda nackt, mit offenem Mantel, davor ich mit ertapptem Gesicht, geöffneter Hose, die Hände um den Zipfel des T-Shirts geklammert, so dass es im Halbdunkel aussieht, als wäre er mein Schwanz.

Das dritte Foto zeigt die gleiche Szenerie, aber im Vordergrund ist der Titel des *Monday* zu erkennen, der am Donnerstag erschienen ist, einen Tag vor meinem Junggesellenabschied und zwei Tage vor meiner Hochzeit. Der Fotograf hat ihn ins Bild gehalten, um zu beweisen, wann diese Aufnahmen entstanden sind.

Das Auto!

Die Scheinwerfer!

Die Fotografin!

Das war kein Pärchen, das war die Hagen.

Um dieses erdrückende Belastungsmaterial herum findet sich die Post der vergangenen drei Wochen, ein Brief ist aufgerissen, es ist meine Kreditkartenabrechnung aus dem Nobelpuff, in dem die Jungs für exakt 9985 Euro ihren Spaß gehabt haben.

Ich schließe die Augen. Mir wird schlecht.

Ich schaffe es nicht mehr bis ins Badezimmer und kotze neben dem Sofa auf den Fußboden.

Danach wanke ich ins Bad und halte den Kopf unter kaltes Wasser.

Ich bringe sie um!, ist mein erster Gedanke.

Wie erkläre ich das bloß Luisa?, ist mein zweiter.

Erst beim dritten Gedanken wird mir klar, dass ich gerade alles verloren habe.

Denn dies hier ist nicht zu erklären. Das hier ist eine völlig absurde, absolut irrsinnige, aber total stichhaltige Indizienkette, an deren Ende die vermeintliche Tatsache steht: Ein gewisser Björn Bengt Becker hat am Vorabend seiner Hochzeit auf der Motorhaube eines unbekannten Wagens eine dem Publikum unbekannte, aber höchst attraktive Frau gevögelt. Und das, kurz bevor oder kurz nachdem er in einem Hamburger Nobelpuff fast 10 000 Euro gelassen hat.

Der Sex mit Luisa unter der Dusche fällt mir ein, und ich stöhne.

Sie wird denken, dass ich den Schweiß von etwa einem halben Dutzend Frauen abspülen wollte. Und dann habe ich gleich noch mit ihr geschlafen.

Gründlicher kann man sein Leben schlicht nicht verkacken.

♀

Ben schläft noch immer. Meine Augen brennen. Mein Herz tut weh, und ich klammere mich an die aberwitzige Hoffnung, dass das alles nur ein Traum sein kann. Ein Traum, aus dem ich gleich aufwache und Björn küsst mich und fragt, ob ich Kaffee oder Tee zum Frühstück trinken möchte.

Ich höre Ben ruhig atmen.

Es läuft alles falsch in meinem Leben. Alles!

Das Puzzlespiel, das ich mir in den letzten Monaten zusammengebaut habe, liegt zerstört und in tausend Teile zerfetzt auf dem Boden. Ich versuche mühsam, es wieder zusammenzubauen. Doch die beiden Teile, nach denen ich in meiner Not zuerst gegriffen habe – Ben und Luisa –, gehören nicht zusammen.

Das Puzzleteil, das zu mir gehört, heißt Björn. Doch es wurde mir entrissen und jetzt kann ich es nicht wiederfinden. Und dieser Verlust tut so unglaublich weh.

Ich fange leise an zu weinen.

»Hey, Süße!« Ben ist aufgewacht.

»Es tut mir leid«, schniefe ich. »Ich wollte dich nicht wecken. Ich ... ich sollte gar nicht hier sein. Ich werde jetzt ...«

Ich mache Anstalten aufzustehen.

Ben packt mich sacht am Handgelenk. »Es ist okay«, sagt er. »Es ist okay, wenn du heulst, und du kannst bleiben, so lange du willst.«

Langsam, beinahe willenlos, lasse ich mich zurück aufs Bett sinken.

Ben legt seinen Arm um mich, streichelt mein Haar. Mir ist die Intimität der Szene deutlich bewusst.

»Ich muss gehen«, sage ich noch einmal.

Ben beugt sich über mich, küsst meine Schulter, dann meinen Hals. Sanft und weich. Für einen Moment flüchte ich in die Illusion, seine Zärtlichkeit könnte mich trösten, doch dann schiebe ich ihn von mir weg.

»Ich kann nicht, Ben! Bitte, mach das nicht.«

»Ich dachte, du ...«

»Was? Dass ich wieder zu haben bin? Weil ich die Scheidung eingereicht habe?«

Er nickt. Sieht betreten aus. »Ich bin ein Idiot. Entschuldige!«

Ich verspüre keinerlei Bedürfnis, ihm zu widersprechen.

Männer. Verdammt!

Nur drei Stunden später sitzen Mama und ich im Auto. Wir sind auf dem Weg nach Sylt.

♂

Luisa ist wie vom Erdboden verschluckt.

Nicht einmal ihre Mailbox kriege ich mehr, ich lande nur noch auf der Ansage, dass der Teilnehmer nicht zu erreichen ist.

Ich fahre zu ihrer Wohnung und klingele Sturm.

Ich fahre zum Haus ihrer Eltern, es ist leer.

Ich fahre zu Magnus in die Kanzlei, er sagt zwei Termine ab und nimmt mich zur Brust. Nicht, weil ich fremdgevögelt habe, sondern weil ich mich habe erwischen lassen.

»ICH HAB KEINE ANDERE FRAU GEFICKT!«, schreie ich ihn an, so dass es die ganze Kanzlei hören kann.

Doch Magnus ist so leicht nicht zu erschüttern. »Junge!«, sagt er. »Spar dir das für Luisa auf. Und bleib bei deiner Geschichte, egal, wie schlecht sie ist. Das lernt man vor Gericht – nie von der ersten Aussage weg, sonst verlierst du auch noch den letzten Rest deiner Glaubwürdigkeit. Und schreib dir eines für den Rest deines Lebens hinter die Ohren: Im Puff zahlt man bar, du dämlicher Anfänger!«

Danach spendiert er mir zwei Cognac und eine Zigarre.

»Lauf ihr bloß nicht hinterher. Ist die Tochter ihrer Mutter. Hat einen furchtbaren Dickschädel. Aber die beruhigt sich wieder. Die kommt wieder. So wie ihre Mutter, die kommt auch irgendwann wieder. Machen sie alle, die Frauen. Und du hör jetzt auf, dich wie ein kleiner Junge zu benehmen. Kauf ihr Schmuck oder ein Auto oder eine Wohnung, irgendwas, um deine Reue zu zeigen. Ich versuche so lange, rauszukriegen, wo sie steckt.«

»Ich habe die Scheidung eingereicht.«

Meine Mutter holt tief Luft, dann legt sie den Löffel beiseite, mit dem sie eben den Tee umgerührt hat. »Weil du ihm weh tun willst?«

Ich senke den Kopf.

Schweige.

»Möchtest du nicht erst einmal herausbekommen, was hinter alldem steckt und was wirklich passiert ist? Das klingt doch alles furchtbar ungereimt.«

Die Trauer in mir ist einer riesigen Wut gewichen.

Immer wieder lasse ich die letzten Wochen und Monate mit Björn vor meinen Augen vorüberziehen, auch wenn das unglaublich weh tut. Ich sehe, wie wir reden, lachen, uns lieben. Ich sehe uns an weißen Stränden spazieren gehen, zusammen Cocktails trinken, schwimmen, tauchen.

Ich sehe uns zusammen arbeiten, diskutieren, streiten, uns wieder versöhnen ...

Verdammter Kerl, das war doch ein wunderbares Leben! Warum hast du das alles kaputt gemacht?

»In dir toben die Gefühle«, sagt Mama sanft. »Die sind wichtig, aber keine guten Berater, wenn es um die Planung deiner Zukunft geht.«

»Mama, *du* hast mir gesagt, dass es nicht gut ist zu schauspielern! Wie, denkst du, soll mein Leben mit Björn jetzt ablaufen? Mal angenommen, ich ginge zu ihm zurück: Wie soll ich mich fühlen, wenn er nach der Arbeit noch ein Bier trinken geht und sich eine Stunde verspätet? Was meinst du, geht dann in meinem Kopf vor sich? Was, wenn er mit Bernhard ein paar Tage dienstlich unterwegs ist? Soll ich ihm dann einen Privatdetektiv hinterherschicken?«

Sie nimmt über den Tisch hinweg meine Hand. »Deshalb sind wir ja hier, Luisa. Du wolltest Ruhe, du brauchst ein bisschen Zeit, um dich zu sortieren. Ich bin immer für dich da, wenn du mich brauchst. Und bitte, tu nichts Unüberlegtes.«

»Der Kuchen ist schlecht«, sage ich und schiebe die Erdbeer-Sahne-Schnitte angewidert von mir weg. »Mir wird übel, wenn ich den nur angucke. Was dagegen, wenn ich ein bisschen spazieren gehe?«

»Geh nur«, sagt Mama und schaut mich nachdenklich an.

»Und tu nichts Unüberlegtes«, wiederholt sie, als ich mich langsam Richtung Strand wende.

In den Dünen suche ich mir ein windstilles Fleckchen, setze mich in den weichen weißen Sand und zücke mein Notizbuch.

Meine Mutter hat recht. Ich muss nachdenken. Alles, was ich jetzt tue, hat eine gewaltige Tragweite. Noch kann ich den Anwalt anrufen und die Scheidungsklage zurückziehen.

Ich mache das, was ich gelernt habe. Ich versuche, die Fakten zu checken.

- Es gibt Fotos, die Björn beim Sex mit Linda zeigen.
- Ich weiß nicht, ob diese Fotos echt sind oder gefälscht.
- Es gibt eine Rechnung aus dem Bordell.
- Genau genommen kann auch diese Rechnung falsch sein.
- Fotos und Rechnung sind am Tag vor unserer Hochzeit entstanden, und zwar beide nach 22 Uhr.
- Er war vor Mitternacht zu Hause und hat geduscht, das heißt, eines von beiden ist falsch.

Die Schlussfolgerungen:

- Wenn er mit Linda geschlafen hat, war er nicht im Bordell.

- Wenn er im Bordell war, hat er nicht mit Linda geschlafen.
- Das nächtliche Duschen ist ein Indiz dafür, dass mindestens *eine* der beiden Alternativen zutreffend ist.
- Völlig egal, welche Alternative zutrifft, jede für sich zerstört die Grundlage für eine vertrauensvolle Ehe.

Ich werfe mein Notizbuch in den Sand und fange wieder an zu weinen.

♂

Und ich habe gedacht, tiefer runter geht's nicht mehr!

Am Morgen fische ich einen weiteren Brief aus dem Kasten. Ein mir unbekannter Anwalt schreibt, dass Luisa Becker, geborene Stein, die Scheidung eingereicht hat. Er stellt fest, dass hiermit die Zahlungsfrist für die Scheidungsabfindung läuft, und bittet mich freundlich, eine Million Euro innerhalb der nächsten vierzehn Tage auf unten angegebenes Konto von Luisa zu zahlen.

Ich bin wie vor den Kopf geschlagen.

Ich habe nichts, wirklich nichts gemacht. Ich war so treu und liebevoll, wie ein Mann nur sein kann. Aber ich hab's verkackt.

Beim Checken meiner E-Mails stelle ich fest, dass es sogar jetzt immer noch ein Stück weiter bergab gehen kann.

Ich finde die Anfrage eines der schlimmsten Hamburger *Yellow*-Magazine. Man habe gewisse, eher pikante Fotos vorliegen, die darauf hindeuten, dass die Ehe zwischen Herrn Becker und seiner bezaubernden Frau bereits am Vorabend der Hochzeit gescheitert sei. Man wolle nun mich um meinen Kommentar bitten, andernfalls werde man die Fotos mit dem Vermerk veröffentlichen, der geschätzte Herr Becker habe sich zu dem Vorgang nicht äußern wollen.

Ich ertappe mich bei der Frage, was ein Auftragskiller verlangen könnte und ob es einen Aufpreis kostet, wenn ich Franziska Hagen vor der Exekution noch foltern lasse.

Ich schleppe mich, die Fotos und die Papiere zu Holger.

»Ach du Scheiße!«, sagt der, während er die Bescherung betrachtet. Dann brummelt er: »Tolles Mädchen, ist das diese Linda?«

Ich werfe ihm die Papiere an den Kopf und schreie ihn an. Als ich mich beruhigt habe, erzähle ich ihm die ganze Geschichte.

»O Mann«, sagt er. »Die Nummer glaubt dir keiner, nicht mal ich. Aber wenn du die Linda nicht gevögelt hast, wieso bist du dann noch in den Puff gegangen?«

Ich brülle: »ICH – WAR – NICHT – IM – PUFF!«

Dann erzähle ich alles noch mal: »Hab Schröder meine Kreditkarte gegeben. Und du weißt doch, wie die Jungs sind. Ich bin dann mit Linda zum Hafen gefahren.«

Inzwischen kann ich meine Geschichte selbst kaum noch glauben.

Holger wiegt bedächtig den Kopf hin und her.

»Bin froh, dass ich nicht dein Strafverteidiger bin. Mit *der* Story würde ich nicht vor einen Richter wollen. Aber sei es, wie es ist. Ich an deiner Stelle würde um Vergebung winseln. Die meisten Frauen vergeben einem irgendwann, wenn man laut und lange genug winselt. Unabhängig davon solltest du die Million innerhalb der nächsten Tage überweisen. Wenn du in Verzug gerätst und ihr Anwalt das einklagt, kommen noch 'ne Menge Gebühren dazu. Aber jetzt kümmern wir uns erst einmal um diese *Yellow*-Sache.«

♀

Ich sitze in den Dünen und kann nicht aufhören, darüber nachzudenken, was Björn in der Nacht vor unserer Hochzeit gemacht hat. Wahrscheinlich werde ich die Wahrheit niemals herausfinden. Aber jetzt geht es um etwas anderes. Es geht darum, ob ich weiter mit ihm zusammen sein kann oder nicht.

Was spricht für eine Trennung?

- Ich habe die Scheidung eingereicht, mir steht eine Million Euro zu und damit ein Leben ohne alle finanziellen Sorgen.
- Ich bin nicht mit einem Immobilienspekulanten zusammen.
- Ich muss nicht in Hamburgs Jetset leben, nie wieder auf einen roten Teppich, und ich muss mich nie mehr fragen, mit welchen Frauen Björn schon geschlafen hat.
- Ich muss, was mich und meine Überzeugungen angeht, nie wieder faule Kompromisse eingehen.

Was spricht gegen eine Trennung?

Ich liebe ihn.
Er wird mir fehlen.
Er fehlt mir jetzt schon.

♂

Holger ist ein guter Freund und ein noch besserer Anwalt.

Er lässt sich mit dem Chefredakteur des *Yellow* verbinden.

Er behauptet, er habe bereits mit dem Richter gesprochen, die einstweilige Verfügung werde in Kürze zugestellt, abgesehen davon werde er jedes Exemplar jedes Drecksblattes, das ein solches Foto abdrucke, einstampfen lassen und den Verlag auf 2 Millionen Euro Schmerzensgeld wegen Verletzung der Persönlichkeitsrechte verklagen.

Holger lauscht kurz, dann sagt er jovial: »Selbstverständlich zeigen diese Fotos nicht Herrn Becker am Vorabend seiner Hochzeit. Ich habe die Fotos hier übrigens auf dem Schreibtisch. Doch, doch! Ich kann Ihnen sogar die Intimfrisur der angeblich abgelichteten jungen Dame beschreiben, wenn Sie wollen. Dunkles Haar, auf etwa zwei Zentimeter Streifen rasiert. C-Körbchen, langer Mantel, linke Brustwarze verdeckt. Ich kann Ihnen des Weiteren sagen, dass eine Ex-Mitarbeiterin des *Monday* die Urheberin dieser Fälschung ist und dass diese Mitarbeiterin versucht, sich durch eine Erpressung für ihre Entlassung zu rächen.«

Der Widerstand auf der anderen Seite scheint zu erlahmen.

Holger macht weiter: »Jetzt mal im Ernst: Wir haben das schon eine ganze Weile vorliegen. Herr Becker hat sich natürlich geweigert, der Erpressung nachzugeben, die Staatsanwaltschaft ist eingeschaltet, und Sie kommen in Teufels Küche, wenn Sie den Schmutz drucken! Abgesehen von der presserechtlichen Katastrophe für Ihr Blatt erfüllt das auch noch den Straftatbestand der Beihilfe zur Erpressung und Nötigung, und dafür kriege ich Sie ganz persönlich am Arsch.«

Holger lauscht kurz. Dann grinst er mich zufrieden an.

»Hat Schiss«, verkündet er, nachdem er aufgelegt hat, »bedankt sich artig für die Informationen, ist heilfroh und schmeißt die Geschichte raus.«

»Aber jedes einzelne Wort, das du erzählt hast, war gelogen«, wende ich ein.

»Stimmt«, räumt Holger ein, »aber sie drucken heute Abend an, und das wird frühestens nächste Woche ein Problem, wenn wir keine einstweilige Verfügung kriegen. Im Moment zählt nur, dass sie die Geschichte kippen.«

Ich bin sehr erleichtert.

Aber dann fällt mir Luisa wieder ein, und das schwarze Loch bricht in seiner völligen Finsternis über mich herein.

»Magnus hat angerufen.«

Wir sitzen beim Frühstück im Hotel. Ich quäle mir ein paar Löffel Müsli herunter und sehne mich danach, in ein paar Minuten eine meiner endlosen Strandwanderungen aufzunehmen.

»Was hat er gewollt?«

»Er will wissen, wo wir sind.«

»Pfff«, mache ich. »Sag's ihm nicht. Du weißt, wer dann hier aufkreuzt.«

»Mach ich nicht, wenn du nicht willst, Luisa!«, antwortet sie. »Ich hab mir nur überlegt …«

»Ich werde nicht mit Björn reden, Mama! Bitte verlang das nicht immer wieder!«, schluchze ich. »Alle sagen, ich soll das machen, aber ich kann nicht.«

Sie greift nach meiner Hand. »Luisa, ich sehe doch, wie unglücklich du bist.«

»Es hat keinen Sinn, mit ihm zu reden, denn er wird versuchen, sich rauszureden. Er wird mich anlügen, und das kann ich nicht ertragen, denn das wird alles nur noch schlimmer machen. Björn lügt, seit ich ihm das allererste Mal begegnet bin. Sein erster Satz war, dass er nach einem Kleid für seine Schwester sucht. Es war eine Lüge. Was immer er sagt, ich kann ihm nicht mehr glauben.«

♂

Ich wandere wie durch dichten Nebel.

Ich esse nicht mehr, ich trinke nur noch.

Die Million habe ich am gleichen Tag überwiesen. Ich habe »Vergib mir!« und »Ich liebe Dich!« auf den Überweisungsträger geschrieben.

Ich fahre zu Papa ins Krankenhaus, es geht ihm schlecht, und ich widerstehe der Versuchung, den ganzen Scheiß bei ihm abzuladen.

Ich sage ihm, dass wir an einem Stammhalter arbeiten, und ich habe ihn seit Jahren nicht mehr so glücklich gesehen.

Ich denke darüber nach, wer auf der Welt mir jetzt noch helfen kann.

Dann rufe ich Irene an.

Wir treffen uns auf der Bank im Hafen, auf der ich vor gefühlt einer Million Jahren mit Luisa die Spatzen gefüttert habe. Als noch alles gut war.

Ich erzähle ihr alles.

Ich lasse nichts aus.

Ich beichte meine letzte Nacht mit Linda, den Blowjob wider Willen.

Ich berichte vom Abend in München, als die nackte Linda mir weinend erklärte, dass sie mich liebt.

Ich erzähle ihr von Luisas Ärger über mein Ausscheiden beim *Monday*.

Ich schildere meinen missglückten Junggesellenabschied.

Dann vergrabe ich das Gesicht in meinen Händen.

Ich merke, wie Irene mich in den Arm nimmt.

»Mein armer, lieber Junge«, sagt sie.

»Wenn nicht du das wärst, würde ich kein Wort davon glauben, so bescheuert hört sich das alles für mich an.«

Dann steht sie auf.

»Ich sehe mal, was ich machen kann. Und jetzt muss ich ein bisschen telefonieren.«

♀

Sylt ist heute neblig und trüb. Ich bin nach dem Mittagessen zum zweiten Mal zum Spaziergang aufgebrochen.

Wir sind jetzt eine Woche hier. Gestern habe ich bei einem Blick auf mein Konto den Geldeingang von einer Millionen Euro feststellen können. Überwiesen von Björn Bengt Becker.

Ich bin reich und fühle mich arm.

Er fehlt mir so! Und mit erschreckender Klarheit sehe ich plötzlich, dass er mir den ganzen Rest meines Lebens fehlen wird.

Am Strand halte ich einen Moment erschöpft inne, als jemand seine Hand auf meine Schulter legt.

»Luisa, nicht erschrecken«, höre ich eine sanfte Stimme.

»Irene?« Ich glaube zu träumen, als ich mich umdrehe und Björns ehemalige Sekretärin plötzlich hinter mir steht. »Irene?«, frage ich noch einmal.

Sie nimmt mich zur Begrüßung einmal fest in die Arme.

»Schickt Björn dich?«, frage ich matt. »Dann kannst du gleich wieder gehen. Ich ...«

»Psst«, unterbricht sie mich und legt mir einen Finger auf die Lippen. »Bitte, sei still. Natürlich schickt er mich.«

»Woher ...«

»Dein Vater hat mir die Nummer deiner Mutter gegeben.«

Ich seufze leise. Was wäre, wenn in diesem Moment statt Irene plötzlich er da gewesen wäre ...

Ach Björn!

Ich verscheuche das Bild, wie ich mich weinend, aber erleichtert in seine Arme werfe, mit aller Kraft.

Er will nicht herkommen! Wenn er es wollte, dann wäre er längst hier.

»Warum bist du hier, Irene?«

Sie hakt sich bei mir unter. Wir stapfen gemeinsam über den Strand.

»Ihr beide *müsst reden*. Reden! Was immer auch passiert ist, es hilft dir nichts, wenn du dich am Ende der Welt verkriechst und dir die Augen aus dem Kopf weinst.«

»Was sollen wir denn deiner Meinung nach klären? Für mich ist alles klar.«

Sie schüttelt den Kopf. »Das denkst du nur, meine Kleine. Weil du nicht alles weißt.«

»Was weiß ich denn nicht?«, frage ich leise und hasse mich dafür, dass Hoffnung in mir aufkeimt.

»Hör zu«, sagt Irene.

Dann erzählt sie mir von sich und Björn. Dass sie Björns Mama-Ersatz ist, seit sie beide zusammenarbeiten. Dass der große, mächtige Chefredakteur manchmal unsicher und unglücklich ist. Dass er in solchen Momenten den harten Kerl gibt, damit niemand, aber wirklich niemand hinter die Fassade gucken kann. Sie erzählt von Björns Scheidung und dass sie mit mütterlichem Kummer verfolgt hat, wie er sich danach von einem Scheiß in den anderen stürzte. Ohne dass sie ihn daran hindern konnte.

»Seit er dich kennt, ist er ein neuer Mensch«, erzählt Irene. »Seit er dich kennt, ist er glücklich. Er liebt dich, Luisa, und das glaube ich nicht nur, das weiß ich, und das sehe ich jeden Tag.«

Ich fange an zu weinen.

»Aber er lügt!«, schluchze ich. »Ich weiß nicht, was ich ihm glauben kann. Das werde ich niemals wissen. Und so kann man doch nicht leben. Ohne Vertrauen.«

Ich erzähle ihr, wie wir uns kennengelernt haben.

Irene bleibt stehen und sieht mir in die Augen. »Manchmal schwindelt er, das tun alle großen Jungs. Aber lügen, das tut er nicht. Nicht bei den wichtigen Sachen. Und erst recht nicht, wenn er sagt, dass er dich liebt.«

Ich lasse die Tränen laufen, ohne sie abzuwischen. »*Das* glaube ich ihm.«

»Und? Ist das nicht alles, was zählt?«, fragt sie sanft.

»Hast du die Fotos gesehen? Diese Rechnung aus dem Bordell?«

Sie nickt.

»Luisa, was ich dir jetzt sage, ist sehr schwer zu glauben. Und es ist auch sehr verworren. Aber ich glaube ihm. Ich kenne ihn. Er ist seit elf Jahren mein großer Junge, und ich weiß genau, wann er schwindelt.«

Und dann erzählt sie mir eine haarsträubende Geschichte.

»Die Fotos sind von der Hagen«, schließt sie.

»Dann sind sie gefälscht?«, frage ich hoffnungsvoll.

»Nein, so verrückt das klingt, diese Fotos sind echt. Er wollte eine letzte Aussprache mit Linda. Er hat geglaubt, er schuldet es ihr. Er wollte frei sein, frei für dich.«

»Und dazu liegt er mit ihr auf der Motorhaube oder was?«, schluchze ich und spüre, dass neben all dem Schmerz erneut Wut aufkeimt.

»Ja, das ist schwer zu verstehen«, gibt Irene zu. »Linda hat versucht, ihn zu verführen. Er hat sich geweigert. Ich habe das übrigens nachgeprüft. Vergiss nicht, auch Linda war mal eines von meinen Küken.«

»Pah! Und dann ist er stattdessen ins Bordell gefahren!«

»Nein«, sagt Irene. »Ist er nicht. Er hat seinen Golf-Freunden versprochen, dass er den ganzen Abend zahlt. Und als sie ins Bordell wollten, ist er nicht mitgegangen, sondern hat ihnen seine Kreditkarte gegeben. Die Geschichte ist übrigens ebenfalls verbürgt. Ich kenne zwei der Herren. Und einer hat sie mir bestätigt.«

Mein Kopf tut weh, als ich versuche, die vielen neuen Informationen zusammenzubringen. Aber es passt. Es passt alles. Es ist die erste vernünftige Erklärung für den ganzen Irrsinn, der sich in meinem Leben abspielt, seit ich die Fotos gefunden habe.

Es klingt nach ... alles kann gut werden?

»Wie geht's ihm?«, frage ich fast unhörbar.

»Unfassbar schlecht.«

»Ach, Irene!«

»Rede mit ihm!«

Am nächsten Tag fahren Mama und ich zurück nach Hamburg.

Auf der Fahrt kommt mir ein furchtbarer Gedanke.

Es kann sein, dass Björn die Wahrheit sagt.

Aber kann es nicht trotzdem sein, dass wir nie wieder glücklich miteinander werden? Dass wir einfach nicht zusammenpassen?

♂

Irene hat Luisa auf Sylt getroffen. Sie meint, dass ich jetzt noch mal versuchen sollte, sie anzurufen.

Es ist zwei Uhr morgens, als Luisa endlich drangeht.

Ich sage: »Hey.«

Luisa schweigt.

Dann frage ich: »Willst du wissen, warum ich Single bin?«

Luisa scheint nicht in Stimmung für romantische Reminiszenzen zu sein, sie schluchzt.

Ich versuche, ihr die Geschichte zu erklären. Aber sie unterbricht mich: »Das weiß ich alles, du Idiot, wozu hast du sonst Irene geschickt?«

Wir versinken wieder in Schweigen.

Ich frage: »Liebst du mich noch?«

Luisa schweigt, so wie damals im Ballon beim Heiratsantrag.

In mir steigt Angst auf.

Angst, dass wirklich alles vorbei ist. Und grenzenlose Wut auf die Hagen und auf die Welt und auf Linda und auf Luisa, denn wenn sie jetzt weiß, was passiert ist, warum kommt sie nicht in meine Arme? Warum rennt sie wieder weg? Warum lässt sie mich noch länger leiden?

Luisa unterbricht meine düsteren Gedankengänge.

»Ja, ich liebe dich noch!«

»Wo bist du?«, frage ich.

»Sag ich nicht«, antwortet Luisa.

Und plötzlich weiß ich, dass ich nichts mehr ändern kann. Dass die Entscheidung gefallen ist. Oder dass sie fallen wird, ohne dass ich das Ergebnis beeinflussen kann.

Ich bin der gefeuerte Regisseur eines Kinofilms, der bei der Premiere in der letzten Reihe sitzt und nicht weiß, welches Ende sein Nachfolger ins Drehbuch geschrieben hat.

Luisa kommt zurück.

Oder sie bleibt weg.

Ich sage: »Ich warte auf dich. Morgen um zehn Uhr. Landungsbrücken.«

Das gelbe Kleid passt mir nicht mehr. Um die Hüfte herum ist es viel zu weit. Ich habe abgenommen, kann kaum etwas essen, weil mir laufend übel ist. Am Dekolleté spannt es neuerdings.

Und ja, ich weiß, was das heißt.

Ich war noch nicht beim Arzt, habe keinen Test gemacht.

Ich weiß es einfach.

Es ist 9.30 Uhr. Zeit, mich auf mein Fahrrad zu setzen und loszuradeln. Ich kämme mich sorgfältig, will nicht wieder mit zerzausten Haaren vor Björn stehen.

Sally hat den Tisch fürs Frühstück gedeckt, bevor sie zur Arbeit gefahren ist. Ein Zettel liegt auf dem Teller. »Alles wird gut«, hat sie in ihrer großen steilen Handschrift daraufgeschrieben.

Ja, das wird es, denke ich, als ich mir einen Toast mit Marmelade bestreiche und langsam ein paar Schlucke Kaffee dazu trinke. Jetzt wird alles gut.

Mein Herz und meine Seele befinden sich in einem angenehm unaufgeregten Zustand.

9.45 Uhr. Ich muss jetzt wirklich los. Für ein wildes Rennen durch die Stadt fehlt mir im Moment die Kraft.

Im Treppenhaus streiten sich die Riedmeiers.

»Du hast versprochen, dass du ...«

»Ich hab gar nichts versprochen. Versprochen? Auf so einen Klein-Mädchen-Kram lasse ich mich nicht ein.«

Sie hören nicht mal auf zu zanken, als ich an ihnen vorbeigehe. Denen ist nichts peinlich.

An der Ampel hupt ein Cabriofahrer, pfeift und fährt dann ultralangsam neben mir her. Er trägt einen Ehering.

Als ich mein Fahrrad anschließe, höre ich zwei Typen auf der Parkbank quatschen. »Und deine Alte?«

»Pah, die weiß nichts davon.«

Da unten sitzt Björn. Ich sehe nur seinen Rücken.

Er sitzt auf einem Poller, direkt dort, wo er damals stand, als unsere gemeinsame Zeitrechnung begann.

Ich gehe langsam die Treppe hinunter. Björn, denke ich. Björn! Wie schrecklich waren die letzten Wochen ohne dich. Einsam war ich, unglücklich, halbiert.

Ich bleibe stehen, sehe ihn an – den Mann, den ich liebe, den ich immer lieben werde.

Dann drehe ich mich um und gehe zu meinem Fahrrad zurück.

Bevor ich aufsteige, lege ich die Hände auf meinen Bauch.

Ich horche ganz tief in mich hinein und fühle mich ... ganz.

♂

»Hey, Mann! Alles cool oder was?«

Ich hebe den Blick, neben mir hockt ein zotteliger Typ mit Rastalocken und dreht sich einen Joint. Ich hab ihn vorhin schon gesehen, ich glaube, da hat er Pfandflaschen gesammelt.

Ich antworte: »Klar, warum?«

»Du guckst die ganze Zeit aufs Wasser, Mann! Als ob du gleich reinspringst. Mach das nicht, Bruder! Hab mal einen absaufen sehen. Scheißtod, Mann, Scheißtod, mach das nicht!«

Ich hole mein Handy aus der Jacke und sehe auf die Uhr.

Ich sitze seit 6 Stunden und 23 Minuten hier auf diesem Poller, einen Meter von der Elbe entfernt, und ich habe die ganze Zeit wie betäubt aufs Wasser gestarrt.

Ich sage: »Ich glaub, sie kommt nicht mehr.«

Er bietet mir einen Zug von seinem Joint an. Ich habe seit zwanzig Jahren, seit meiner Flucht vor Papa, keinen mehr geraucht. Ich inhaliere tief, ein, zwei, drei Mal.

Die Welt dreht sich ein bisschen.

»Kommt eine andere, Mann, kommt immer eine andere. Ist ganz egal, du musst dein Leben chillen, Mann, das machen die Frauen nicht für dich.«

Ich sehe ihn nachdenklich an. Dann nicke ich und krame einen zerknüllten Hunderter aus der Hosentasche. »Alles okay«, sage ich, als ich ihm das Geld in die Hand drücke. »Wirklich. Alles okay. Danke, dass du gefragt hast, und danke für den Joint.«

Er wandert erfreut von dannen.

Ich sehe ihm nach, und plötzlich wird mir klar, was für ein erbärmlicher Jammerlappen ich bin.

Dem geht es scheiße, aber nicht mir!

Ihm ist sein Leben abhandengekommen, mir ist bloß die Frau weggelaufen.

Ich schüttele den Kopf, um klar zu werden, aber es gelingt mir nicht. Ich bin das Zeug nicht gewohnt.

Ich horche in mich hinein und spüre dumpfe Traurigkeit.

Aber noch ein anderes, überraschendes Gefühl steigt von ganz unten in mir auf.

Eine leise Ahnung von Frieden.

Keine Luisa mehr in meinem Leben.

Keine Weinkrämpfe, keine Migräne, kein Weglaufen, kein Wiederkommen, keine Weltverbesserei, keine Bekehrungsversuche.

Und keine Liebe.

Ich strecke meine steifen Beine, gehe langsam rüber zum Getränkestand, kaufe mir ein Bier und einen Flachmann mit Korn.

Ich stürze beides hinunter.

Mein Handy brummelt.

Ich registriere die Störung mit einem gewissen Unwillen.

Luisa, die um Vergebung bittet?

Ich überlege kurz, das Handy in die Elbe zu werfen. Aber dann schaue ich drauf. »Oh, mein Gott, oh, mein Gott. Irene hat mich angerufen. Liebster, es tut mir so unendlich leid, was ich angerichtet habe. Verzeih mir bitte, verzeih mir. Und sei stark. Ich liebe dich, Linda.«

Linda, meine treue, geile alte Freundin Linda.

Ich starre aufs Handy, dann tippe ich wie in Trance: »Krieg noch ein Geschenk von dir. Wann soll ich es abholen?«

Aber das sende ich nicht ab. Vielleicht denke ich doch mal ein paar Tage nach, bevor ich mich in die nächste Katastrophe stürze.

Ich kippe noch ein Bier und noch einen Korn hinunter.

Dann sehe ich zu der Stelle, an der einst Luisa stand, bevor sie mir in die Arme flog.

Ich denke an den Moment im Verlag zurück, als ich sie das erste Mal sah in ihrem leuchtenden gelben Kleid.

Dann muss ich plötzlich lachen.

Immer lauter.

Ein irrsinniger, nicht zu kontrollierender Lachkrampf schüttelt mich.

Die Tischnachbarn schauen misstrauisch zu mir herüber. Aber ich kann nicht aufhören, um mich dreht sich alles, ich rappele mich hoch und torkele los zu der Stelle, an der Luisa damals stand, und sinke in die Knie.

Ich brülle die Leute an: »SCHLUSSVERKAUF BEI ZALANDO, ICH LACH MICH TOT, ICH LACH MICH TOT!« Während ich im Kreis um meinen Kopf fliege, schreie ich: »DAS VERDAMMTE KLEID HAT EINE MILLION UND 49 EURO GEKOSTET!«

Ich lege den Kopf auf die Stufe, auf der einst Luisa stand.

Mein letzter Gedanke gilt der Frage, woher die Tropfen kommen, die darauffallen.

– ENDE –

Wann genau ist ein Happy End zu Ende,
und wie heißt es dann?

Anna Koschka

Mohnschnecke

Roman

Dotti ist wieder Single. Seit dreihundertfünfzig Stunden. Damit sie sich mit Kater, Büchern und Flauschesocken wieder wohl fühlt, entwickeln ihre Freundinnen eine Mauerblümchentherapie für sie. Doch erst der Fund eines geheimnisvollen handgeschriebenen Rezeptbuchs verändert alles. Wem mag es gehören? Und wer hat es geschrieben? Dotti begibt sich auf die Suche, angeleitet nicht zuletzt durch mysteriöse Hinweise von @mohnschnecke55 ...

KNAUR

Rachel und Ben

Mhairi McFarlane

Wir in drei Worten

Roman

Zu Unizeiten waren sie unzertrennlich. Beste Kumpels waren sie. Die Welt konnte ihnen nichts anhaben. Doch in der Nacht vor der Abschlussfeier ist etwas passiert. Seitdem haben sie sich nicht mehr gesehen. Zehn Jahre und 781 erfolglose Google-Suchen später stehen sie sich unerwartet gegenüber.

KNAUR

Kaiserschmarrn und große Liebe

Sophia Rauchberg

Ausgehoppelt

Roman

Anna ist unsterblich in ihren Chef Marc verliebt und rechnet jeden Tag mit einem Heiratsantrag. Stattdessen schickt dieser sie in die Wüste – pardon: in den Urlaub. Enttäuscht reist Anna nach Österreich, wo Marcs Familie am Wolfgangsee ein schlossähnliches Anwesen besitzt. Hier gibt sich Anna als Marcs Assistentin aus, und die Missverständnisse nehmen ihren turbulenten Lauf.